NELL'INFERO
ORDA
DI GREMLIN
MEGERE
DEL VUOTO
TROTA
DELLA VERITÀ
FUCINA
FOSSA
DELL'IDRA
CIMITERO
DELLE BARCHE
CERCHIO
INTERNO

Il Portale degli Incubi

DEAN LOREY

IL PORTALE DEGLI INCUBI

traduzione di Riccardo Cravero

MONDADORI

www.ragazzi.mondadori.it

Titolo dell'opera originale *Nightmare Academy*
Prima edizione agosto 2008
Stampato presso Mondadori Printing S.p.A.
Stabilimento N.S.M., Cles (TN)
Printed in Italy
ISBN 978-88-04-58226-7

A mia moglie Elizabeth
e ai nostri figli, Chris e Alex.
Vi amo, gente.

PARTE PRIMA

LA DIVISIONE INCUBI

I

MOSTRI NEL MODELLO 3

Quasi tutti i giorni, Charlie Benjamin era abbastanza sicuro di essere il ragazzino più solo del pianeta Terra. Non andava a scuola, ma studiava a casa sua, in una strada tranquilla di un quartiere residenziale protetto. Anche se all'esterno le case sembravano tutte uguali, chi voleva comprarne una poteva scegliere fra parecchi modelli diversi.

I Benjamin vivevano in un modello 3.

— Il modello 3 è il modello superiore — diceva spesso il padre di Charlie. Era un uomo preciso, che rispondeva al nome impegnativo di Barrington. — I modello 1 ovviamente sono prototipi e non vale nemmeno la pena di parlarne. I 2 invece sono ciò che succede quando rielabori qualcosa troppo in fretta. Spesso bisogna fare due passi indietro per poter fare un passo avanti. Il che ci porta ai 3: i semplici, solidi e affidabili 3.

Il modello 3 era la prigione di Charlie Benjamin.

Charlie era piuttosto basso per i suoi tredici anni, aveva arruffati capelli color sabbia, occhi marrone scuro e una spruzzata di lentiggini sul naso e sulle guance. Fatto strano, non aveva una sola crosta sui gomiti e sulle ginocchia, e quasi neanche un livido, grazie alla madre che per il suo bene lo faceva rimanere sempre in casa.

— Il mondo può riservare brutte sorprese — gli diceva sempre. — Qui dentro io posso proteggerti, mentre una volta che sei là fuori... — al che seguiva sempre un grave scuotere della testa, come se fuori dal modello 3 i pericoli in agguato fossero troppo orribili per essere anche solo menzionati.

— Lo so, me lo ripeti sempre — le disse Charlie un sabato mattina, dopo uno scuotere di testa particolarmente grave. — Ma questo non significa che sia vero. Sono stufo di rimanere chiuso qua dentro tutto il tempo. Voglio andare in una scuola *normale*.

— Una scuola normale? — ripeté sua madre. — Tesoro, ma noi qui abbiamo tutto quello che c'è in una scuola normale. Libri e computer, carta e penne, compiti e voti...

— Ma non ho neanche un compagno — la interruppe Charlie. — Ci sono solo io.

— Questo è vero — ammise lei in tono condiscendente. Era una donna davvero condiscendente, tanto che non si era mai lamentata con sua madre per averla chiamata Olga. — Ma è una fortuna, perché niente compagni vuol dire niente provocazioni, niente bullismo, niente prese in giro per il fatto che sei un po' diverso.

Anche se Charlie era il primo ad ammettere di essere più che *un po'* diverso, proteggerlo dalle molestie degli altri bambini chiudendolo in casa gli sembrava come mozzare la mano a qualcuno per togliergli una spina dal dito: un metodo efficace, ma a quale prezzo?

"Un prezzo troppo alto" pensò, e in quel momento sentì il postino che, come ogni mattina, infilava la posta nella fessura della porta di casa. Fece un sospiro e andò a recuperare il solito assortimento di bollette e cataloghi: sempre tutto per i suoi genitori, mai che ci fosse qualcosa per lui. Fu allora che, con suo grande stupore, vide una piccola busta azzurra indirizzata a Charlie Benjamin.

— Ma sono io — disse senza fiato.

Sbalordito, aprì la busta e ci trovò l'invito a una festa, e non una festa qualsiasi. Era un pigiama party a casa di certi ragazzini che vivevano poco più in là nella stessa via. Charlie non li conosceva di persona, ovvio, dato che non conosceva nessuno della sua età, ma evidentemente laggiù qualcuno aveva avuto pietà del tipo strano che viveva nel modello 3.

Charlie lesse l'invito due volte, per essere sicuro di aver capito bene, poi lo rilesse una terza volta, a scanso di equivoci. Quindi, accertatosi che non stava sognando, lo mostrò ai suoi genitori.

— Assolutamente no — disse suo padre dopo aver dato un'occhiata all'invito.

— Ma perché? — ribatté subito Charlie. — Sono stato buono. Ho fatto tutti i compiti e ho finito proprio adesso il capitolo di geografia.

— Tesoro, quello che tuo padre vuol dire — gli spiegò la madre — è che ci farebbe molto piacere che tu potessi andarci, ma... che succede se poi ti viene uno dei tuoi incubi?

Uno dei suoi incubi.

Anche se erano passati anni da quando Charlie aveva avuto un catastrofico incubo in pubblico, il pensiero che potesse capitare di nuovo gli faceva venire le ginocchia molli dalla paura. Eppure lì c'era un'opportunità vera, *concreta*, di fare amicizia con qualcuno.

Non poteva lasciarsela sfuggire.

Perciò implorò i genitori. Li supplicò. Si offrì di lavare i piatti per un anno e rasare il prato e studiare francese. Obiettò che era passato tanto tempo dall'ultimo dei suoi inenarrabili incubi e che ormai ne era certamente venuto fuori. Alla fine disse che andare al pigiama party era l'unico regalo che voleva per Natale e per il compleanno *insieme*.

Per i prossimi due anni.

Tre, se necessario.

Dopo un mucchio di discussioni a porte chiuse, i suoi genitori finalmente cedettero. E fu così che poco più tardi, quella sera, Charlie si ritrovò a saltellare su per i gradini di una casa di estranei con una borsa per la notte a tracolla.

— Sai come raggiungerci, in caso di disastro? — gli chiese nervosamente sua madre, che procedeva dietro di lui.

— Sì, mamma, lo so come si usa un telefono.

— Vuoi che ripassiamo un po' delle mosse che ti ho insegnato? Che so, un po' di kung fu o di qualche altro *fu*? — gli propose il padre.

— Non dovrò affrontare nessuno a colpi di kung fu, papà. Non mi succederà niente, credimi.

— Non avremmo mai dovuto permetterglielo — gemette la madre. — E un pigiama party, per di più! Che cosa ci è saltato in testa?

— Non succederà niente — assicurò Charlie guardando gli altri bambini dentro la casa, impaziente di conoscerli. Era evidente che i suoi erano già in crisi. — Non mi verranno incubi stanotte, fidatevi.

— Certo che ci fidiamo, Charlie — replicò il signor Benjamin mettendogli in mano un telefono cellulare. — Siamo sicuri che tutto andrà bene, ma in caso contrario ho messo il nostro numero di casa sul tasto di chiamata rapida. Così puoi avvertirci subito se succede qualcosa di assolutamente catastrofico.

— Grazie, papà — disse Charlie rassegnato, prendendo il telefono dalla mano del genitore.

— E se guardi nella borsa — aggiunse la madre — ci troverai una bustina con dentro dei tappi per le orecchie. Puoi metterli, se gli altri bambini ti prendono in giro o ti chiamano con dei brutti nomignoli.

— Okay, ma'. — Charlie sperava disperatamente che se ne andassero, ma loro se ne restavano lì impalati.

— Be' — disse finalmente la signora Benjamin. — Credo che ora faremmo meglio ad andare. Ti vogliamo bene, Charlie, e abbiamo fiducia in te, e siamo sicuri nel cuore e nell'animo che questa sera non succederanno cataclismi né disastri.

— Non succederanno — confermò Charlie. — Andrà tutto bene. Ve lo prometto.

E andò tutto bene... per un po'. Charlie giocò con i videogame, mangiò un po' di pizza e guardò film dell'orrore sconsigliati ai minori di quattordici anni. Incredibilmente, si trovò persino sul punto di fare amicizia con un ragazzino biondo che tutti chiamavano PL, che, come Charlie venne poi a sapere, era l'abbreviazione di PLV, che era l'abbreviazione di Per La Vittoria, soprannome ottenuto grazie alla sua abilità coi videogame.

Charlie non si era mai divertito tanto in vita sua.

Poi venne l'ora di andare a dormire.

I resoconti non sono univoci riguardo a quanto accadde di preciso durante quello che di lì a poco i titoli di giornale avrebbero chiamato "Terrore al pigiama party dell'Apocalisse", ma alcuni fatti sono dati per assodati. A un certo punto, verso le tre di notte, dalla stanza in cui dormivano i ragazzi si levarono grida e un fracasso infernali. Quando gli adulti di casa riuscirono finalmente a spalancare la porta li trovarono tutti sospesi al soffitto, avvoltolati stretti stretti in bozzoli di un filamento straordinariamente robusto. L'unico a non essere impacchettato e appeso come un salame era Charlie, che fissava in stato di shock la finestra in frantumi della camera da letto.

— Santo cielo, che cosa è successo? — chiese senza fiato il padre vedendo i propri figli penzolare come addobbi di Natale.

— Un ragno gigante — disse Charlie indicando la finestra rotta. — È uscito di là. Non è colpa mia.

A dire il vero nessuno dava la colpa a lui. In fondo era impensabile che un ragazzino di tredici anni avesse fatto una cosa così inaudita. Tuttavia, anche il reporter del giornale locale si era domandato come mai Charlie fosse l'unico che il "ragno gigante" aveva lasciato incolume. E quel fatto aveva dato da pensare anche a Charlie. Non che qualcuno lo avesse accusato direttamente, però, una volta che gli altri furono tirati giù dal soffitto e si ripresero, nessuno di loro gli rivolse più una parola, o anche solo uno sguardo. Nemmeno PL. Quella notte Charlie era andato a dormire pensando di essersi finalmente fatto un amico, e invece, al suo risveglio, si era accorto che suscitava paura e persino panico.

Non era la prima volta.

A dire il vero, fin quasi dalla sua nascita Charlie Benjamin e il sonno erano stati una combinazione esplosiva. Il primissimo disastro pubblico si era verificato durante l'ora del sonnellino all'asilo Braccia Aperte.

Charlie aveva tre anni.

Anche se non ricordava molto bene i dettagli dell'incubo che aveva avuto mentre lui e gli altri bambini dormivano sopra i materassini, in classe, con le tapparelle abbassate, ricordava in modo vivido le urla e le grida disumane che lo avevano strappato al sonno. Mentre le maestre si precipitavano a vedere cosa avesse potuto provocare un tale baccano, il piccolo Charlie si era svegliato trovando la classe completamente distrutta.

La tappezzeria dai motivi colorati penzolava dal muro a striscioline, come fosse stata strappata da artigli. Una boccia di vetro giaceva rotta vicino a uno scaffale rovesciato, mentre il pesce si dibatteva sul pavimento boccheggiando disperatamente. Una distesa di schegge della finestra in fondo luccicava presso un cavalletto da pittore spezzato e rovesciato a terra.

— Che cosa è successo? — aveva chiesto una maestra con la faccia livida.

— Mi dispiace — aveva risposto il piccolo Charlie, tremante. — Io non volevo farlo.

— Sei stato tu a combinare questo disastro? — aveva domandato la maestra incredula.

Charlie aveva annuito. — A volte succedono cose brutte, quando faccio un brutto sogno.

Lo schema era sempre lo stesso.

Quando andava a dormire nel suo caldo e morbido lettino, tutto sembrava a posto. Almeno per un po'. Ma poi, a un certo punto della notte, il silenzio della casa veniva infranto da ringhi e grugniti terribili. Prima che i genitori riuscissero a precipitarsi per vedere che cosa stava succedendo, la cameretta era già distrutta: lana del materasso sparsa ovunque, moquette strappata, vetri in frantumi. E sebbene non lo avessero mai sorpreso a distruggere una stanza mentre era in preda a un incubo, loro pensavano che fosse lui a farlo: era l'unica spiegazione sensata. Così Charlie finì con l'essere terrorizzato alla sola idea di andare a dormire, perché temeva quello che avrebbe trovato al risveglio.

L'incidente verificatosi all'asilo (in seguito ribattezzato "La Catastrofe del Sonnellino") divenne presto leggenda e non ci volle molto perché gli altri bambini cominciassero a prenderlo in giro chiamandolo Incubo Charlie ogni volta che lo incrociavano. I suoi genitori vennero convocati dal direttore dell'asilo, il quale spiegò con molto tatto che Braccia Aperte non poteva più aprire le braccia per Charlie.

— Gli altri bambini hanno paura di lui, capite? — disse il direttore con tremenda gravità. — Si rifiutano addirittura di fare il pisolino, se lui è presente. Una cosa inaccettabile. Il pisolino è la pietra angolare dell'esperienza prescolastica. È il collante che tiene insieme tutto il resto del curriculum. Senza pisolino, il caos è inevitabile e non può che conseguirne la rovina dell'asilo!

— Comprendo la sua irritazione — convenne il padre di Charlie con la voce più calma che poteva. — Ma se lei crede che la causa delle loro preoccupazioni sia Charlie...

— ... si sbaglia! — concluse la madre di Charlie, carezzando energicamente la schiena del figlio con le mani forti e calde. — Sono gli altri bambini che lo tormentano e lo prendono in giro, non il contrario. Santo cielo, ma lo sa come lo chiamano? Incubo Charlie!

— Esattamente — continuò Barrington. — Ma quello che io volevo suggerire è che forse durante il sonnellino Charlie potrebbe essere spostato in una zona diversa della classe.

Il direttore inorridì. — Non possiamo imboccare una strada così scivolosa. Se faccio un'eccezione per un alunno, presto dovrò fare due eccezioni per due alunni, e in men che non si dica ci saranno solo eccezioni e niente più regole. Capite cosa intendo? — scosse la testa sconsolato. — No. Braccia Aperte e Incubo Charlie... cioè, volevo dire, Braccia Aperte e *Charlie* devono andare ognuno per la propria strada.

E così Braccia Aperte fu il primo asilo a cacciare Charlie. Ma non fu certo l'ultimo. Di lì a poco seguirono Punto d'Equilibrio, Il Bambino Felice, I Piccoli Discepoli e I Compagni di Gioco Perfetti. Ma a quel punto, per Charlie, l'orribile serie di espulsioni ebbe fine, perché ormai era abbastanza grande da poter essere espulso da scuola.

Charlie aveva compiuto sei anni.

— Lo so che per voi non c'è niente che non va, in lui — mormorò rassicurante ai genitori di Charlie il preside della scuola elementare Paul Revere, farfugliando attraverso un apparecchio per i denti. Quella bocca era una tana di topo piena di cibo in decomposizione: uno scavo archeologico che conteneva un po' di tutto quel che aveva mangiato nelle settimane precedenti. — Ma lo psicologo della nostra scuola ritiene che soffra di un problema grave. Molto grave. Ha diagnosticato a Charlie un... — Il signor Krup si mise a leggere un dossier. — Ah, eccolo, un DDOCAFC.

— Un bel po' di lettere, per un bambino così piccolo — commentò il signor Benjamin posando protettivo una mano sulla spalla di Charlie.

— Ma se le è guadagnate tutte, mi creda! È la sigla di Disordine da Deficit Ossessivo Compulsivo dell'Attenzione per Fusione del Cervello. — Il signor Krup posò il dossier e fulminò Charlie con lo sguardo, riesumando un antico chicco di mais rimasto intrappolato sotto un molare. — Ora, essendo noi una scuola pubblica, la legge ci impone di impartirgli un'educazione. Tuttavia, credo che sia nell'interesse di Incubo Charlie... volevo dire, nell'interesse di *Charlie*, che venga allontanato dagli altri bambini e confinato in una roulotte, lontano dalla sede scolastica, dove possa avere a che fare solo con bambini che hanno ricevuto una diagnosi con un numero di lettere pari al suo. Prego, firmate qui.

Il preside porse un modulo ai genitori di Charlie.

La madre di Charlie lo respinse.

— No — disse.

— Mi scusi?

— Può anche darsi che a lei e agli altri bambini Charlie non piaccia, signor Krup. Può darsi che non lo comprendiate. Ma lui è eccezionale. E se voi non riuscite a comprenderlo, non lo meritate. Verrà via con noi oggi stesso e non tornerà più qui. — Olga si alzò e sorrise trionfante. — Finché non riuscirò a trovare una scuola che voglia accettarlo, gli farò lezione io stessa.

E fu proprio ciò che fece.

Per i sette anni che seguirono, Charlie andò a scuola nella bolla protettiva del modello 3... finché la bolla esplose nella notte del pigiama party dell'Apocalisse.

"Perché sono così strano?" pensò Charlie mentre sedeva sul divano e guardava fuori dalla grande finestra del salotto di casa, nella speranza di intravedere i ragazzi del vicinato che tornavano da scuola. Visto che non poteva giocare con loro, gli piaceva almeno guardarli. Erano passati cinque giorni dal pigiama party dell'Apocalisse ed era ancora scombussolato.

In fondo all'isolato, lo scuolabus della scuola media Generale MacArthur si fermò con un gemito. Le porte a soffietto si aprirono e ne uscirono studenti che masticavano gomme, trascinavano zaini rigonfi, ridevano e si spintonavano per gioco. Charlie scorse subito PL, che tirò fuori dalla cartella un frisbee e lo lanciò verso uno dei ragazzi.

Charlie lo salutò con la mano dalla finestra. PL lo vide e gli lanciò un'occhiata gelida, poi si voltò verso gli altri, ignorandolo completamente.

— Credi che un giorno smetteranno di pensare che è stata colpa mia? — chiese Charlie a sua madre. — Del fatto che erano appesi al soffitto dentro quei bozzoli, intendo.

Sapeva che la risposta era no, ma con sua sorpresa la madre si limitò a stringersi nelle spalle, senza quasi distogliere lo sguardo dallo sceneggiato che stava guardando in TV. Negli ultimi giorni era così cambiata che quasi non la riconosceva più. Sembrava che non le interessasse più niente di lui, il che era del tutto insolito. Charlie sperò che si fosse solo presa una qualche influenza, perché non poteva sopportare il pensiero che il suo recente disastro l'avesse convinta, dopo gli anni in cui aveva creduto in lui, a rassegnarsi definitivamente.

* * *

— L'anno prossimo voglio andare a scuola. Una scuola normale — disse Charlie ai suoi quella sera, durante la cena.

— Charlie, ne abbiamo già parlato e riparlato — ribatté Barrington. — Devo forse ricordarti il pigiama party dell'Apocalisse?

— Ma io non ho fatto niente! — gridò il ragazzo. — Tutti continuano a dare la colpa a me, ma io non ho fatto niente. Te l'ho già detto, è stato un ragno gigante! Quella volta io l'ho visto!

— Charlie, per favore — il signor Benjamin prese a massaggiarsi le tempie. — La discussione è chiusa.

— Non è chiusa! A scuola non posso fare incubi, perché ci si va di giorno. E allora perché non dovrei andare a lezione come tutti gli altri?

— Perché ti farebbero a pezzi! — gli gridò il signor Benjamin, assumendo subito dopo un'espressione pentita. — Anche se non ti verrà uno dei tuoi incubi non importa, ormai ti hanno messo un'etichetta, Charlie. Tu per loro sei diverso... e per questo ti daranno il tormento. I bambini lo fanno sempre. E ora, per favore, preparati ad andare a letto.

— Ma non voglio. Io voglio...

— Charlie! — La voce di Barrington fu come un portone di pietra che si chiude di colpo.

Charlie si alzò da tavola e lasciò la stanza, infuriato.

Il signor Benjamin fece un sospiro profondo e si rivolse alla moglie, che era rimasta in silenzio. — Più cresce e più diventa difficile tenerlo qui. Certo, noi lo facciamo per proteggerlo, ma per quanto la cosa mi preoccupi, prima o poi dovrà affrontare il mondo da solo.

Olga si voltò dall'altra parte senza dire una parola.

— Ti senti bene, tesoro? Non starai covando un malanno, vero?

Lei scosse la testa. Il signor Benjamin le prese la mano con delicatezza.

— Lo so, anch'io vorrei tenerlo qui con noi. Là fuori, fuori dal modello 3, c'è un mondo crudele, e un ragazzo come Charlie, un ragazzo speciale e meraviglioso come lui, ecco... — scosse triste la testa — prenderà una tale batosta...

* * *

Le stelle fosforescenti appiccicate al soffitto sopra il letto di Charlie rilucevano debolmente. Le pareti della sua camera erano coperte di gommapiuma. Non c'erano vetri, niente di tagliente o pesante che potesse fargli del male nel caso venisse rotto o lanciato durante un sogno particolarmente distruttivo. C'erano solo spigoli arrotondati, imbottiture spesse e, alla finestra, lastre di plastica di sicurezza. A volte a Charlie sembrava la stanza di un matto, studiata per proteggerlo da se stesso e dalle cose orribili che potevano succedere dopo che aveva preso sonno.

E il sonno, come sempre, tardava ad arrivare.

Charlie cercò di sgombrare la mente da tutti i pensieri strambi che gli passavano per la testa scrivendo un paio di idee nel *Catalogo degli Strumenti Maledettamente Geniali* che teneva accanto al letto. Il primo, lo Strumento numero 47, era un'idea per un Orologio Laser Maledettamente Geniale che emetteva un raggio di luce abbastanza forte da accecare temporaneamente i cattivi lasciandoti il tempo di scappare. Il secondo, lo Strumento numero 48, era un palmare che utilizzava un complicato chip in grado di identificare gli odori, adatto a chi avesse perso il naso in un orribile incidente. Lo chiamò Odorometro Maledettamente Geniale.

Charlie non aveva la minima idea di come costruire gli aggeggi che inventava, ma poco importava. Per ora, ciò che contava era l'idea.

Uno scoiattolo stava sgranocchiando una noce sul davanzale. Se tendeva l'orecchio, Charlie sentiva lo scalpiccio leggero di altri scoiattoli, di sopra, nel solaio. Stranamente, lo trovò un pensiero consolatorio.

Senza nemmeno rendersene conto, alla fine si addormentò.

Cominciò un bel sogno. Stava giocando a frisbee con un gruppo di ragazzi nel cortile della scuola. Erano gli stessi del pigiama party dell'Apocalisse, ma ora non sembravano spaventati da lui. PL gli lanciò il frisbee, che però venne afferrato da un inatteso colpo di vento che lo portò lontano, in fondo al campo di calcio. Charlie partì di corsa attraverso l'erba tagliata di fresco, a una velocità fulminea. Saltò più in alto della traversa di una porta e avvitandosi in aria riuscì ad acchiappare il frisbee in modo spettacolare.

— È la presa migliore che abbia mai visto! — esclamò PL.

— Mi vengono naturali, credo — replicò Charlie cercando di apparire il più disinvolto possibile.

— Ti andrebbe di prendere una granita con noi? — chiese un altro ragazzo indicando un distributore automatico che se ne stava luccicante a bordo campo. — Non c'è niente di meglio di una bella granita ghiacciata insieme agli amici, in un una giornata calda come questa.

— Buona idea — commentò Charlie seguendo gli altri.

Il distributore di granite emanava luce dall'interno. PL girò la manopola e versò ghiaccio rosso tritato in un bicchiere di plastica.

— Questa è per me. Ora la tua. La vuoi rossa o blu?

— Rossa — disse Charlie. — Come te.

PL mise un bicchiere vuoto sotto il beccuccio e girò la manopola. Ma non uscì niente. — Che strano — osservò. — Magari s'è bloccato qualcosa dentro. — Infilò un dito nel beccuccio, cercando un eventuale intoppo.

— Trovato niente? — chiese Charlie.

— Non ancora — disse PL. — Ehi, un momento... mi si è incastrato il dito.

Cercò di tirarlo fuori, ma rifiutava di uscire. Mentre tirava, dal cielo che si andava rabbuiando prese a sferzarli un vendo freddo. Proruppero dei tuoni.

— Forse qualcuno dovrebbe andare a cercare aiuto — propose Charlie voltandosi verso gli altri ragazzi. Ma, con sua sorpresa, vide che erano spariti. Erano spariti proprio tutti, tranne lui e il ragazzo intrappolato.

"Che strano" pensò Charlie.

All'improvviso, il distributore di granite si riaccese con un ronzio e il beccuccio riprese a funzionare. Dalla macchina uscì ghiaccio rosso tritato che passò attraverso il dito di PL e dentro il suo corpo, gonfiandolo come un palloncino.

— Fa' qualcosa! — gridò. — Mi fa male!

Charlie cercò di girare la manopola, ma non si muoveva. La faccia del ragazzo cominciò a gonfiarsi e a cambiare colore: prima rosa, poi rossa...

— Ho freddissimo! — gemette PL, rabbrividendo. — Aiutami!

— Ci sto provando! — esclamò Charlie, ma sembrava non ci fosse niente da fare. La faccia del ragazzo si stava gonfiando in modo grottesco e lui si espandeva come uno di quei palloncini a forma di animale, mentre la pelle da rosso scuro diventava porpora scuro, il colore di una prugna andata a male. Il vento che li sferzava adesso era gelido e Charlie vedeva il proprio fiato uscire in nuvolette.

Senza una ragione, era calata la notte.

Charlie guardò in alto e vide le stelle... ma erano troppo perfette. Avevano cinque punte regolari e rilucevano debolmente. A un tratto capì che erano le stelle sul soffitto della camera. Quando abbassò lo sguardo scoprì con sgomento che era di nuovo nella sua stanza insieme a... quella cosa in cui PL si era trasformato.

Era una specie di scorpione: pelle lucida violacea tesa su un corpo gonfio di liquami sul punto di scoppiare. Chele affilate schioccavano all'estremità di lunghe braccia innaturalmente sottili. Una coda scheletrica con un pungiglione lungo una spanna si agitava pericolosamente al di sopra della testa; una lingua che guizzava come quella di un serpente fuori e dentro il muso corneo, che mandava bagliori metallici, argentei.

Charlie cercò di strillare, di chiamare aiuto, di fare qualsiasi cosa, ma la bocca gli era diventata secca come gesso e i battiti del cuore gli assordavano i timpani come un fuoco di mortai. Quando la creatura fece per avvicinarsi, lui allungò la mano, prese la matita dal comodino accanto al suo *Catalogo degli Strumenti*, e poi, raccogliendo tutto il coraggio che aveva, si conficcò la matita nella mano gridando: — Svegliati!

* * *

Charlie si svegliò dall'incubo con uno strillo. Aveva i capelli appiccicati sulla fronte sudata e il cuore gli batteva così forte nel petto che pensava che gli avrebbe rotto le costole.

— Non andrò mai più a dormire — disse mentre scivolava fuori dal letto e attraversava a tentoni la stanza buia diretto verso la sottile riga di luce sotto la porta che dava sul corridoio.

La sua mano toccò qualcosa.

La creatura del sogno era lì.

— No! — gemette Charlie.

In alto sopra di lui, il mostro sollevò il lungo pungiglione ricurvo, pronto a colpire. Dalla punta colava un fluido dall'aspetto velenoso. A Charlie vennero le ginocchia molli e cadde a terra.

— No, non farlo... — disse.

La coda del mostro calò furiosamente verso di lui con la forza di una mazza.

Nello stesso preciso istante la finestra esplose verso l'interno, sfondata da un uomo, il quale fece un gesto del braccio così rapido che sembrò quasi che il tempo avesse fatto un salto in avanti. Un bagliore accecante di luce blu colpì gli occhi di Charlie come un fulmine e si avvolse intorno al pungiglione deviando la sua traiettoria quel tanto che bastò per farlo conficcare nelle assi del pavimento, a pochi centimetri dal ragazzo, dove sollevò uno spruzzo di schegge di legno.

L'uomo saltò a terra con un tonfo, afferrò Charlie per la maglietta e lo tirò in piedi, allontanandolo dal mostro. A Charlie quel tizio ricordò in tutto e per tutto un cowboy: indossava blue-jeans polverosi, stivali di cuoio ingrassato e un vecchio cappello da mandriano calcato sull'ampia fronte, e impugnava un lazo percorso internamente da un fuoco blu elettrico. Solo allora Charlie capì che il lazo si era attorcigliato alla coda della creatura.

— Salve, ragazzo — disse il cowboy con un sorriso obliquo. — Piacere di conoscerti, finalmente. A quanto pare sono arrivato giusto in tempo.

2

UNA LINGUA D'ARGENTO DI QUINTO LIVELLO A GOLA SPIEGATA

— Chi sei? — chiese Charlie fissando attonito l'estraneo nella sua camera da letto.

— Mi chiamo Rex — rispose il cowboy. — Sono sicuro che hai un mucchio di domande da farmi e tra un po' ci arrivo. Sempre che sopravviviamo a quel coso, naturalmente, potrebbe essere una complicazione.

— E quello tu lo chiami "complicazione"?! — ribatté Charlie indicando il mostro che cercava disperatamente di svellere il pungiglione dalle assi del pavimento.

Rex rise. — Aspetta e vedrai. Non appena la vecchia linguadargento si metterà a cantare ti verrà nostalgia di questo momento.

— A cantare? — ripeté Charlie confuso.

Poi, all'improvviso, fu proprio ciò che accadde. La creatura aprì la bocca e tirò fuori la sua lingua d'argento smodatamente lunga, che si contorse e cominciò a vibrare come un diapason. Non ne uscirono parole, solo note, ma delicate come filigrana d'argento e intessute in modo incantevole.

— Oh, no — gemette Rex voltandosi verso la finestra. — Tabitha, dov'è il mio portale, tesoro?

— Ci sto lavorando! — rispose una voce femminile.

Charlie si voltò di scatto e vide una giovane donna molto carina, coi capelli rossi tagliati corti, che scavalcava la finestra ridotta in pezzi. Indossava pantaloni verdi come i suoi occhi color smeraldo e alle dita e al collo portava una quantità straordinaria di gioielli.

— Ecco la mia sfavillante regina — disse Rex. — Sei un toccasana per chi ha male agli occhi, dolcezza.

— Non chiamarmi dolcezza — ribatté lei secca, dirigendosi sicura verso di loro.

— Come vuoi, labbra di zucchero — replicò Rex con un sorrisetto.

Visibilmente infastidita, Tabitha digrignò i denti e distese la mano destra. Sul suo corpo cominciarono a danzare brillanti fiamme color porpora caricando l'aria di elettricità. Charlie si sentì drizzare i peli delle braccia e delle gambe. La creatura intanto continuava a cantare, ora in modo più veloce e intenso, e Charlie era atterrito dalla bellezza aliena di quella voce.

— È incredibile — mormorò.

— Sì, almeno finché non arriva il crescendo — disse Rex. — Dopodiché le cose si mettono male.

— Perché, poi cosa succede?

— Oh, ci esploderà la testa.

— Ci esploderà la testa?! — Charlie ebbe un singulto.

— In effetti è un fenomeno molto interessante — si intromise un'altra voce. Charlie si voltò di scatto verso la finestra e vide un ometto basso e sudato, con la barba ben curata, che cercava di arrampicarsi oltre gli spunzoni di plastica della finestra. Indossava un elegante completo di lana, troppo pesante per una notte calda come quella. — Vedi — proseguì l'uomo grugnendo per lo sforzo e asciugandosi il sudore dalla punta del lungo naso — la nota finale emessa dalla linguadargento... accidenti a questa finestra... fa vibrare l'aria dentro le cavità paranasali e frontali a una frequenza talmente alta che ti manda letteralmente in frantumi il cranio. È una strategia d'attacco molto efficace.

— Cavoli! Lo pensi davvero? — chiese Rex.

— Sì perché io, diversamente da te, penso — rispose seccamente l'uomo barbuto mentre cercava di districarsi fra le schegge della finestra. — E ti ricordo che non devi prendere alcuna iniziativa senza la mia approvazione. Conosci le regole.

— Stavi dicendo qualcosa, Pinch? Mi ero distratto un attimo...

— Non lo sopporto, quando fai così — protestò l'uomo chiamato Pinch.

— E io non sopporto di perder tempo a discutere con un furbone come te, soprattutto se ho già il mio da fare con una linguadargento di Quinto Livello che canta a gola spiegata.

— È un Quarto Livello — disse Pinch saltando all'interno della stanza con un tonfo.

— È un Quinto! — ribatté secco Rex. — Contagli i maledetti spunzoni sulla coda... o non sai contare?

Charlie guardò gli spunzoni sulla coda della creatura. — È vero, ne ha cinque — confermò.

— Lo vedi, Pinch? Se n'è accorto persino il ragazzo.

All'improvviso, con un cigolio da chiodo arrugginito che viene estratto da un'asse, la linguadargento, senza mai smettere di cantare, strappò via il pungiglione dal pavimento. Nello stesso istante la sua lucida coda si divincolò dal lazo e attaccò Rex, che fece un salto indietro mentre quella gli sfiorava sibilando la faccia.

— A che punto siamo con il portale, principessa? — gridò Rex.

— Arriva — gridò Tabitha di rimando.

— È un piacere sentirlo — disse Rex scansando un altro colpo della coda velenosa con la grazia di un torero. Poi estrasse dalla cintola una spada corta (anche questa rilucente di fuoco blu) e la usò per parare i colpi del pungiglione come in una gara di scherma.

Il canto della creatura intanto era diventato un trillo metallico indistinto. Charlie sentiva la testa vibrargli come un frullatore e gli occhi gli sembravano sul punto di schizzargli fuori dalle orbite.

— Fa' qualcosa! — implorò Pinch. — È cominciato il crescendo!

— Cosa succede, lì dentro? — gridò all'improvviso qualcuno dal corridoio. — Charlie, stai bene?

— È mio padre — disse Charlie con una smorfia. — Non dovrei essere ancora in piedi.

In quel preciso istante il corpo di Tabitha fu completamente inghiottito da un fuoco color porpora. Ci fu una ventata di aria rovente e al centro della stanza si aprì un grande portale, come una specie di passaggio. Era circolare e grosso abbastanza perché potesse passarci un'automobile. I bordi erano lambiti da fiamme color porpora, simili a quelle che avvolgevano la donna.

Rex sorrise. — Adesso sì che ti riconosco: brava ragazza.

La porta della camera da letto si spalancò e il signor

Benjamin si precipitò all'interno. — Charlie, stai per caso avendo uno dei tuoi incu... — si bloccò di botto e fissò impietrito la scena. — Ehi, che succede qui?

La linguadargento gli lanciò un'occhiata.

Era la distrazione di cui Rex aveva bisogno. Si gettò sul mostro con tutto il suo peso e lo sospinse barcollante all'indietro, interrompendo la nota finale portatrice di morte. La creatura inciampò e ricadde al di là del portale, scomparendo alla vista. Charlie corse avanti per scoprire che fine aveva fatto.

Ciò che vide lo lasciò scioccato.

Il portale sembrava sospeso in alto, nell'aria, al di sopra di un paesaggio stranissimo, mai visto. Là sotto, una massa intricata di cristalli color senape serpeggiavano intrecciati uno dentro l'altro come filo spinato. La linguadargento precipitò di schianto, spezzando alcuni cristalli e finendo affettata dai loro spigoli, taglienti come lame. E subito scomparve, persa in quella selva mortifera.

— Wow! — esclamò Charlie fissando stupito la scena.

Rex saltò in piedi e infilò la spada nella cintola. — Ecco fatto — disse con un sorriso sfrontato. — A volte mi stupisco persino io di come ci riesco...

All'improvviso, lanciando strida spaventose, un gigantesco pipistrello scarlatto proveniente dal cielo alieno piombò volando nel portale ancora aperto, ghermì Rex tra i suoi artigli nodosi e, battendo furiosamente le ali, lo strattonò a ritroso verso il passaggio, trascinandolo nello strano mondo là sotto.

— Rex! — strillò Tabitha.

Quasi istantaneamente, il lazo di Rex sfrecciò attraverso il portale, mancando per pochi centimetri la guancia di Charlie, e con uno schiocco si appigliò saldamente alla maniglia della porta. Rex si teneva forte all'altro capo del lazo, sballottato nell'aria come un aquilone in un uragano, mentre la gigantesca creatura simile a un pipistrello lottava per portarselo via.

— Tirate! — gridò Rex. — Tirate e *non mollate*!

Tabitha e Charlie afferrarono il lazo e iniziarono un disperato tiro alla fune contro il pipistrello, mentre Pinch misurava nervosamente la stanza a grandi passi. — Gliel'avevo detto di chiedermi l'approvazione per qualsiasi intervento — gemette. — Guarda che situazione, adesso!

— Tenete duro! — gridò Rex, mentre il pipistrello si tuffava e risaliva come un pesce vela appeso all'amo. — E tu chiudi quella ciabatta, Pinch!

— Le tue offese non mi sfiorano neanche — disse Pinch, che poi si voltò verso il padre di Charlie e disse: — Farina, signor Benjamin?

— Fa rima? Con cosa?

— No, signore, non le ho chiesto se fa rima ma se ha della farina. Ha presente, quella cosa bianca per fare il pane, le torte...?

— Ah, sì — rispose Barrington. — Credo di sì.

— La vada a prendere, per favore — replicò Pinch. — Con una certa urgenza, se non le dispiace.

— Subito — disse Benjamin correndo fuori dalla stanza.

La creatura simile a un pipistrello sbatteva furiosamente le ali con il fragore di un treno merci e intanto attirava lentamente Charlie e Tabitha verso il portale spalancato sul vuoto.

— Aiutaci! — gridò Tabitha a Pinch. — Ci sta trascinando nell'Infero!

Charlie, affacciato al portale, vide giù in basso i cristalli affilati come lame, pronti a infilzarli se ci fossero caduti sopra.

— Da un punto di vista strettamente tecnico — ribatté Pinch — io sono qui solo in veste di consulente direttivo.

— Aiutaci e basta! — gridarono simultaneamente Charlie, Rex e Tabitha.

— Okay, va bene — si arrese Pinch afferrando il lazo. Con l'aggiunta della sua forza, tutti e tre cominciarono a tirare Rex verso la camera da letto. Intanto Barrington stava arrivando di corsa con un pacchetto di farina.

— Eccola — disse ansimando.

— Eccellente — replicò Pinch. — Adesso la butti addosso al pipinfero.

— Al cosa?

— Al pipinfero! — urlò Rex. — L'unico pipistrello gigante che vede qui intorno e che sta cercando di uccidermi!

— Ah — disse Barrington.

Nell'istante esatto in cui Charlie, Pinch e Tabitha tirarono la creatura in camera attraverso il portale aperto, il signor Benjamin strappò il pacchetto, scatenando una tormenta di farina. Le ali del pipinfero sbatterono freneticamente sollevando la polvere e presto nella stanza tutto fu avvolto da una coltre di finissime particelle bianche. Quasi all'istante, il pipinfero cadde a terra barcollando come un ubriaco.

— Cosa gli prende? — chiese Charlie.

— I pipinferi, come i normali pipistrelli, per vedere usano una specie di radar — rispose Pinch. — Si chiama ecolocazione. I granelli di farina oscurano i suoi trasmettitori, rendendolo praticamente cieco.

— Grazie, signor Scienza Infusa — commentò Rex, dando una gomitata in testa alla creatura, la quale, tossendo e ansimando, lo lasciò finalmente andare. Con un rapido movimento fluido, Rex liberò il lazo dalla maniglia della porta e, come un domatore di leoni, lo fece schioccare verso la creatura, sospingendola nel portale aperto. Il pipinfero inciampò alla cieca attraverso il portale e cadde all'indietro, avvitandosi vorticosamente su se stesso fino a infilzarsi su un cristallo appuntito come un ago.

— Chiudi il portale — ordinò Rex.

Tabitha face un gesto con la mano e il passaggio orlato dalle fiamme color porpora si chiuse di colpo. Intorno a loro cadde il silenzio, mentre la farina si depositava piano piano ricoprendo tutto e tutti di un quieto manto bianco, tanto che a Charlie venne in mente il giorno di Natale.

— Che cosa diavolo succede qui? — riuscì finalmente a chiedere il signor Benjamin. — Chi siete voi?

— Mi chiamo Rex — rispose il mandriano afferrando la mano del signor Benjamin e stringendola forte. — Piacere. Sono un cowboy.

— Il termine corretto sarebbe banditore — sbuffò Pinch.

— Corretto, ma moscio. Cowboy mi piace di più. Lei invece è Tabitha — disse indicando la donna. — È un'apriportali.

— Noi preferiamo dire inferomanti.

— E come può notare, è pazzamente innamorata di me — aggiunse Rex.

— Neanche per sogno!

— Ah, no? — replicò Rex con un ghigno. — E allora perché sei così agitata e accalorata? Guarda che ti cresce il naso…

— Sei tremendo — disse Tabitha scuotendo la testa.

— Vedo che te ne sei accorta, eh? — ribatté Rex.

— Non badi a questi due — intervenne Pinch rivolgendosi al signor Benjamin. — Io sono Edward Pinch. Sono il facilitatore del gruppo, nonché il responsabile.

— Responsabile di che? — chiese Rex.

— Di averti salvato la vita — rispose l'altro seccamente.

— Ehi, tu non hai salvato un bel niente. Stavo per dire io al signor Benjamin di andare a prendere la farina… Sei solo stato un po' più svelto.

— La tua arroganza è sorprendente — replicò Pinch. — Non pretendo che tu faccia un salto mortale in mio onore: basterebbe un semplice grazie.

— E va bene — disse Rex. — Grazie per aver sistemato il pasticcio combinato dalla principessa.

— Che cosa avrei *combinato*, io? — lo fulminò Tabitha.

— È la verità — ribatté Rex voltandosi verso di lei. — Hai aperto quel portale nientemeno che al Quinto Anello, giusto?

— Giusto — confermò lei. — Dato che dovevamo bandire una linguadargento di Quinto Livello. E tu sai che i Quinto Livello devono essere ricacciati nel Quinto Anello dell'Infero: è lì che vivono.

— Già, e sai chi altro vive nel Quinto Anello? Le altre creature di Quinto Livello, come il pipinfero che voleva far merenda con la mia testa.

— Tabitha ha fatto la cosa giusta — intervenne Pinch prendendo le difese della donna. — La *Guida all'Infero della Divisione Incubi* è molto chiara, al proposito. Le regole sono regole. E questo vale per *tutte* le regole!

— Be', tu sai quanto mi piacciono le regole, Pinch — replicò Rex. — Se non ci fossero, non avrei niente da trasgredire.

— Ne ho abbastanza di questo teatrino — s'intromise il signor Benjamin. — Qualcuno di voi può darmi una buona ragione per non chiamare la polizia?

— Gliene darò una io — rispose Tabitha. — Suo figlio Charlie ha un Dono come non ne ho mai visti prima. Ma se non imparerà a controllarlo... *finirà per uccidervi tutti.*

3

ODORE DI CANNELLA

— Questi signori sostengono di sapere cos'è successo a Charlie per tutto questo tempo — disse Barrington a Olga più tardi, in soggiorno, dopo che tutti avevano aiutato a ripulire. — Credo che dovremmo starli a sentire.

— È quello che credo anch'io — acconsentì Charlie sedendosi sul divano di fianco alla madre.

Olga si limitò a stringersi nelle spalle.

— Sentite, io so che non è la prima volta che da queste parti succede una cosa del genere — disse Tabitha seduta sulla poltrona a stampe floreali accanto al divano. — Vi sarete fatti mille domande. Noi possiamo darvi le risposte.

— Sicuro — confermò Rex, facendo crocchiare le nocche. Tabitha strizzò gli occhi. — Le cose stanno così: tutti i bambini sognano, giusto? A volte ti arriva un bel sogno, altre un incubo. Ma gli incubi non sono solo dentro la tua testa: hanno uno scopo. Sono come una porta che si apre sul Paese della Strizza.

— Il termine esatto è *Infero* — lo corresse Pinch.

— E nel *Paese della Strizza* — continuò Rex lanciandogli un'occhiataccia — c'è una marea di esseri brutti e cattivi che vogliono entrare nel mondo attraverso quella porta.

— Perché? — chiese Charlie.

— Gli piace creare problemi — spiegò Rex. — La maggior parte di loro sono solo una seccatura. Fanno un po' di danni in qualche casa diroccata, spaventano una vecchietta, roba così.

— Fantasmi! — esclamò Charlie.

— Già, di questi non serve avere troppa paura. In fondo sono innocui. Ma ce ne sono anche di un altro tipo, Charlie... un tipo letale. Come quei due Quinto Livello che abbiamo appena sistemato.

— Lei sta dicendo che quei *cosi* vengono nel nostro mondo continuamente? — domandò il signor Benjamin incredulo.

— Proprio così — rispose Tabitha. — Ma per farlo hanno bisogno dei bambini. Bambini in possesso di quello che noi chiamiamo *il Dono*.

— O ci nasci o non ci nasci — puntualizzò Rex sollevando le spalle.

— Il Dono è alimentato dall'immaginazione — proseguì Tabitha — una dote che di solito diventando adulti si affievolisce. Più il Dono è forte, più grande e potente è il portale che si può aprire e più pericolose sono le creature che ne vengono fuori. — Fece un sorriso rassicurante a Charlie. — Il Dono di suo figlio... è straordinariamente forte.

— Altroché! — fu d'accordo Pinch. — Sono passati decenni dall'ultimo bambino abbastanza potente da aprire un portale di Quinto Livello. È un po' che lo tengo d'occhio, a dire il vero, dai tempi della Catastrofe del Sonnellino.

— Siete venuti a saperlo anche voi? — si sorprese Charlie.

— Ma certamente. Non sarei bravo nel mio lavoro se non avessi sotto controllo queste cose, non credi? Ma solo dopo aver letto un certo articolo sul giornale ho capito che dovevamo agire in fretta.

— Un articolo sul giornale? Intende dire quello intitolato "Terrore al pigiama party dell'Apocalisse"? — chiese Barrington.

Pinch annuì. — Dall'articolo si capiva chiaramente che suo figlio aveva aperto un portale a un inferragno almeno di Terzo Livello.

— Che cos'è un inferragno? — domandò Charlie.

— Assomiglia un po' a un ragno gigante — rispose Tabitha.

— Visto? — gridò Charlie rivolgendosi trionfante ai suoi genitori. — Ve l'avevo detto.

— Ho capito subito che dovevamo venire da vostro figlio — continuò Pinch — per impedirgli di far del male a se stesso o ad altri. Come potete vedere da quello che è successo stasera, è stata una fortuna che siamo venuti.

Barrington scosse la testa sbalordito. — Per tutto questo tempo, noi abbiamo pensato che fosse Charlie a dare in escandescenze durante i suoi incubi. Invece erano dei mostri a causare tutti quei danni dopo essere entrati nel nostro mondo grazie a lui?

— Proprio così — confermò Pinch.

— È assolutamente sbalorditivo — disse Barrington, che poi si rivolse a Olga. — Non credi anche tu, cara?

Lei si strinse nelle spalle, come fosse poco interessata alla faccenda.

Rex la fissò con curiosità. — Ho notato che lei non ha detto una parola, signora Benjamin. Posso chiederle se per caso oggi ha cucinato dei tortini alla cannella?

— No — rispose lei.

— Biscotti alla cannella, rotolini di cannella, focaccine alla cannella?

— Non che io ricordi.

— Ha mangiato qualcosa contenente cannella? O forse l'ha fatto qualcuno vicino a lei?

— Non mi pare.

— Come pensavo — concluse Rex, quindi saltò improvvisamente dall'altra parte del tavolino e la afferrò per la gola. — Che cosa hai fatto alla mamma di Charlie, essere disgustoso?!

Il signor Benjamin rimase a guardare impietrito, mentre Rex scuoteva sua moglie. — Ma che diamine... — boccheggiò. — Ehi, non si fa così! Ma che modi sono questi?!

— Lasciala andare! — gridò Charlie saltando anche lui dall'altra parte del tavolino. Si buttò su Rex e cercò di staccargli le mani dal collo della madre.

— Questa non è tua madre, ragazzino — disse Rex. — Non lo senti? Odore di cannella. Tutti i mimetici puzzano in questo modo.

— Lasciala subito andare! — ordinò Pinch. — C'è un sacco di gente che profuma di cannella senza per questo venire dall'Infero!

— Sarà, ma questo viene da lì, e adesso ve lo dimostro — esclamò Rex trascinando la signora Benjamin giù dal divano, mentre suo marito emetteva striduli lamenti di disapprovazione.

— Quella che lei sta trascinando per il collo è mia moglie, signore! Non posso accettarlo! La lasci immediatamente!

Ma Rex lo ignorò e portò la signora Benjamin verso il bagno, al piano di sotto. Lei intanto cercava disperatamente di morderlo e di graffiarlo in faccia, soprattutto quando lui spalancò la porta della doccia e la gettò dentro in malo modo.

— Cosa stai facendo? — strillò Charlie.

— Lo vedrai.

— Charlie, impediscigli subito di far del male alla mamma! — implorò Olga. — Aiuta la mamma. Lei ti ha sempre protetto!

— Falla finita, mimetico — sbottò Rex bruscamente, e aprì il rubinetto.

Non appena l'acqua la colpì, Olga lanciò un gemito strozzato e disumano e si mise a raspare disperatamente contro il vetro della doccia. La sua pelle prese ad annerirsi e a gonfiarsi di bolle; poi si staccò in lunghe strisce che si liquefecero e sparirono nello scarico. Quando fu tutto finito, la cosa che aveva finto di essere la signora Benjamin si contorse come un lumacone sul pavimento della doccia. Era rosa e gommoso, con due grandi occhi, senza gambe e con due braccia estremamente lunghe e robuste.

Il signor Benjamin e Charlie la fissarono sotto shock.

— Rifatevi gli occhi con un mimetico di Quarto Livello — disse Rex con un pizzico di spavalderia del tipo io-ve-l'avevo-detto. — Si capisce che è di Quarto Livello dal numero delle dita. Più dita ha, più è potente.

— Assolutamente corretto — si intromise Pinch. — Un Primo Livello, ad esempio, ha forza sufficiente per sottomettere e metamorfizzare un essere grande quanto un neonato, ma ci vuole un Quinto Livello fatto e finito per impossessarsi di un umano adulto come lei.

— Impossessarsi...? — ripeté il signor Benjamin con ansia crescente.

— Sì, ma non si preoccupi — disse Tabitha, posandogli una mano sulla spalla per tranquillizzarlo. — Per restare camuffato, un mimetico deve tenere la propria vittima vicino a sé e *viva*. Sua moglie starà senz'altro bene. Probabilmente l'ha strappata dal letto quando è venuto durante uno degli ultimi incubi di Charlie e, prima di prendere la sua forma, l'ha nascosta da qualche parte nella casa.

— In solaio! — esclamò Charlie. — Ho sentito raspare lassù, la notte scorsa. Pensavo fossero scoiattoli.

Tabitha si voltò verso Rex. — Vai a prenderla. Io mi occupo di questo — disse indicando il mimetico che si sforzava invano di scavalcare la porta della doccia con le sue lunga dita robuste.

— Senza offesa, tesoro — replicò Rex, — ma tu sei solo un'apriportali. È meglio se resto qui a darti una mano.

— Il giorno che avrò bisogno di aiuto per liberarmi di un mimetico qualunque, sarà il giorno che ti dirò ti amo.

— Cioè, quando?

— Mai — gli rispose lei facendogli ciao con la mano.

* * *

La soffitta era buia e puzzava di giornali vecchi e materassi umidi. Il signor Benjamin salì per primo la scala, seguito da suo figlio.

— Mamma? — gridò Charlie.

— Cara? Sei qua sopra? — chiese Barrington.

Mentre la cercavano, Pinch prese Rex da parte. — Non fare mai più una cosa del genere. Cosa sarebbe successo se ti fossi sbagliato sul conto del mimetico?

— Non mi sbagliavo — ribatté Rex.

— Però se ti fossi sbagliato e avessi finito per far del male a quella donna, avresti potuto compromettere la Divisione Incubi.

— Non è successo.

Pinch alzò gli occhi al cielo. — Qualsiasi decisione possa avere una ricaduta sull'integrità operativa della Divisione Incubi è di mia esclusiva competenza. Sono io che interpreto le regole. Io che organizzo la chiamata. Tu devi solo eseguire. Eppure è semplice da capire.

— Non è così semplice — disse Rex sporgendosi verso il suo interlocutore. — La pancia mi diceva che c'era qualcosa che non andava, in quella donna, e dovevo fidarmi. Tu non puoi capire di cosa parlo. Tu non hai il Dono. O almeno, non ce l'hai più.

Pinch si ritrasse come se fosse stato punto.

— Scusa, Pinch — continuò Rex. — Non volevo metterla così. È solo che io devo fare quello che mi sembra giusto.

— Anch'io — disse Pinch. — E se prenderai un'altra volta una decisione senza la mia autorizzazione proporrò al Consiglio la tua sospensione.

— Non ne dubito.

— Ehi, voialtri, venite qui! — gridò Charlie. — L'abbiamo trovata. È nell'astronave!

Olga Benjamin aveva trascorso gli ultimi due giorni ficcata nel vecchio scatolone di un frigorifero che, tempo prima, Charlie e suo padre avevano dipinto in modo da farlo sembrare un'astronave. Aveva le mani e i piedi legati con nastro adesivo e la bocca imbavagliata con un vecchio straccio sporco.

— Mia povera cara... — mormorò il signor Benjamin mentre strappava il nastro e le toglieva il bavaglio dalla bocca. — Stai bene?

— Pensavo che sarei morta — disse Olga con la voce roca per il silenzio prolungato. — C'era una creatura... una cosa mostruosa con orribili, lunghe dita... che mi ha *rapito*... e poi mi ha messo nell'astronave.

— Sappiamo tutto, ma' — intervenne Charlie. — Era disgustosa! Ma ora non c'è più. Rex e Tabitha se ne sono liberati.

— Rex e chi? — gracchiò Olga.

— Ci sono un sacco di cose che dobbiamo raccontarti — le disse il signor Benjamin aiutandola ad alzarsi in piedi. — Ora andiamo a prepararti una bella tazza di tè. Ti aiuterà a calmare i nervi.

* * *

In effetti il tè, insieme al goccio di whisky che ci versarono dentro, aiutò Olga a distendere i nervi. Mentre sorseggiava la terza tazza, ascoltò con attenzione Rex che le raccontava di apriportali ("inferomanti", lo corresse Tabitha in tono cortese) e banditori, di linguadargento di Quinto Livello che canta a gola spiegata e di odore di cannella, e di come l'acqua può smascherare i mimetici.

— Ma perché ha voluto assumere proprio il mio aspetto? — chiese Olga.

— Per il sudore, signora — rispose Rex. — I mimetici come quello che l'ha acchiappata adorano il sudore. Anzi, ne hanno bisogno per sopravvivere. Lo prendono agli animali, se non riescono a prenderlo agli umani, ma per poterlo leccare devono camuffarsi da qualcosa che è dotato di una bocca, perché loro non ce l'hanno, capisce?

— Ehm, di chi era esattamente il sudore che ingeriva quel mimetico? — domandò Barrington un po' in allarme.

— Probabilmente il suo, signor Benjamin — disse Rex con un ghigno. — Probabilmente è venuto da lei mentre dormiva. Non c'è niente che piaccia di più a un mimetico che leccare il sudore da qualcuno che sta ronfando.

— Capisco — disse il signor Benjamin sbiancando in viso.

— E adesso cosa facciamo? — chiese Olga.

— Adesso — rispose Pinch con gli occhi luccicanti per l'eccitazione — dobbiamo portare il ragazzo a un'audizione dinanzi all'Alto Consiglio della Divisione Incubi.

— Il che? — domandò il signor Benjamin.

— Sono lieto che lei non lo conosca — commentò secco Pinch. — Vede, la Divisione Incubi è un'organizzazione segretissima incaricata di tenere sotto controllo la popolazione Infera. Come può immaginare, con tutti gli incubi che si hanno nel mondo, c'è un'ampia quantità di creature infere da individuare ed eliminare.

— Sì, va bene, ma cosa vogliono da Charlie? — insistette il signor Benjamin.

Pinch si stupì che la risposta non fosse del tutto ovvia. — Chiunque abbia lo straordinario potere di aprire un portale a una creatura che va dal Quarto Livello in su, *deve* essere portato dinanzi al Consiglio, affinché questo lo possa identificare, esaminare e valutare. È assolutamente necessario. Le regole sono molto chiare.

— È la verità? — chiese Olga rivolgendosi a Tabitha.

— Temo di sì — rispose lei. — Ma non si preoccupi, farò l'impossibile per proteggere Charlie.

— E da che cosa dovrebbe proteggerlo, esattamente? — insistette Olga. — Insomma, che cosa potrebbero fargli?

— Be', dipende — disse Pinch con evidente soddisfazione. — Potrebbero stabilire che il ragazzo è in grado di essere addestrato per entrare nell'Accademia Incubi. In tal caso, tra qualche anno prenderà il diploma e, come noi, passerà la sua vita a liberare il mondo dalle creature infere. È un grande onore.

— Come no, un sogno che diventa realtà — commentò Rex beffardo.

— E se decidessero che non è in grado di essere addestrato? — imbeccò il signor Benjamin.

— Be', non si può permettere che un ragazzino con la capacità di aprire un portale di Quinto Livello se ne vada in giro a far entrare qua e là mostri nel mondo — replicò Pinch. — Lei si immagina che cosa sarebbe accaduto se non ci fossimo stati noi a cacciare la linguadargento? Riesce a immaginarsi cosa succederebbe se il ragazzo fosse abbastanza forte da aprire un portale a un *Dotato di Nome*? — Pinch pronunciò "Dotato di Nome" con un involontario sussulto e Charlie si chiese che tipo di creatura poteva essere così terribile da spaventare Pinch ancor più dei terrificanti mostri che aveva già affrontato. — Non credo — continuò Pinch con una risatina nervosa. — Se il Consiglio stabilisse che non può essere addestrato, Charlie andrebbe... ridotto.

— Ridotto? — ripeté Olga.

— Sì. La Riduzione è un procedimento attraverso cui i nostri chirurghi specializzati *riducono* in modo quasi indolore, ricorrendo alle tecniche più avanzate, la quantità di pensiero creativo di cui è dotato il ragazzo, *riducendo* così la sua capacità di aprire un portale a qualunque cosa al di sopra, diciamo, del Secondo Livello.

— Capisco — disse il signor Benjamin. — Renderete il ragazzo stupido con un intervento chirurgico.

— No di certo. Non stupido, signore — controbatté Pinch. — Suo figlio ha un quoziente intellettivo straordinariamente alto. Lo cimeremmo solo un pochettino.

— Lo cimereste un pochettino? — ripeté il signor Benjamin.

— Certo. È talmente alto che non se ne accorgerà neppure.

— Capisco. — Il signor Benjamin si voltò verso la moglie. — Tu che ne pensi?

— Penso che se cercheranno di portare via Charlie — rispose con dolcezza — strapperò personalmente la testa dal collo a tutti loro e ci pianterò dei fiori.

— Ben detto — replicò il signor Benjamin.

Charlie saltò su. — E io, non ho voce in capitolo? Dopotutto è di me che state parlando!

— Figliolo, non puoi aver voglia di andare con questa gente — protestò il signor Benjamin. — Nella migliore delle ipotesi ti strapperanno a noi per trasformarti in una specie di cacciatore di mostri. Nella peggiore, ti renderanno stupido.

— Solo mediamente intelligente — precisò Pinch.

— Peggio ancora! — scattò Barrington. — Non lo avrete mai.

— Ma io ci voglio andare — disse Charlie. — È la prima volta che capisco perché mi succedono queste cose. Voglio saperne di più. Voglio fare quello che fanno loro.

— È fuori discussione — concluse il signor Benjamin.

— Mi dispiace, Charlie, ma il nostro è un no definitivo. — Olga spalleggiò il marito.

— Ormai è tardi — aggiunse Pinch alzandosi. — Le regole sono chiare. Dobbiamo portarlo al cospetto del Consiglio con o senza il vostro consenso. Anche con la forza, se necessario.

Il signor Benjamin saltò in piedi. — E allora sarà con la forza. Se pensa di essere più forte dell'amore che proviamo per nostro figlio, signore, la invito a farsi sotto. Si arrotolò le maniche e fletté le braccia pelle e ossa.

La signora Benjamin si voltò verso Tabitha e Rex. — Voi siete brave persone — li implorò. — Fate qualcosa!

— Mi spiace ammetterlo, signora, ma Pinch ha ragione — disse Rex. — A causa di Charlie lei ha trascorso due giorni legata in uno scatolone... e quello era solo uno stupido mimetico. Se dovesse passare di qui un altro Quinto Livello o, peggio, un Dotato di Nome, sarebbe la fine. Per lei, per suo marito e anche per Charlie.

Se volete proteggerlo, dovete lasciarlo venire con noi. Solo un'altra volta, prima d'ora, ho visto qualcuno con un Dono così grande.

— E che gli è successo? — chiese Olga.

— Le cose sono andate storte — ammise Rex. — Ma stavolta andranno bene, vi do la mia parola. Forse, detto da altri, non significa granché, ma se ve lo dico io, vuol dire tanto.

Olga non sembrava convinta. — Barrington… che cosa dobbiamo fare?

Il signor Benjamin ci pensò su, poi si voltò verso Rex. — Se farete del male a mio figlio — disse — se gli succede qualcosa, anche solo una sbucciatura a una nocca, non ci sarà un solo angolo in questo mondo dove potrete scampare alla mia rabbia. Sono stato chiaro?

— Chiarissimo — disse Rex.

Charlie era scioccato. Non aveva mai visto suo padre così deciso, prima di allora. Con sua sorpresa, si sentì arrossire di orgoglio.

Barrington prese Olga per mano. — Cara, lo so che è duro anche il solo pensiero di lasciarlo andare… ma credo sia la cosa migliore. Forse è arrivato il momento che il destino di Charlie faccia il suo corso.

— Ma è così piccolo! — protestò lei.

— Andrà tutto bene, mamma — intervenne Charlie. — Fidati di me.

— Ma io mi fido di te, Charlie — replicò lei. — È di loro che mi fido poco. — Fece un cenno in direzione di Rex, Tabitha e Pinch.

— Capisco come si sente, signora — disse Rex. — Lo so che litighiamo e bisticciamo, e forse non abbiamo l'aspetto delle persone più affidabili del mondo. Se fossi nei suoi panni, mi sentirei allo stesso modo. Ma le prometto che faremo in modo che al ragazzo non accada nulla di male. — Rex fece un sorriso gentile. — Vede, signora, io sono cresciuto in un ranch, e mio padre diceva sempre: «Se il latte è acido, sposta la mandria!» Ecco, qui le cose si sono inacidite e stanno peggiorando. Se davvero gli vuole bene, se vuole salvarlo... deve lasciarlo venire con noi.

Olga lo scrutò negli occhi per capire se stesse dicendo la verità.

— Prendetelo — disse alla fine, e scoppiò in lacrime.

4

NELL'INFERO

Charlie e i tre adulti uscirono di casa a passi svelti. L'aria della notte sulla faccia era piacevole.

— La mamma pensa che io sia ancora un bambino piccolo — disse Charlie aggiustando sulla spalla la tracolla della sacca con dentro le sue cose. Ci aveva infilato in tutta fretta due paia di jeans, qualche maglietta e il *Catalogo degli Strumenti*.

— È solo preoccupata per te — replicò Tabitha arruffandogli i capelli. — Sei il suo unico figlio.

— Ma lei crede che io non sia capace di fare niente. Invece sono coraggioso. Sono un duro. So fare un mucchio di cose.

— Bocca piccola e grande appetito — commentò Rex con un ghigno.

— Cosa vuol dire?

— Vuol dire che è meglio se stai attento ai desideri che esprimi. Avrai presto le tue avventure, forse più di quante ne vorresti. Qui sembra un buon posto. — Rex indicò una zona in ombra dietro un grosso cespuglio, nascosta dalla strada.

— D'accordo, state indietro — disse Tabitha, infilandosi dietro il cespuglio. Chiuse gli occhi e distese la mano destra. Su tutto il suo corpo presero a crepitare fiamme color porpora e l'aria si fece elettrica.

— Cosa sta facendo? — chiese Charlie.

— Apre un portale, così possiamo andare all'Alto Consiglio di volata — spiegò Rex. — Potevamo farlo anche a casa tua, ma ho preferito andar via prima che i tuoi cambiassero idea. Mi sembrava che ci stessero ripensando, quando Pinch gli ha dato quelle buste con stampato l'indirizzo della Divisione Incubi.

— È l'unico modo per contattare Charlie — ribatté Pinch. — E poi credevo che li avrebbe tranquillizzati...

— Be', io non sarò tranquillo finché non ce ne andremo da qui. Non temere, ragazzo, i passaggi per il portale di solito sono veloci.

— E rischiosi — aggiunse Pinch.

— Se togli alla vita tutto il rischio, Pinch, le togli anche tutto il divertimento.

All'improvviso, davanti a loro si aprì un portale alto due metri, col bordo circolare orlato di fiamme color porpora. Al di là, Charlie vide una pianura brulla e pietrosa. Era un luogo desolato, con grandi affioramenti rocciosi dalle forme strane, punteggiato di arbusti stentati e pervaso da una sfumatura bluastra. Aveva un aspetto molto diverso dallo scorcio di Infero che Charlie aveva visto in precedenza.

— Salta di là — disse Rex sospingendo il ragazzo verso il passaggio spalancato.

Charlie gli si rivolse preoccupato: — Ma non è pieno di...

— ... mostri? — concluse Rex con un ghigno. — Fidati, non c'è alcun pericolo. Vai.

Charlie fece un respiro profondo, chiuse gli occhi ed entrò nell'Infero.

* * *

Dopo aver provato una lieve sensazione di volo, Charlie si ritrovò in piedi sul terreno duro e pietroso. Si voltò indietro e vide che anche Pinch, Rex e Tabitha stavano varcando la soglia. Con un rapido gesto della mano, Tabitha chiuse il portale, e Charlie quasi lanciò un grido di paura. Ebbe un attacco improvviso di panico: era approdato in un mondo alieno e, come un subacqueo che è andato troppo in profondità e non capisce più dove si trova la superficie, così Charlie si rese conto di non avere la minima idea di come uscire di lì.

— Tranquillo, ragazzo — lo incoraggiò Rex vedendolo andare nel panico. — Fai un bel respiro. Guardati intorno. Cerca di orientarti.

Charlie si costrinse a tenere i nervi saldi e fece come Rex gli suggeriva. Fu sorpreso di scoprire che le rocce che li circondavano erano tutte leggermente inclinate nella stessa direzione, come per indicare qualcosa. Si voltò per vedere dove puntassero e si ritrovò a fissare una gigantesca colonna di fuoco che si torceva e ondeggiava in lontananza.

— Quello è il Cerchio Interno — disse Rex, facendo un passo avanti per andargli accanto. — Guardare e non toccare: non è un bel posto.

— Quant'è distante? — chiese Charlie affascinato.

— In chilometri? Non ne ho idea, ma è lontano. Molto lontano. Qui siamo nel Primo Anello dell'Infero, il più esterno. Diciamo che si può immaginare l'Infero come una specie di diaframma fotografico, con cerchi più grandi che racchiudono cerchi più piccoli. Qui fuori, nel Primo Anello, è abbastanza sicuro: puoi incontrare solo qualche gremlin o qualche larva. E comunque, niente più che creature di Primo Livello. Ma più vai verso il centro, più gli esseri che puoi trovare diventano pericolosi.

— Perché? — chiese Charlie.

— Perché il Cerchio Interno attira verso di sé le creature dell'Infero — rispose Pinch, intervenendo nella conversazione. — Partono da qui, dal Primo Anello, deboli e delicate, ad esempio cuccioli di linguadargento, di mimetico o di pipinfero, e poi, man mano che crescono, migrano verso il centro. È semplicemente ciò per cui sono nati.

— La maggior parte di loro — aggiunse Rex — non arriva fino al Cerchio Interno e muore lungo il cammino. Quelli che ce la fanno, però, sono il peggio del peggio, ragazzo. Ci mettono un sacco di anni, ad andare fin là, e il tragitto è così duro che o li uccide o li rafforza. Che cosa vedi al di là di questo pianoro?

Charlie osservò il terreno piatto e lunare su cui si trovavano e vide che, a un certo punto, cedeva il passo a una foresta scura, fitta e impenetrabile. — Una foresta — rispose. — O almeno è quel che sembra da qui.

Rex annuì. — È il Secondo Anello. Tutto ciò che sopravvive là dentro è, per definizione, un Secondo Livello. E se guardi oltre la foresta, che cosa vedi?

— Montagne — disse Charlie. Erano bianche come ossa e puntavano verso il cielo come denti affilati. — È il Terzo Anello?

— Bravo! — esclamò Rex. — Ed è lì che troverai le versioni di Terzo Livello delle stesse creature che, partite dal Primo Anello, si dirigono verso il Cerchio Interno, rafforzandosi e incattivendosi ogni giorno di più. Capito come funziona?

Charlie annuì. — E dopo le montagne, cosa c'è? Che aspetto ha il Quarto Anello?

— È un oceano — spiegò Rex. — Ampio, freddo e profondo. Non per niente io lo chiamo il Gelido Abisso.

— Gelido Abisso? — ripeté Pinch aggrottando le sopracciglia. — Che fesseria.

— E tu allora come lo chiami?

— Il Quarto Anello, naturalmente!

— Ma se ti dicessero di dargli un nome? — insistette Rex. — Come lo chiameresti?

Pinch ci pensò sopra un momento. — L'Oceano Spaventoso — disse alla fine.

— L'Oceano Spaventoso — rise Rex. — Ma è orrendo! Dov'è la bellezza, la poesia?

— Avrei una domanda — li interruppe Charlie. — Se lì c'è un oceano, dove vivono le versioni di Quarto Livello delle creature come le linguadargento? Imparano a respirare sott'acqua?

— Eccellente domanda — commentò Pinch. — La risposta è no. Devi sapere che l'*Oceano Spaventoso* — e mandò un'occhiata di sfida a Rex — non è tutto oceano. Ci sono anche delle isole... ma non come quelle a cui sei abituato tu. La maggior parte di esse non è nemmeno segnata sulle mappe. Anzi, a dire il vero, solo una minima parte dell'Infero è stata esplorata.

— Proprio così — proseguì Rex. — E superato il *Gelido Abisso* — lanciò un'occhiataccia a Pinch — c'è il

Quinto Anello. Ne hai visto uno scorcio poco fa, attraverso il portale che abbiamo aperto in camera tua.

— Dove c'erano quei cristalli giallastri? — domandò Charlie.

Rex annuì. — È un posto terribile. Non era facile capirlo, guardando giù da dove stavamo noi, ma al livello del terreno vedresti quanto è impervio e claustrofobico e pieno delle creature più vecchie e letali dell'Infero.

— Tranne quelle del Cerchio Interno — lo corresse Pinch.

— Tranne quelle — concesse Rex.

— Non posso credere di aver aperto un portale proprio là vicino — disse Charlie a bassa voce, indicando il turbinio di fiamme in lontananza.

— Vicino, ma non dentro, grazie al cielo — replicò Pinch. — Nessuno vorrebbe aprire un portale dentro il Cerchio Interno. È lì che vive il Dotato di Nome.

Ancora una volta, Pinch rabbrividì al solo menzionare quella parola.

— Nel caso non l'avessi ancora notato, Pinch va un po' nel panico quando si parla del Dotato di Nome — disse Rex, il quale, prima che Charlie potesse riprendere con le sue domande, si rivolse a Tabitha. — Quanto ci metti, ad aprire questo portale?

— Aspettavo solo che finiste la vostra lezioncina — rispose lei. Poi stese la mano destra e fiamme color porpora cominciarono a lambirle il corpo.

— Che cosa sta facendo, adesso? — domandò Charlie.

— Apre un altro portale per la Divisione Incubi — spiegò Rex. — Devi sapere che si può aprire un portale solo per entrare o uscire dall'Infero, perciò, se vuoi andare velocemente da un posto all'altro sulla Terra, devi prima aprire un portale per l'Infero, varcarlo, e poi aprire un altro portale, verso il luogo della Terra dove vuoi andare.

— Perciò se apri un portale per l'Infero — disse Charlie — conviene farlo nel Primo Anello, dove siamo adesso, perché è il posto meno pericoloso, giusto?

— Il ragazzo ha già capito tutto — affermò Rex con un ghigno. In quel momento Charlie notò che la spada corta e il lazo arrotolato alla cintola di Rex cominciarono a rilucere di un debole fuoco blu. Se ne accorse anche Rex e, veloce come un lampo, fece roteare e schioccare il lazo verso un gruppo di piccole creature con lunghe code e grandi occhi grigi, che scapparono via all'istante in un coro di strida terrorizzate, disperdendosi come blatte fra le rocce.

— Gremlin — disse Rex riappendendo con noncuranza il lazo arrotolato alla cintola. — Sono la feccia dell'Infero. Non hanno nemmeno una numerazione di livello, dato che non crescono più di così. Qui sono praticamente innocui, ma sulla Terra si divertono a rodere i cavi elettrici. Possono creare parecchi guai: guasti alle automobili, black-out di centrali elettriche, cose del genere.

All'improvviso, si spalancò di fronte a loro il portale aperto da Tabitha. Charlie ci guardò dentro e fu scioccato di trovarci un leone che lo fissava. Aveva una criniera folta e magnifica, una vera e propria corona, e denti spessi come le dita di un uomo e quasi altrettanto lunghi. Il leone aprì le fauci e ruggì. Il rumore fu assordante e fece vibrare tutto il corpo di Charlie, che emise un piccolo strillo e incespicò all'indietro.

— Non preoccuparti — disse Rex ridendo. — Non ti farà del male. Attraversa la soglia e vedrai.

Charlie rimase immobile e fissò incerto Rex.

— Fidati — lo rassicurò lui con un sorriso.

Con cautela, Charlie fece un passo al di là del portale.

* * *

Dopo aver provato la familiare sensazione di volo, Charlie si ritrovò in piedi accanto a una parete di roccia. Il leone gli andò incontro con passo felpato e Charlie rimase impietrito nel rendersi conto di quanto fosse grande. Per quella bestia, lui poteva rappresentare al massimo un antipasto, non certo la portata principale.

Il leone arrivò a una spanna da lui e lo annusò. Charlie si irrigidì. Il cuore gli batteva impazzito nel petto e non riusciva a respirare. Poi il leone aprì la bocca, si protese… e gli leccò la faccia.

Charlie barcollò all'indietro, scioccato. — Perché mi sta leccando? — riuscì a dire boccheggiando. Alle sue spalle, sentì Rex che rideva.

— Non senti un certo odore?

Charlie chiuse gli occhi e inspirò lentamente. — Cannella…

— Il che significa?

— Il leone è un mimetico, giusto? — disse Charlie facendo due più due.

— Esatto — annuì Rex. — Non vuole mangiarti, vuole solo il tuo sudore. I veri leoni stanno tranquilli e al sicuro in una gabbia sopra di noi.

— Dove ci troviamo, adesso?

— Guarda tu stesso.

Rex fece un gesto che invitava Charlie ad andare dall'altra parte della parete di roccia accanto a loro. Il ragazzo ubbidì esitante e si ritrovò davanti altri tre leoni. Intorno a loro c'era un fossato pieno d'acqua. Al di là del fossato, una staccionata, e dietro... della gente. Molta gente.

Rex gli diede una pacca sulla spalla. — Siamo nella fossa dei leoni dello zoo di San Diego. Questo è uno degli ingressi alla Divisione Incubi.

— E perché? — domandò Charlie.

— Per tenere gli estranei alla larga, naturalmente — rispose Pinch con un pizzico d'impazienza. — Nessun altro sa che i leoni sono soltanto mimetici di Quinto Livello. Perciò nessuno osa avvicinarsi alla porta.

— Quale porta?

— Seguimi — disse Pinch partendo deciso verso una grotta all'altro capo della fossa.

— Forza, ragazzo — lo incoraggiò Rex con un'amichevole strizzata d'occhio. — Vieni con noi.

Charlie seguì i tre adulti attraverso il branco di finti leoni e dentro la grotta. In fondo, dove il pubblico non poteva vedere, c'era una grande porta metallica senza cardini né maniglie. Nel centro esatto, c'era una piccola piastra nera.

— Okay, chi vuole aprire? — chiese Rex.

— Non io — rispose Tabitha. — Detesto questa parte.

— Io ho già aperto la volta scorsa — si affrettò a dire Pinch.

— Grandioso — Rex sospirò. Si protese verso la piccola piastra nera, tirò fuori la lingua e di colpo spuntò fuori una tenaglia di ferro che gliela afferrò in punta.

— Che cosa gli stanno facendo? — chiese Charlie.

— Lontollano il Di Elle A — rispose Rex biascicando.

— Sta cercando di dire che controllano il DNA — spiegò Pinch. — Le porte della Divisione Incubi sono protette da un salivometro. La saliva contiene l'intero corredo genetico di un individuo e la macchina se ne serve per identificarlo.

— *Henderson, Rexford. Identità confermata* — disse una voce computerizzata. Le tenaglie liberarono la lingua di Rex e rientrarono nel loro scomparto dietro la piastra nera.

— Accidenti, quanto lo detesto — commentò Rex flettendo la mascella.

All'improvviso la porta metallica si aprì con un sibilo e Charlie poté dare la prima occhiata alla Divisione Incubi.

* * *

Quel posto era una meraviglia tecnologica, un delirio di acciaio cromato. Da quanto Charlie poteva vedere, era gigantesco, molto più grande di quanto si era aspettato, e fervente di attività. Lungo i corridoi c'erano una filza di computer e una lunga serie di porte identiche che si susseguivano alle pareti del terminal principale, e che erano controllate da altrettanti salivometri.

Frotte di impiegati si muovevano con passo sicuro all'interno di quello spazio cavernoso. Due uomini in tuta rossa che spingevano un acquario su ruote con dentro una creatura simile a una seppia incrociarono una donna in tuta gialla che spingeva un carrello con sopra un gigantesco vassoio di spaghetti al sugo e polpette. O almeno Charlie pensò che fossero polpette, finché non sbatterono le palpebre. Allora, con sua grande sorpresa, capì che erano occhi, il che significava che quello che lui aveva scambiato per spaghetti era... Ma prima che potesse investigare più a fondo, la donna in tuta gialla svicolò in uno dei molti corridoi che si irraggiavano dal terminal.

— A volte la Divisione Incubi può fare un po' impressione — disse Rex, come leggendo nella mente di Charlie. — Ma è solo un luogo di lavoro come tutti gli altri. Stacci vicino e non toccare niente, e arriveremo all'Alto Consiglio in un attimo.

Camminarono svelti attraverso un labirinto di corridoi, oltrepassando porte dalle targhette esotiche tipo: SALA SPREMUTA GNOMI (TERZO LIVELLO E INFERIORI) oppure ESTRAZIONE ZANNE SERPENTI VELENOSI (NIENTE PIOVRE GIGANTI!).

"Un luogo di lavoro come tutti gli altri" pensò Charlie con la mente che vacillava.

A un tratto, spuntarono due inservienti in tuta rossa che spingevano verso di lui una lettiga. Sopra c'era sdraiato un uomo dalla lucente tonalità del marmo bianco. Soltanto dopo essere stato superato, Charlie capì che l'uomo non era solo color marmo. Era proprio di marmo. Duro e immobile come una statua.

— Poveretto — disse Tabitha.

— Ecco che cosa succede a guardare una Gorgone — bofonchiò Rex scuotendo la testa. — Immagino che non lo farà più.

— Possono aiutarlo? — chiese Charlie.

— Sì, se riescono a trovare la Gorgone che lo ha trasformato in pietra e a tagliarle la testa. Più facile a dirsi che a farsi.

All'improvviso si fermarono davanti a una grande porta cromata. La targhetta affissa diceva: ALTO CONSIGLIO – ACCESSO SEVERAMENTE VIETATO SENZA PREVIA AUTORIZZAZIONE.

— Eccoci qua — disse Rex, e li fece entrare.

5

L'ALTO CONSIGLIO

Charlie non aveva mai visto niente del genere.

La sala dell'Alto Consiglio era l'aula di tribunale più grande e più solenne del mondo. Lo sfavillante stemma della Divisione Incubi (una D e una I intrecciate) occupava l'intera parete in fondo alla sala. Sotto lo stemma, su un palco rialzato, sedevano dodici membri vestiti con completi scuri identici. A guidarli, c'era un uomo con capelli grigi, naso prominente e occhi color acciaio. Una targhetta lo identificava come Reginald Drake – Direttore.

— Quello con cui dobbiamo parlare è l'uomo che sta al centro — sussurrò Rex cercando di non interrompere quella che sembrava una riunione in corso. — È il direttore della Divisione Incubi.

— Sarà lui a decidere che cosa mi succederà? — domandò Charlie.

— Lui decide che cosa succede a ciascuno.

In piedi, di fronte al direttore, c'era un giovane che teneva un'appassionata arringa con l'aiuto di una serie di cartelli esplicativi. Sembrava nervoso, al cospetto di quelle tredici persone che incombevano su di lui e lo guardavano severe.

— La popolazione dei gremlin è aumentata del dodici per cento in soli due anni — disse il giovane indicando un grafico che illustrava le sue statistiche. — Si richiedono misure drastiche. Si sono a tal punto infiltrati nella rete elettrica della California e di New York che quest'anno non si potranno evitare black-out a ripetizione.

— Com'è potuto succedere? — domandò seccato il direttore. — Lei ha il preciso compito di tenere sotto controllo la popolazione dei gremlin. È il suo lavoro, o sbaglio?

— Lo è — ammise il giovane. — Ma non siamo riusciti a bandirli allo stesso ritmo con cui sono arrivati nel mondo. Con l'espandersi della popolazione umana — indicò un altro grafico, intitolato "Eccezionale crescita della popolazione umana" — è aumentato il numero dei bambini che inconsapevolmente aprono dei portali nel corso dei loro incubi, che a loro volta sono più frequenti a causa dell'incertezza che deriva dall'attuale, minacciosa situazione degli eventi mondiali. Le reti elettriche non riescono a sostenere i continui attacchi. Ho citato la California e New York, ma i gremlin stanno esercitando un grave impatto a livello *globale*. La nostra Divisione londinese riferisce di interruzioni in Piccadilly Circus e non ho ancora accennato a quanto ci riferiscono i nostri colleghi in Spagna, Italia e Corea. Siamo di fronte a numeri da epidemia.

— Spero proprio che lei non sia venuto al nostro cospetto per piagnucolare sui suoi fallimenti — disse seccamente il direttore. — La prego, mi dica che avete un piano.

— Certo che l'abbiamo — si affrettò a rassicurarlo il giovane. — È al corrente del grande successo che stiamo riscuotendo con i Motel del Mimetico?

— Si riferisce a quei brutti finti motel che state costruendo in giro per gli Stati Uniti?

— Sì, direttore. Ogni stanza dispone di una vasca di sudore che attrae i mimetici a camionate. Una volta che arrivano lì, una squadra di inferomanti e banditori può facilmente rispedirli nell'Infero.

— Sì, conosco la faccenda — scattò Drake. — Vada avanti!

Il giovane deglutì con fatica e continuò. — Ecco, direttore, noi proporremmo di fare la stessa cosa con i gremlin. Visto che loro si nutrono di elettricità, possiamo attirarli in una finta centrale elettrica controllata dalla DI e bandirli non appena arrivano. Sarebbe molto più efficace che andare a scovarli in giro per il mondo cercando di far entrare i nostri banditori nelle vere centrali elettriche, dove devono risolvere il problema volta per volta.

— Mi pare un po' rischioso — replicò Drake — ma sono disposto ad approvare il progetto, a condizione che lei se ne assuma la piena responsabilità. Esigo un aggiornamento tra due mesi. Se per allora il problema non sarà migliorato, chiederò le sue dimissioni.

— Intesi, direttore — disse il giovane. — Non la deluderò. — Si affrettò verso la porta e, uscendo, passò davanti a Charlie. — Buona fortuna — borbottò. — Oggi il direttore è di pessimo umore.

— Forse faremmo meglio a tornare un'altra volta

— sussurrò Charlie a Rex. Ma prima che Rex potesse rispondere, la voce del direttore rimbombò nella sala.

— E questo chi è? — chiese fissando dritto Charlie.

Pinch fece un passo avanti. — Edward Pinch, direttore, al suo servizio. Abbiamo acquisito il ragazzo. Quello su cui avevamo messo gli occhi.

— Ma davvero? — esclamò Drake. — Eccellente. Vieni qua, ragazzo. Come ti chiami?

— Vai pure avanti — gli sussurrò Rex. — Noi siamo qui, dietro di te.

Con il cuore che gli batteva forte, Charlie percorse la lunga passatoia centrale che conduceva davanti all'Alto Consiglio. — Mi chiamo Charlie, signore. Charlie Benjamin.

— Ah, sì, ora ricordo. E rivolgiti a me chiamandomi *direttore*. "Signore" potrai forse dirlo a un cameriere, e io voglio sperare di essere qualcosa di più di un semplice cameriere, non ti pare?

— Sì, signore — disse Charlie annuendo. — Cioè, sì direttore — si corresse in fretta.

Drake emise un leggero grugnito, quindi si rivolse a Pinch. — Avete conferma che possiede un notevole Dono?

— Altroché, direttore. Lo abbiamo visto aprire un portale a una linguadargento di Quinto Livello.

— Quinto, eh? — ribatté Drake con un fischio. — Straordinario. Gli sono stati attribuiti altri ingressi?

— Be', un paio di giorni fa ha fatto passare un mimetico di Quarto Livello che ha preso il posto di sua madre. E siamo seriamente convinti sia responsabile del passaggio di un inferragno di Terzo Livello che ha imbozzolato numerosi ragazzini durante un pigiama party meno di una settimana fa.

— Mi sta dicendo che nel giro di una settimana è passato dal Terzo Livello al Quinto? — chiese Drake.

— Esattamente — rispose Pinch. — È incredibile, vero? La sua potenza sta crescendo a grande velocità. Non solo. Stando a quanto hanno scritto i giornali, quando l'inferragno che ha fatto entrare ha imbozzolato gli altri bambini, lui non è stato nemmeno sfiorato.

— Incredibile — commentò Drake.

— A dire il vero me lo sono chiesto anch'io — intervenne Charlie. — Perché ha lasciato in pace solo me?

— Perché — rispose Pinch — diversamente dalle creature più stupide dell'Infero, come i gremlin e le ectocaccole, gli inferragni sono molto furbi e, se non vi sono costretti, in genere evitano di attaccare una preda più forte di loro... quale, evidentemente, tu sei.

— Wow — esclamò Charlie.

— Wow davvero — replicò Pinch. — E magari ora farai al direttore la cortesia di parlare solo quando ti verrà chiesto.

— Oh, mi scusi, direttore — disse Charlie.

Drake mandò un altro piccolo grugnito nella sua direzione, poi si rivolse a Rex e Tabitha. — E voi due che cosa avete da dire?

— Be', il ragazzo ha decisamente un Dono molto forte — ripose Tabitha. — Forse il più forte che io abbia mai visto.

— La forza non è nulla, senza la capacità di controllarla — replicò Drake.

— Ah, ma lui è addestrabile — ribatté Rex. — Addestrabilissimo.

— E su che cosa si baserebbe questa sua affermazione?

— Sulla mia pancia — disse Rex. — Me lo sento.

— Ah, capisco. Be', forse lei si sente tranquillo a prendere decisioni basandosi sulla sua... pancia, tuttavia spero che non le spiaccia se io non vi riporrò altrettanta fiducia.

— Con tutto il rispetto, direttore, vedrà che non mi sbaglio, dopo che Charlie avrà trascorso un anno all'Accademia Incubi.

— Non andrà in nessuna accademia — disse Drake come se niente fosse.

— Che cosa? — esclamò Rex incredulo.

— Il ragazzo può già far passare un Quinto Livello senza alcun addestramento! Riesce a immaginare di cosa sarebbe capace se gli si permetterà di sviluppare al massimo le sue potenzialità? Potrebbe rivelarsi in grado di aprire un portale per il Cerchio Interno. L'ultima volta che è successo è entrato un Dotato di Nome. Ci stiamo affannando ancora oggi per riprenderci dall'ingresso di Verminion.

— Ma il ragazzo potrebbe essere la soluzione del problema — insistette Rex. — Una persona con questi poteri, addestrata a dovere, potrebbe riuscire a ricacciare Verminion nell'Infero, o perfino a ucciderlo. Charlie potrebbe essere la nostra arma finale contro le creature infere.

— E altrettanto facilmente potrebbe essere la loro arma finale contro di noi — disse seccamente Drake. — O ha già dimenticato il modo in cui Verminion è arrivato sulla Terra?

— Parla così chi ha paura — commentò Rex. — Se ci

mettiamo a prendere decisioni basate sulla paura, tanto vale che molliamo il colpo.

— E perché mai non dovremmo prendere decisioni basate sulla paura? — si inalberò Drake. — La nostra stessa esistenza si basa sulla paura. Se le persone non avessero paura, non avrebbero incubi, e se non avessero incubi, non si aprirebbero portali per l'Infero. La paura è un elemento *basilare* di ciò che facciamo qui. È il fondamento stesso di questa Divisione! — Scosse la testa. — Addestrare il ragazzo è un rischio troppo grande. Dev'essere ridotto.

— No! — trasalì Charlie.

— Non preoccuparti — gli disse Rex, quindi tornò a rivolgersi al direttore. — Sa una cosa, direttore? Arthur Goodnight non avrebbe mai fatto ridurre uno come Charlie.

— Ne sono certo — replicò Drake. — Ed è per questo che dopo la sua morte il Consiglio ha scelto me come nuovo direttore. Goodnight è sempre stato troppo buono con chi aveva il Dono, perché lo possedeva anche lui... ed è stato questo a ucciderlo.

— È stato un incidente, e lei lo sa.

— Certo — ammise Drake pacatamente. — Ma tutto il suo addestramento e il suo potere non gli hanno impedito di avere un incubo capace di far uscire inavvertitamente uno sputacido di Quinto Livello. È morto ancor prima di potersi svegliare, per non parlare di tutti i banditori e inferomanti che sono finiti nella tomba per tentare di salvarlo. — Drake si sporse in avanti. — Per quanto Goodnight fosse forte, il Dono lo rendeva, di fatto, molto pericoloso. Io non possiedo il Dono e quindi non ho questo problema.

— Il Dono non è un problema — obiettò Rex. — È un'opportunità. Lei potrà anche non averlo, ma quasi tutti i presenti lo usano nel lavoro per il quale è stata creata questa Divisione.

— Lei mi ha frainteso — disse Drake. — Io ho il massimo rispetto per i miei dipendenti che hanno il Dono. Ma chi ce l'ha è come un bravo cane da guardia, utile e spesso anche buono; solo che ogni bravo cane può avere una giornata storta. E più è forte, più danni fa quando morde. E il morso di un ragazzo come questo — indicò Charlie — potrebbe essere letale. Goodnight non l'aveva capito, e ne è rimasto ucciso. Io l'ho capito, e mi comporterò di conseguenza.

— Senta, direttore, le chiedo soltanto di dare al ragazzo una chance — continuò Rex. — Charlie può essere addestrato. Può controllarlo. Gli conceda un anno all'Accademia Incubi. Gli permetta di provarglielo.

— Perché aspettare? — ribatté Drake. — Che me lo provi adesso. Facciamogli aprire un portale ora, affinché dimostri la sua abilità a usare il Dono a comando. Forse, se riuscirà a dimostrarmi di avere il controllo delle sue doti, potrei riconsiderare il mio giudizio.

Nella stanza scese il silenzio. Alla fine fu Tabitha a parlare: — Direttore, ci vogliono settimane per istruire anche il bambino più dotato ad aprire un portale da sveglio.

— Ah, capisco — disse Drake. — E queste non sono forse parole ispirate dalla paura? Paura di fallire? Ma il suo collega non è d'accordo con le decisioni dettate dalla paura. Glielo chieda.

— Il ragazzo ce la può fare — affermò Rex.

— Che cosa? — esclamò Tabitha voltandosi verso di lui. — No che non può.

Rex prese Tabitha in disparte e le sussurrò brusco: — Questa è la sua unica possibilità. Lo sai cosa succederà, se non la sfrutta.

— Ma non è mai stato fatto, prima d'ora — protestò lei. — E pensa alla pressione. Anche uno abituato ad aprire portali avrebbe difficoltà a farlo in queste assurde condizioni. Guardalo. È terrorizzato.

— E allora? — insistette Rex. — Sfrutta la sua paura. Se riesci a spaventarlo abbastanza, lo spedirai dritto filato in un incubo a occhi aperti. Così è garantito che apre un portale.

— Ma lui non ne avrebbe il controllo — protestò Tabitha. — Anche se ci riuscisse, chissà dove andrebbe ad aprirsi. E se ci passasse attraverso un altro Quinto Livello? E se ne passassero molti?

— In quel caso ce ne occuperemo noi — ribatté Rex. — Tu aiutalo ad aprire quel portale e basta.

— Sto aspettando — disse il direttore Drake dal suo scranno. — Avete tre minuti, prima che io prenda la mia decisione definitiva sul destino del ragazzo.

— Avanti — Rex fissò Tabitha negli occhi. — Fa' in modo che accada.

* * *

— Chiudi gli occhi — sussurrò Tabitha a Charlie qualche istante dopo — e ascoltami molto bene.

— Okay — disse Charlie chiudendo gli occhi.

— Dunque… — Tabitha aveva una voce calma e misurata. Riposante. Ipnotica. — Sei in piedi in cima a un edificio molto alto, Charlie. Il più alto che tu abbia mai visto.

Nella mente di Charlie si formò immediatamente un'immagine. Si vide sul tetto di un edificio così alto che si ergeva sopra le nuvole. Sembrava così vero e vivido che sentì una brezza fresca sferzargli il viso, mentre l'edificio sotto di lui oscillava mosso dal vento, facendogli venire il mal di mare.

— Lo vedi? — gli chiese. Charlie annuì. — Ora... guarda oltre il bordo.

— Nella sua mente, Charlie fece un passo avanti e guardò oltre il bordo dell'edificio. Era una visione da far venire le vertigini: centinaia di piani che si susseguivano verso il basso. Gli si serrò lo stomaco e sentì un sapore metallico in bocca. Aveva una voglia disperata di tirarsi indietro.

— All'improvviso senti una mano sulla schiena — continuò Tabitha. Charlie si irrigidì, teso. La sentiva, quella mano. — Ti spinge giù dal bordo.

— Che cosa? — domandò Charlie.

— Non c'è niente che puoi fare per fermarla. Cadi.

Nella sua immaginazione, Charlie cadde.

Le finestre del grattacielo gli sfrecciavano accanto a una velocità abbacinante mentre precipitava giù verso il suolo. Cercò di strillare, ma l'aria gli gelava i polmoni e il cuore gli batteva nel petto come un martello pneumatico.

— Mentre il suolo ti corre incontro — continuò Tabitha, ora con una più intensa carica emotiva — guardi verso le finestre dell'edificio e vedi persone che conosci. In una ci sono tua madre e tuo padre: potrebbero sporgersi e salvarti, se lo volessero... ma ti lasciano cadere.

— Perché? — chiese Charlie con la voce incrinata.

— Perché senza di te la loro vita è più facile.

— No...

— In altre finestre vedi dei ragazzi che conosci — continuò. — Potrebbero tutti salvarti, se lo volessero... ma non lo fanno.

— Perché no?

— Perché tu non sei come loro, Charlie, e quindi hanno paura di te e ti disprezzano. Perciò ti lasciano cadere.

— Non mi aiuterà nessuno?

— Nessuno — disse Tabitha. — Sei abbandonato a te stesso. Il terreno si avvicina rapidamente e sai che quando lo colpirai sarai morto.

— Ferma tutto — implorò Charlie.

— Non posso aiutarti neanch'io, Charlie. Puoi aiutarti solo tu.

— Come?

— Cerca una porta. Un'uscita. *Riesci a vederne una*?

— No! — gridò il ragazzo guardandosi intorno disperato. Non c'erano porte da nessuna parte, solo il susseguirsi indistinto di finestre e la certezza del suolo duro che si avvicinava vertiginosamente. Poi, all'improvviso... — Sì! — esclamò. — Ne vedo una. È a terra, sotto di me. È color porpora. Ci sto cadendo dentro.

— Allora aprila, Charlie. Aprila e cadici dentro.

— Non so se ci riesco.

— Apri la porta! — disse Tabitha aspra. — Apri subito quella porta, o *morirai*!

Una frazione di secondo prima di sbattere a terra, Charlie aprì la porta.

Un improvviso terremoto si propagò per la sala dell'Alto Consiglio e con un botto assordante si aprì di fronte a Charlie un portale gigantesco, più grande di tutti quelli che aveva visto fino ad allora. Aveva le dimensioni di un edificio di due piani e trapassava la stanza sopra e sotto di loro. Sui bordi danzavano fiamme color porpora.

— Oh, no — esclamò Pinch indietreggiando.

— Ahi ahi... — commentò Rex facendo lo stesso.

Guardando attraverso il portale, Charlie vide un'enorme sala del trono scolpita in lucida ossidiana nera. Era grande come molti campi da calcio e traversata da centinaia di creature dell'Infero, impegnate nelle loro misteriose faccende. C'erano linguadargento e creature che Charlie non riconobbe: spettri ululanti e oscuri senzanome ciechi. Una dopo l'altra lasciarono ciò che stavano facendo e si voltarono verso l'enorme portale che si era aperto davanti a loro.

— Chiudilo! — gemette il direttore Drake. — Chiudi subito il portale, ragazzo. *Adesso*.

Ma Charlie non poteva sentirlo. Era perso nella propria mente, a fissare atterrito il prodigio che aveva creato. Rex gli andò accanto e lo scrollò violentemente.

— Esci dal sogno, ragazzo — gli disse. — Questo è più di quanto possiamo gestire, credimi.

Ma Charlie quasi non si accorse di lui. Si sentiva scollegato dal suo corpo, come se ne fosse separato. Rex e Tabitha e la sala dell'Alto Consiglio sembravano esistere in un altro mondo, lontanissimo, un mondo che a stento riusciva a vedere. All'improvviso, con strida acutissime, le creature dell'Infero si precipitarono verso il portale aperto, facendo scattare le chele e spalancando le fauci.

— Tu! — strillò Drake rivolgendosi a Tabitha. — Chiudi il portale! *Chiudilo subito*!

Tabitha distese immediatamente la mano destra e chiuse gli occhi, mentre Rex staccava il lazo dalla cintola e le andava accanto. — Fa' del tuo meglio, tesoro — le disse. — Io li terrò a bada il più a lungo che posso.

Sul corpo di Tabitha crepitarono fiamme porpora. Aveva le sopracciglia corrugate in un'espressione di feroce concentrazione e la fronte imperlata di sudore. Il respiro era affannoso e ansante. Prese a tremare.

— *Non ci riesco* — ammise alla fine, aprendo gli occhi. — Il portale è troppo grande.

— Allora sta' indietro — ordinò Rex spingendola alle proprie spalle. Il suo lazo riluceva di un fiammeggiante blu elettrico che cresceva di intensità man mano che le centinaia di creature infere si avvicinavano a lui.

All'improvviso, nel momento esatto in cui la prima delle creature, un inferragno, saltava attraverso il passaggio aperto, da qualche parte nelle profondità della sala del trono si levò un ruggito da incrinare le ossa. Era così forte che l'intera aula del Consiglio continuò a tremare molto dopo che era terminato. Le creature dell'Infero si immobilizzarono, poi scapparono via alla svelta, sparendo nei bui recessi del palazzo.

Intanto, passi pesanti come colpi di cannone si avvicinavano sempre più, finché, in fondo alla gigantesca sala del trono, apparve una creatura alta tre piani e dotata di lunghe corna. Aveva muscoli possenti, occhi arancioni che ardevano come brace e braccia gigantesche che terminavano in artigli ricurvi. La pelle era di un rosso rubino, simile a sangue, e aveva due gambe enormi, ma al posto dei piedi aveva zoccoli che sprizzavano fiamme a ogni passo che battevano pesantemente sul pavimento di ossidiana.

— Barakkas — trasalì Pinch.

— Chiamate gli inferomanti — disse Drake con il volto mortalmente pallido. — Ditegli che uno dei Dotati di Nome sta cercando di scappare dall'Infero...

6

BARAKKAS IL FURIOSO

Barakkas si avvicinò piano a Charlie sprigionando fiamme dagli zoccoli. — Chi osa venire nel mio palazzo senza essere stato invitato? — tuonò. — Avanti, ragazzo. Parla.

— Io... — riuscì finalmente a dire il ragazzo — mi chiamo Charlie Benjamin.

— Charlie Benjamin — ripeté Barakkas. La sua voce rimbombò attraverso l'antico palazzo. Sebbene quella creatura gigantesca fosse ancora lontana, l'eco delle nere pareti faceva sembrare a Charlie che gli fosse accanto. — Solo una volta prima d'ora un essere umano ha fatto breccia nel Cerchio Interno.

— Non volevo — disse Charlie.

— Però l'hai fatto — ribatté Barakkas. — Devi essere molto forte.

— Immagino di sì — ammise Charlie.

— E molto coraggioso — continuò Barakkas avvicinandosi. Ormai era alla distanza di due campi da calcio.

— Non ho mai pensato di esserlo.

— Chi, se non il più coraggioso dei ragazzi, oserebbe affrontarmi? Abbiamo un mucchio di cose di cui parlare, io e te.

Mentre Barakkas parlava con Charlie, nella sala dell'Alto Consiglio della Divisione Incubi si levò un pandemonio. Accorse una fiumana di inferomanti che subito ammutolirono alla vista dell'enorme passaggio aperto e della creatura Dotata di Nome al di là di quello.

— Finitela di sgranare gli occhi e chiudete il portale, idioti! — strillò il direttore Drake.

Riavutisi dallo shock iniziale, gli inferomanti passarono all'azione per cercare di far crollare il portale su se stesso. Erano in tutto una quindicina, uomini e donne, ma i loro sforzi congiunti non sembravano sortire maggiori effetti sul portale del precedente tentativo di Tabitha.

— Continuate a provare! — gridò Drake. — Barakkas si sta avvicinando al portale!

Luci fiammeggianti color porpora passavano da un inferomante all'altro, mentre tentavano inutilmente di richiudere il passaggio. Tabitha si unì a loro, con gli occhi scintillanti di determinazione, ma ben presto capì che la forza di sedici inferomanti adulti e perfettamente addestrati non poteva competere col potere del piccolo, smilzo tredicenne che stava lì davanti a loro come fosse in trance.

— Di cosa vuoi parlare? — chiese Charlie, mentre Barakkas continuava la sua lenta, inesorabile avanzata.

— Del tuo futuro — rispose Barakkas con un sorriso che rivelò una miriade di denti aguzzi. — Ho dei piani meravigliosi, per noi, non appena sarò arrivato da quella parte. Mi serve un apprendista forte e pieno di risorse, che sia potente e coraggioso. *Uno come te*. Insieme porteremo distruzione su chi ci ha tormentato.

Mentre Barakkas parlava, Rex scivolò vicino a Charlie e gli sussurrò all'orecchio: — Ragazzo, lo so che se vuoi puoi sentire quel che ti sto dicendo. Stai parlando con Barakkas il Furioso. So che ora sembra calmo e ragionevole, ma fidati, la sua furia è leggendaria, e non si sa mai che cosa può farla sprigionare. Ti ucciderà in un batter d'occhio, e non appena sarà da questa parte, spargerà morte e distruzione, mi hai capito? Devi chiudere questo portale, figliolo. Sei il solo che ce la può fare.

E in effetti, da qualche parte nei recessi della sua mente, Charlie lo sentì. Sembrava che Rex volesse fargli fare qualcosa, ma non capiva bene cosa. C'entrava con la furia... e con un portale...

— Non starlo a sentire, Charlie — s'intromise Barakkas, ormai solo a un centinaio di metri dal passaggio aperto. — È invidioso. Sa che sei molto più potente di lui e desidera *ardentemente* quel potere. Non vuole che noi due ci uniamo, perché sa che così lui diventerà inutile. È un falso amico.

— Un falso amico... — ripeté Charlie.

— Lo sai che non è vero — disse Rex. — Ho promesso che ti avrei protetto da tutto e tutti e te lo ripeto ora. Hai la mia parola. Chiudi il portale, ragazzo. *Chiudilo ora*.

Molti degli inferomanti crollarono a terra esausti: lo sforzo necessario per chiudere ciò che il ragazzo aveva aperto era semplicemente troppo grande.

— Sto arrivando — aggiunse in tono suadente Barakkas, ormai a pochi metri dal portale. — Sii coraggioso e forte. Lascialo aperto ancora solo un momento.

Barakkas si chinò per infilare la sua massa gigantesca nel passaggio, che gli stava stretto. Iniziò dal braccio destro, con gli artigli richiusi in un pugno. Aveva le dimensioni di un'automobile, quel pugno. Intorno al polso del mostro, Charlie vide un enorme bracciale, nero e metallico, che luccicava. Vi era inciso un intrico di volti, uno dei quali, lo riconobbe, era quello dello stesso Barakkas.

— Voglio solo che tu sappia che niente di tutto ciò è colpa tua — continuò Rex, mentre il gigantesco pugno si infilava attraverso il portale, facendo sembrare i presenti dei piccoli gnomi. I motivi rossi che spiccavano sulle immagini intagliate del bracciale lampeggiarono davanti alla faccia di Charlie. — Sei un ragazzo d'oro, Charlie. Qualsiasi cosa succeda, voglio solo che tu lo sappia.

In quel momento Charlie si voltò. — Rex? — gli si rivolse come se lo vedesse per la prima volta. — Cos'è che volevi che facessi?

— Chiudi il portale — disse Rex con un sorriso gentile.

— Va bene — ribatté Charlie, e il portale si chiuse come niente fosse, ma con un fragore di tuono, mozzando l'avambraccio destro di Barakkas. L'arto cadde a terra con lo schianto e la forza di una palla da demolizione, mentre le dita si agitavano spasmodiche e l'enorme bracciale gettava per la sala abbaglianti lampi di luce scarlatta. Charlie sentì Barakkas che urlava, da qualche luogo lontano, facendo echeggiare orribilmente uno spazio di enormi dimensioni.

Alla fine, calò il silenzio.

* * *

Rex abbracciò Charlie. Intanto gli inferomanti si stavano rimettendo faticosamente in piedi, fissando Charlie quasi si aspettassero che da un momento all'altro potesse attaccarli come un cane rabbioso. — Io non volevo farlo... — disse lui vedendo la paura e la rabbia sui loro volti. — È successo così...

— Non c'è problema, ragazzo — lo confortò Rex. — Ora va tutto bene.

— Non c'è *nulla* che vada bene — gridò il direttore Drake, ritrovando la voce. — Va tutto malissimo. Questo ragazzino ha quasi fatto passare un Dotato di Nome nel cuore stesso della Divisione Incubi. È esattamente ciò che temevo! Avrebbe potuto distruggerci tutti!

— Ma è stato lei a chiedergli di aprire un portale! — esclamò Tabitha mentre Rex la aiutava a rimettersi in piedi. — Io l'avevo detto che non era pronto.

— Ah, così adesso sarebbe colpa mia? — disse Drake in tono beffardo. Si voltò verso gli inferomanti. — Portate il ragazzo alla Sala Riduzioni, immediatamente. Lo voglio ridotto al punto che non sarà più capace di aprire un portale neanche a uno Spiritello di Primo Livello. *Voglio che lo rendiate stupido come un ciocco di legno*!

— Rex... — disse Charlie sentendo crescere il panico dentro di sé.

— Non preoccuparti, ragazzo — lo rassicurò Rex srotolando il lazo. Con uno schiocco da far trasalire, lo lanciò dall'altra parte della stanza, dove si arrotolò saldamente intorno al collo del direttore.

— Che cosa stai facendo?! — strillò acuto Pinch, in preda all'orrore.

— Non permetterò che il ragazzo venga ridotto. Gli ho dato la mia parola.

— Liberami — boccheggiò Drake col viso che virava verso un rosso acceso — o farò ridurre anche te.

— Come no, buona fortuna!

— Lascialo andare — implorò Pinch. — Questo può solo condurti al disastro.

— Farà meglio a cambiare idea alla svelta, Drake — disse Rex. — La sua faccia comincia a somigliare a una prugna.

In quel momento, da qualche parte sul retro della sala, intervenne una voce di donna. — Vedo che non hai abbandonato i tuoi vecchi metodi, eh, Rex?

Charlie si voltò e vide una donna alta e regale. Aveva luminosi occhi azzurri che rilucevano in modo sorprendente sul color cioccolato scuro della sua pelle. L'abito che indossava era ampio e svolazzante, intessuto di stoffe colorate: il giallo chiaro del burro, l'arancione del sole al tramonto e caldi rossi focosi. Portava un'atmosfera tropicale, giamaicana, che sembrava del tutto fuori luogo nell'ambiente asettico della Divisione Incubi.

— Come va, preside? — le domandò Rex.

— A me meglio che a te, a giudicare da quel che vedo — rispose lei. — Proprio non riesci a stare alla larga dai guai, eh?

— È una mia brutta abitudine. Ma spero sempre di perderla, prima o poi.

— Non te la prendere, ma dubito che succederà molto presto — gli disse con un sorriso. — Nel frattempo, che ne dici di lasciare andare il direttore prima che soffochi?

— Ma...

— Non preoccuparti del ragazzo — lo interruppe con un gesto della mano. — Vedrai che sistemerò le cose a modo mio.

Rex ci rifletté. Poi, con un'esperta mossa del polso, srotolò il lazo dal collo del direttore. Drake recuperò affannosamente il respiro mentre dalla sua faccia spariva pian piano il colore livido.

La donna diede un'occhiata al braccio mozzato di Barakkas, poi si voltò verso Charlie. — Sembra che qualcuno abbia fatto una cosa che non doveva fare — disse con un luccichio negli occhi. — Io sono la preside Brazenhope.

— Io sono...

— Charlie Benjamin. Sì, lo so. Era un po' che ti tenevo gli occhi addosso.

— Hai idea — riuscì a dire Drake dopo aver finalmente ripreso fiato — di cosa ha fatto questo esserino?

— Certo che lo so — replicò la preside. — Perché credi che sia qui? Per venire a trovare te? — fece una smorfia di disgusto. — Appena ho percepito dell'agitazione nell'Infero, ho aperto un portale all'istante.

— Il direttore vuole far ridurre il ragazzo, preside — intervenne Tabitha.

— Oh, non avevo dubbi. Del resto è solo un burocrate: un campione dello status quo, un difensore di tutto ciò che è mediocre e ordinario. Disprezza coloro che hanno il Dono perché lui non ce l'ha. È un atteggiamento che, purtroppo, è fin troppo diffuso tra quelli del suo stampo.

— Risparmiami la tua psicologia da maestrina.

— Sono la preside, se non ti spiace — reagì lei.

— Abbiamo i nervi un po' tesi oggi, eh?

— Da che pulpito! Ha parlato quello che non sopporta che ci si rivolga a lui chiamandolo signore perché gli ricorda i tempi in cui faceva il cameriere al Gambero Rosso!

— Ora basta! — tuonò Drake arrossendo leggermente. — Il ragazzo verrà ridotto perché rappresenta una grave minaccia.

— Non ti smentisci mai, Reginald — disse la preside. — Non perdi mai l'occasione di tentare di distruggere ciò che non capisci. Ma è più facile che io ti lasci bruciare la Gioconda o radere al suolo le piramidi d'Egitto che farti toccare una sola molecola del miracoloso cervello di questo ragazzo.

— Ormai ho preso la mia decisione.

— E io la mia — replicò lei. — Il ragazzo verrà con me all'Accademia Incubi. E lì seguirà il programma di addestramento.

— Assolutamente no — si oppose Drake, alzandosi e dirigendosi verso di lei. — Non rendere le cose difficili, Brazenhope. Sono più in alto di te nella gerarchia, lo sai. — Si voltò verso gli inferomanti riuniti. — Portate immediatamente il ragazzo alla Sala Riduzioni.

Gli inferomanti si guardarono intorno incerti, senza sapere come agire. — Coogan — disse la preside rivolgendosi a uno di loro, un tipo alto coi capelli di un rosso fiammante. — Intendi ubbidire al tuo nuovo direttore o... alla tua vecchia preside? È venuto il momento di prendere una decisione, temo.

L'inferomante passò lo sguardo dal direttore irritato e implorante a quello calmo e posato della preside. — Mi spiace, direttore — disse infine. — Lo so che sono tenuto a ubbidire ai suoi ordini, ma io... devo tutto quello che so alla preside.

Coogan uscì dalla stanza.

— Susan? Grant? Ryder? — chiamò la preside, volgendo lo sguardo da un inferomante all'altro. Uno dopo l'altro, senza dire una parola, uscirono tutti. Ben presto rimase solo Tabitha.

— Lo sa che anch'io sono dalla sua parte, preside — disse.

La preside si voltò verso Drake. — Sembra che tu sia un generale senza esercito, Reginald. Certo, questo è il prezzo che si paga quando si cerca di ottenere paura anziché rispetto nei propri sottoposti. Il direttore Goodnight l'aveva capito.

— Goodnight è morto.

— È vero — concesse la preside. — E un giorno lo sarai anche tu. Niente è per sempre, Reginald, compreso il tuo ruolo di direttore. Prima o poi te ne andrai, e la Divisione sarà riportata alla gloria di un tempo. E io ho intenzione di esserci ancora, quel giorno. — Lo fissò con uno sguardo gelido. — Il ragazzo verrà con me.

Il direttore Drake era furente. Due vene gli pulsavano sulla fronte. — Prenditelo — disse alla fine. — Ma sarai solo tu la responsabile delle conseguenze.

— Non ho mai cercato di scaricare responsabilità sugli altri, io.

— Potresti pentirtene — aggiunse Drake. — Anche se puoi vantare una qualche dubbia autorità su un bambino in età scolare, ricordati che gli inferomanti e i banditori adulti sono sotto il mio comando. Perciò al momento questi due — fece un gesto in direzione di Rex e Tabitha — sono rimossi dal servizio attivo.

— Che cosa? — esclamò Tabitha.

— Non è giusto — protestò Rex. — Niente di tutto questo è stato colpa nostra. Preside...?

— Non guardare me — disse la donna. — Io sono d'accordo col direttore.

— Lei sta scherzando! — ribatté Rex sbigottito.

— Mai stata più seria. Se non vi rimuovesse dal servizio attivo come fareste a essere disponibili per insegnare all'Accademia?

— Insegnare? — gridò Rex. — Io sono uno che agisce sul campo, non un insegnante!

— Lo sei diventato ora — annunciò la preside. — Tutti e due. E anche tu, Pinch.

— Io? — gemette Pinch. — Ma che cosa ho fatto, io?

— Niente — rispose secca la preside. — Ed è questo il tuo problema. — Con un movimento disinvolto della mano, aprì un portale. Charlie fu scioccato nel vedere con quale facilità e sveltezza l'avesse fatto. C'era una bella differenza con il tempo e lo sforzo che ci metteva Tabitha. — Andiamo — concluse. — L'Accademia Incubi ci aspetta.

* * *

Pochi secondi più tardi, dopo un rapido passaggio nell'Infero, il gruppetto dei cinque traversò un altro portale e infine giunse in una stanzetta all'interno dell'Accademia Incubi. Le pareti e il pavimento erano ricoperte di antico tek lucidato e rilucevano alla fioca luce della lampada a olio posata su un grande baule segnato dal tempo. Accanto alla lampada c'era un bicchiere di latte caldo, raggiungibile con facilità dall'amaca appesa tra due pareti. L'amaca, costituita da un vecchio tessuto di vari colori, soprattutto rossi e ambrati, dondolava dolcemente nella brezza tropicale che entrava da una finestrella tonda. Anche un debole chiarore lunare trapelava dalla stessa apertura.

— Questa è la sua stanza, signor Benjamin — disse la preside a Charlie. — Stanotte dormirà qui. Domani cominceremo l'addestramento. Voialtri invece seguitemi. Abbiamo molte cose da discutere.

Aprì una porta e sospinse fuori i tre adulti.

— Preside? — disse Charlie. — Non è che stanotte...

— Avrà un altro incubo?

— Sì...

La donna sorrise calorosamente. — No. Ha avuto una lunga giornata. Questa notte è riservata a sogni piacevoli e un dolce sonno. Beva un po' di latte e si metta a letto, signor Benjamin.

Quindi uscì.

Charlie guardò attraverso la finestrella tonda per cercare di farsi un'idea di dove si trovasse l'Accademia Incubi, ma il buio all'esterno era attenuato solo dalla luna e da una spruzzata di stelle che luccicavano come cristalli intagliati nel cielo notturno. Di lì a poco Charlie si sentì calare addosso la stanchezza di quella giornata come una coperta pesante. Prese un sorso di latte, si arrampicò sull'amaca morbida e invitante e provò una sensazione che non aveva mai davvero provato prima.

Provò un senso di appartenenza.

Si addormentò in fretta, dolcemente dondolato dalla tiepida brezza tropicale. Da qualche parte riusciva a sentire un rumore di onde.

* * *

Da un'altra parte dell'Accademia Incubi, Rex e Tabitha sedevano nello studio della preside. Era pieno di fumo e in penombra, con rampe di scale e passerelle che conducevano a piattaforme e pianerottoli, più in alto, anch'essi avvolti nella caligine. Sembrava l'interno di una nave ed era caotico e disordinato quanto il resto della Divisione Incubi era semplice e ordinata.

— Il ragazzo si è fatto un nemico potente — disse la preside, bevendo da un calice di cristallo un sorso di un liquido d'un rosso così scuro che sembrava nero. — Barakkas non dimenticherà tanto presto chi gli ha fatto perdere la mano.

— Gli sta solo bene — borbottò Rex.

— Vero — fu d'accordo la preside. — Però darà la caccia al ragazzo per vendicarsi.

— Be', comunque non può passare da questa parte — insistette Tabitha. — Solo lei e Charlie siete abbastanza forti da aprire un portale nel Cerchio Interno. E di certo non lo farete.

— Io no — ribatté la preside — ma il ragazzo... è imprevedibile.

— Può dirlo forte — bofonchiò Pinch.

— Volevi dire qualcosa, Pinch? — chiese la preside voltandosi verso di lui. — Parla pure.

Pinch prese il coraggio a due mani. — È stato un errore. Il ragazzino andava ridotto. Per il bene di noi tutti.

— Sono sorpresa che proprio tu sostenga questa posizione.

— Sono solo pratico. L'avete visto, di cosa è capace. Non riducendolo, abbiamo messo tutti in pericolo. Per quel che ne sappiamo, può anche darsi che stia aprendo un portale per il palazzo di Barakkas proprio mentre noi ce ne stiamo qui a parlare.

— Improbabile — obiettò la preside. — Il suo latte era mescolato a un elisir di sonno senza sogni. Per stanotte non avrà incubi.

— Ha sprecato dell'elisir per lui? — chiese Pinch incredulo. — Sarebbe costato meno fargli bere dell'oro!

— Dopo tutto quello che ha passato, si meritava almeno una notte di pace — replicò lei. Pinch sbuffò e si voltò da un'altra pare, contrariato. — Con un corretto addestramento — proseguì la preside — credo che possa imparare a tenere sotto controllo l'apertura dei portali. Con qualche precauzione e un po' di fortuna terremo Barakkas nell'Infero, alla larga dal signor Benjamin. Ma Barakkas non è la sola minaccia. Ce n'è un'altra più vicina.

— Sta parlando di Verminion? — chiese Rex.

La preside annuì. — Non appena quel lurido Dotato di Nome è arrivato sulla Terra, è immediatamente sparito dalla circolazione. Sappiamo che nei vent'anni che sono trascorsi da quel giorno ha reclutato un esercito di creature infere, chiamandole a sé non appena passavano un portale, ma non sappiamo dove. E ora potrebbero inviare degli assassini in cerca del ragazzo... O potrebbe venire Verminion in persona.

— Questo sarebbe possibile solo se sapesse del ragazzo... — disse Rex.

— Lo sa già. Lui e tutti i Dotati di Nome hanno certamente percepito una breccia così profonda nel Cerchio Interno. L'ho avvertita persino io.

— D'accordo, ma non è detto che Verminion si metta a cercare il ragazzo solo perché ha mutilato Barakkas — insistette Rex. — Quei tizi grandi e grossi sono interessati solo a se stessi.

— È vero che Barakkas e Verminion sono entrambi Dotati di Nome e, in quanto tali, non hanno particolare affetto l'uno per l'altro — concesse la preside. — Ma Verminion avrà capito che chiunque abbia la forza di ferire gravemente Barakkas potrebbe usare il suo potere anche contro di lui. La verità è semplice ed è questa: Barakkas non può raggiungere Charlie, ma Verminion sì, e userà ogni mezzo a sua disposizione per eliminare il ragazzo.

La preside bevve un altro sorso dal suo calice, che si era appannato di condensa. — Tuttavia, un lato positivo c'è — aggiunse infine. — Per raggiungere il ragazzo, Verminion dovrà uscire allo scoperto. Potrebbe essere l'opportunità che stavamo cercando.

— Intende usare Charlie come esca? — domandò Rex alzandosi in piedi sdegnato.

— No — rispose lei. — Non è che intendo usarlo come esca. Lui *è* un'esca, che ci piaccia o no. E tanto vale usare la cosa a nostro vantaggio.

Fece segno a Rex di sedersi. Lui, un po' riluttante, ubbidì.

— Stiamo dando per scontato che Verminion sappia quel che Charlie ha fatto a Barakkas — intervenne Tabitha. — Che sappia quanto Charlie sia potente e quale minaccia rappresenti. Ma potrebbe saperlo solo se i Dotati di Nome avessero un modo per comunicare tra loro. Crede che ce l'abbiano?

— Credo di sì — disse la preside con gravità.

* * *

La sala dell'Alto Consiglio riluceva del riverbero rossastro proveniente dal bracciale di Barakkas, ancora allacciato al suo braccio mozzo. Molti operai in tuta blu erano pronti a sollevarlo e collocarlo su una lettiga per portarlo in un laboratorio, dove l'avrebbero esaminato e analizzato con cura.

— Al tre — disse il caposquadra. Era un uomo grande e grosso, di quelli che non si sono mai imbattuti in un panino che non gli andasse giù. — Uno, due, tre! — Tutti sollevarono insieme, gemendo per lo sforzo. Con qualche difficoltà, riuscirono a spostare il braccio di un metro e mezzo e a posarlo sulla lettiga. — Accidenti quanto pesa! — esclamò il caposquadra asciugandosi il sudore dalla fronte.

— È per quell'affare che ha al polso — commentò uno degli operai. — Sarà una tonnellata di metallo. Chissà che lega è.

Allungò la mano per toccarlo.

Subito un lampo rosso si scaricò come un fulmine dal bracciale e avvolse l'uomo. La luce era così intensa che, per un attimo, accecò tutti coloro che si trovavano nella stanza. Quando finalmente dai loro occhi scomparvero le macchie di luce, videro che l'operaio era ridotto a un mucchietto di cenere sul pavimento.

— Scappate! — esclamò il caposquadra mentre se la dava a gambe.

Gli altri operai lo seguirono in preda al panico e le loro ombre ballarono a intermittenza sulle pareti della sala, proiettate dalla luce rossa del bracciale che lampeggiava e palpitava più luminosa che mai. Mentre nessuno la guardava, l'immagine intagliata di Barakkas si mosse leggermente.

E sorrise.

PARTE SECONDA

L'ACCADEMIA INCUBI

7

LE BARCHE TRA I RAMI

Svegliandosi, Charlie si ritrovò a fissare la faccia di una donna corpulenta con una grande testa tonda e guance rotonde. In effetti, tutto in quella donna era rotondo. I capelli grigi erano raccolti in uno chignon rotondo. Il ventre premeva tondo contro il vestito di pizzo che aveva indosso. Persino i gomiti e le ginocchia erano rotondi.

— Benvenuto al mondo, dormiglione — gli disse con un pesante accento dell'Alabama.

— Cosa...? — domandò Charlie guardandosi intorno confuso e non ancora del tutto sveglio.

— Sono Mama Rose, la governante — si presentò lei con un sorriso. — Ma non metterti in testa che verrò qui tutte le mattine a star dietro ai tuoi capricci. Solo oggi, essendo il tuo primo giorno, ho pensato che potevo darti una mano a orientarti in questo angolino di mondo. Ti sei portato dei vestiti?

— Qualcosa — confermò Charlie indicando la sua sacca. Mentre la nebbia del sonno nella sua testa si disperdeva a poco a poco, il ragazzo percepì che c'era qualcosa che non andava. Non capiva cosa fosse esattamente, ma da qualche parte nel suo cervello suonava un campanello d'allarme. Eppure non riusciva a individuare il problema.

— Be', se ti serve qualcosa... — aggiunse la donna — che so, calze, mutande... sono sicura che riusciremo a trovarlo.

— Grazie — disse Charlie, e a un tratto capì esattamente cosa c'era che non andava.

Cannella.

La donna odorava di cannella.

Il campanello d'allarme nella sua testa si trasformò in un gong che gli rimbombava nella scatola cranica.

"Oh, no!" pensò. "Sono qui da solo con questo coso. E adesso che faccio?"

Mentre l'essere che fingeva di essere Mama Rose blaterava di un incontro di orientamento da tenersi di lì a un'ora e di dove si trovava il refettorio, Charlie si guardò intorno in cerca di qualcosa da usare come arma. Alla fine gli occhi gli caddero su un porcellino di ghisa che faceva da fermaporta. Aveva un aspetto pesante.

L'affare che si faceva chiamare Mama Rose voltò per un attimo le spalle a Charlie, il quale ne approfittò per saltare giù dall'amaca e sgattaiolare fino al porcellino. Lo sollevò e si sorprese che fosse ancor più pesante di quanto sembrava. La sua mente cercava freneticamente di escogitare un piano.

Il ragazzo avrebbe potuto dare un colpo in testa alla creatura e scappare. E se l'avesse mancata? E se fosse stata più forte di lui? Oppure poteva correre a cercare aiuto prima che Mama Rose lo acchiappasse. Ma cosa avrebbe fatto se il corridoio là fuori avesse condotto solo a una porta chiusa a chiave?

— Ecco fatto — disse la creatura voltandosi verso di lui. Non c'era più tempo per pensare. Doveva agire. Subito. Charlie sollevò il porcellino di ghisa al di sopra della testa, preparandosi a colpire.

— Oh, santo cielo! — gridò Mama Rose barcollando indietro. Il vassoio d'argento gli scivolò di mano e cadde a terra mandando per aria le fette di pane tostato e il vasetto di marmellata che c'erano sopra.

Mentre scagliava con un sibilo il pesante porcellino di ghisa verso la testa della creatura, Charlie notò un piccolo dettaglio.

Quelli sparsi a terra non erano semplici fette di pane tostato.

Erano fette di pane tostato *alla cannella*.

Nell'ultimo secondo possibile, Charlie ruotò su se stesso proprio mentre il porcellino gli lasciava le mani. Non fu una mossa perfetta, ma bastò a cambiare la traiettoria del fermaporta assassino per mandarlo a schiantarsi contro la parete, a mezzo metro dalla testa di Mama Rose.

— Che diavolo ti prende, ragazzo? — gridò la donna schermandosi la faccia con le mani. — Quasi mi staccavi la testa di netto!

— Mi dispiace tantissimo — si scusò Charlie affrettandosi verso di lei per aiutarla ad alzarsi. — È solo che… avevo sentito odore di cannella.

— Ma certo, viene dal pane tostato… che adesso è da buttare! — brontolò Mama Rose raccogliendo ciocche di capelli grigi nella sfera ordinata del suo chignon. — Se non ti piace il pane tostato, bastava *dirlo*.

— Non è questo, è solo che… quando ho sentito odore di cannella ho pensato che lei fosse…

— Un mimetico — terminò la donna con la faccia che si illuminava di comprensione.

Charlie annuì.

— Sei sveglio, ragazzino. — All'improvviso la stanza prese a ondeggiare, muovendosi avanti e indietro in ampi beccheggi.

— Che succede? — domandò Charlie guardandosi intorno nervoso. L'edificio aveva vacillato così tanto che si chiese se per caso c'era un terremoto. Eppure non sembrava: il movimento era stato troppo fluido.

— Tranquillo, figliolo — disse Mama Rose. — È solo il vento.

— Il vento ha mosso tutta la stanza?

— Oh, santo cielo — esclamò piano Mama Rose. — Tu non sai nemmeno dove sei, vero?

— No, signora. Era buio quando siamo arrivati e io sono andato dritto a dormire.

La donna si mise a ridere. Aveva una bocca grande e tonda, come tutto il resto. — Seguimi — disse andando verso la porta della stanza. — Credo che lo troverai… interessante.

* * *

Era più che interessante.

Era spettacolare.

Costruita dentro un gigantesco fico del Bengala, l'Accademia Incubi era il fortino arboreo più elaborato del mondo. Charlie rimase a guardarlo a bocca aperta da una scogliera che bordeggiava la spiaggia e che era affacciata su quella meravigliosa costruzione umana. Rampe e passerelle serpeggiavano attraverso rami tanto grossi da sembrare essi stessi alberi. Su quei rami erano adagiati grandi velieri, uniti fra loro da un intrico di ponti e di reti. Le navi, in realtà, non erano intere, notò Charlie. C'erano, infatti, lo scafo di una goletta, la poppa di una nave di pirati, il ponte di un'antica imbarcazione da guerra, tutte sparse tra i robusti rami come pezzi di un puzzle che si incastravano fra loro nel modo più imprevedibile e insolito.

Bandiere di vari colori sventolavano nella brezza, mentre dall'alto cadeva dell'acqua canalizzata da grondaie che la facevano entrare e uscire da stanze e cabine, alimentando l'intera struttura. E il verbo "alimentare", pensò Charlie, era del tutto calzante, poiché l'Accademia Incubi era quasi una *cosa vivente*. Sembrava troppo caotica per essere stata costruita da esseri umani sani di mente, sebbene fosse chiaro che doveva essere andata proprio così, accomodata un pezzo dopo l'altro, una prua qua, una plancia là, una vela gonfia di vento sopra. Sembrava un'imponente macchina costruita con un folle meccano che però non avrebbe mai funzionato, che non poteva assolutamente funzionare. Eppure, in qualche modo, funzionava: dal pennone dei pirati sulla cima più alta fino alla serie di scialuppe sospese alla base per mezzo di spesse funi.

— È incredibile — disse Charlie, guardandosi intorno con un sorriso estasiato.

— Non sarò certo io a contraddirti — ribatté Mama Rose. — Dopo tutto il tempo che sono stata qui, mi lascia ancora senza fiato.

La tiepida brezza tropicale arruffava le foglie delle palme disseminate lungo la spiaggia di sabbia bianca, di fronte all'Accademia. L'acqua era così chiara che a Charlie sembrava quasi di guardare in un acquario. Pesci sfrecciavano giocando tra i meandri della barriera corallina, più in là, con le scaglie iridescenti che riflettevano il sole.

— È il posto più bello che io abbia mai visto — disse il ragazzo. — In che parte del mondo ci troviamo?

— In un luogo protetto — rispose Mama Rose. — Questo è tutto ciò che devi sapere, per ora. Anche se l'isola è grande e una parte è molto selvaggia, l'Accademia è al sicuro. Qui i mostri dell'Infero non possono arrivare. — Guardò in lontananza, verso la giungla scura sullo sfondo. — Tutt'altra cosa è il resto dell'isola: quindi niente esplorazioni, laggiù, chiaro?

— No, signora. Cioè, sì, signora. Cioè, sì, Mama Rose.

Lei gli fece un sorriso caloroso, poi lo condusse via dalla scogliera, giù per un sentiero, fino a una delle scialuppe sospese alla base dell'enorme fico. — Tienti forte — gli disse. — Devi andare all'incontro di orientamento.

Abbassò una leva fissata al tronco e di colpo la scialuppa partì verso l'alto a una velocità mozzafiato, sollevata da un contrappeso che passò accanto a loro mentre calava verso terra. Foglie e rami sferzarono la lancia sfiorando la faccia di Charlie, finché l'ascensore più strano del mondo si fermò con un soprassalto.

— Ultimo piano, signori si scende — lo esortò Mama Rose.

Lo stomaco di Charlie si strinse quando vide quant'erano in alto. Il resto della giungla si stendeva in lontananza sotto di loro. Si rese conto che se fosse caduto avrebbe impiegato non poco a toccare la chioma degli altri alberi.

Chiuse gli occhi, fece un respiro profondo per calmarsi e saltò sul ponte della nave dei pirati che stava di fronte a lui. C'erano file di panche di legno consumate su cui sedevano numerosi ragazzi della sua età, che avevano un'aria spaesata e si agitavano nervosamente.

— Non preoccuparti — disse Mama Rose con un sorriso. — Neanche loro sanno cosa sta per succedere. Sei in buona compagnia. — Si voltò per andarsene.

— Te ne vai? — chiese Charlie inquieto.

— Certamente. Non hai bisogno di me, qui. Stai tranquillo, andrà tutto bene. — Ciò detto, Mama Rose salì su un'altra lancia, tirò una leva e scomparve alla vista.

Charlie prese posto riluttante su una delle panche.

Fissò lo sguardo dritto davanti a sé, evitando di guardare gli altri negli occhi per non attirare l'attenzione. Tuttavia, per quanto cercasse di farsi piccolo piccolo, si sentiva addosso le occhiate di qualcuno. Si agitò a disagio, sperando che, chiunque fosse, la smettesse di osservarlo, ma quegli occhi non visti continuavano a trapassarlo. Alla fine si voltò e vide uno strano, goffo ragazzino sulla panca accanto, che lo fissava con un largo sorriso.

Il ragazzino era alto, per la sua età, con lunghe braccia e gambe ossute, grandi incisivi e un assurdo ciuffo di capelli neri. Sembrava una marionetta scappata dai suoi fili. E continuava a fissarlo.

— Cosa c'è? — chiese Charlie alla fine.

— Sei tu quel ragazzo — disse l'estraneo. — Quello strano, giusto?

— Non credo — rispose Charlie, rimpiangendo di aver aperto bocca.

— Ma sì che sei tu. Ieri notte hai quasi ucciso tutti, alla Divisione Incubi, almeno così ho sentito dire.

— Hai già sentito parlare di quel che è successo ieri? — domandò Charlie incredulo.

— Be', sì — ammise il ragazzo con il suo ampio sorriso sghembo. — Grande. Assolutamente grande. Uno sfracello totale. Mitico. Ah, io mi chiamo Theodore. Non Ted, Theodore. E di cognome Dagget. Non Dagger, Dagget, con la t, chiaro?

— Chiaro — rispose Charlie. Il ragazzo non gli diede la mano, così anche Charlie non lo fece. — Io sono Charlie — aggiunse. — Charlie Benjamin.

— Fantastico. Non conosco nessuno, qui. Tu sei il primo. Credo proprio che io diventerò il tuo migliore amico e tu il mio. Che ne dici?

— Uhm — fece Charlie. — Immagino di sì. — Non sapeva che dire. Nessuno era mai stato così aggressivamente gentile con lui.

— Bene — dichiarò Theodore. — È bello aver già sbrigato la faccenda. Allora, cosa pensi di diventare? Banditore o inferomante? Io ovviamente sarò un banditore.

— Come fai a saperlo? — chiese Charlie.

— Avanti, guardami! — esclamò Theodore alzandosi in piedi. — Io sono un maschio! Sono fatto per combattere!

In realtà non aveva affatto l'aria di essere fatto per combattere, pensò Charlie. Anzi, sembrava uno spaventapasseri che ha bisogno di essere imbottito: era tutto pelle e ossa e angoli appuntiti.

— La verità è che i maschi sono i banditori migliori — continuò Theodore. — Loro non vogliono ammetterlo. Cercano di mantenere le cose PC (PC sta per "politicamente corrette"). Ma i banditori sono combattenti, e il combattimento è nel DNA dei maschi (DNA sta per acido desossiribonucleico). Le ragazze, le *pollastrelle*, sono più deboli, più emotive. Se vuoi un portale, chiedi a una ragazza. Se invece vuoi ricacciare una creatura nell'Infero, vai al mio dipartimento, il DM: "dipartimento maschi".

— Ma fammi il favore! — lo canzonò una voce femminile alle loro spalle.

Charlie e Theodore si voltarono e videro una ragazza con la coda di cavallo, su per giù della loro età, che scarabocchiava su un album da disegno. Indossava dei jeans e una camicetta bianca con qualche ricamo rosa. La ragazza posò la penna e si rivolse a Theodore. — La verità è che la *Guida all'Infero della Divisione Incubi* dice che ci sono tanti banditori maschi quante banditrici femmine. E lo stesso vale per gli inferomanti.

— Frottole — ribatté Theodore. — False verità, esagerazioni, belle speranze. Mi spiace, ma ti sbagli di grosso.

— Non mi sbaglio affatto — disse la ragazza cominciando ad arrabbiarsi. — I fatti sono fatti.

— I fatti non sono solo fatti — replicò secco Theodore. — I fatti devono essere interpretati e, in quanto tali, sono profondamente sospetti e intrinsecamente inattendibili.

— Ti capita mai di sapere di cosa vai cianciando?

— Non ti conviene metterti a discutere con me, signorina — la sfidò Theodore. — Potrei mangiare la tua anima e sputarla fuori. Potrei distruggerti.

— Sai che paura! — esclamò lei con una risata.

— È tutto qua quello che sai ribattere? — la provocò Theodore. — Sarebbe questo tutto il tuo arsenale lessicale? Scommetto che non conosci neppure un terzo delle parole che conosco io.

— Di' un po': c'è qualcuno a cui stai simpatico?

— Certo che sì — rispose secco Theodore. — Al qui presente Charlie sto simpatico. Lui è il mio migliore amico. — Si voltò verso Charlie. — Vero?

— Uhm — disse Charlie. — Senti, ci siamo appena conosciuti. Credo che potremo essere tutti amici. Io sono Charlie. — Protese la mano verso la ragazza. Lei gliela strinse.

— Piacere Charlie, io sono Violet.

— Vedo che ti piace disegnare — commentò Charlie indicando l'album.

Violet annuì. La coda di cavallo ballonzolò allegra. — Ultimamente vado matta per i draghi.

Charlie guardò più da vicino quello che aveva disegnato e vide la figura incredibilmente dettagliata di un drago con la sua lunga coda avvolta attorno a un tesoro. — È fantastico — disse. — Mi piacerebbe molto saper disegnare come te.

— Si può imparare — replicò Violet. — Ci vuole solo un po' di pratica. Io ho passato parecchio tempo a studiare i grandi: Maitz, Whelan, Hickman, Targete.

— Chi? — domandò Theodore.

— Ah, pare proprio che alla fine abbiamo trovato qualcosa che non sai. Don Maitz, Michael Whelan, Stephen Hickman, J. P. Targete... sono solo alcuni dei grandi disegnatori dell'arte fantasy, che è quella che mi piace di più.

— È interessante che... — disse Theodore — siano tutti maschi.

— Allora non ti parlerò di Rowena Morrel e Janny Wurts — ribatté Violet. — Non vorrei che ti mettessi a piangere.

— Oh, adesso sono io che ho paura.

Fu in quel momento che tutti sentirono un leggero *pop*.

Si voltarono e videro un portale aprirsi a poppa della nave. La preside lo attraversò. La luce radiosa di mezzogiorno faceva risplendere il vestito tropicale che indossava sulla pelle scura. A un gesto noncurante della mano, il portale scomparve alle sue spalle.

— Buongiorno — disse. — Sono la preside Brazenhope.

— Non è possibile! — sbottò Theodore esterrefatto. — Il preside è una femmina!

Senza dire una parola, la preside fece un gesto con la mano e sul ponte si aprì un portale, proprio sotto Theodore. Il ragazzo cadde senza rumore nell'Infero. Un altro gesto, e il portale si richiuse sopra di lui.

— Altri commenti? — chiese la preside.

Tutti scossero vigorosamente le teste.

— Bene. Benvenuti al vostro primo giorno all'Accademia Incubi. Come potete vedere, è un posto molto insolito, eppure io ritengo giusto che sia così. Ho sempre pensato che le cose oscure e pericolose si imparano meglio in un ambiente allegro, e quest'isola è molto allegra. Non siete d'accordo?

Gli studenti si affrettarono ad annuire.

— Bene. Probabilmente vi starete ancora chiedendo perché abbiamo deciso di fare lezione in un ambiente così straordinario: relitti di navi sugli alberi, scialuppe che servono da ascensori, e altre mille stramberie che ancora dovete scoprire. Le ragioni sono due. La prima, sto per dirvela. La seconda, la scoprirete quando sarete capaci di capirla meglio. — Mentre proseguiva, si mise a camminare tra gli studenti. — L'Accademia Incubi è strana e insolita perché le cose strane e insolite stimolano il cervello. Non c'è nulla di più nocivo, per l'immaginazione, della ripetitività e della monotonia. Ed è l'immaginazione, sopra ogni altra cosa, che noi cerchiamo di nutrire qui. E perché?

Non sembrava che la preside stesse realmente facendo una domanda, perciò nessuno si avventurò a dare riposte. E fu meglio così, dato che lei proseguì senza aspettarle.

— È l'immaginazione, signore e signori, che ci permette di fare il nostro lavoro, perché ci permette di accedere al Dono. Sfortunatamente, molti di voi, almeno un terzo, perderanno questo potente stimolo nel corso della loro permanenza qui. Si atrofizzerà e declinerà; avvizzirà e appassirà. Accade alla maggior parte delle persone, crescendo, e purtroppo accadrà certamente anche ad alcuni di voi. Se succederà, non avrete più accesso al Dono e quindi non potrete più usarlo per proteggere l'umanità dalle creature dell'Infero.

Batté le mani per sottolineare quanto stava dicendo, e gli studenti ebbero un soprassalto.

— Ad ogni modo — continuò — perdere il Dono non vuol dire smettere di essere utili alla nostra causa. Potremo comunque fare buon uso del vostro addestramento. Diventerete facilitatori e accompagnerete nelle loro imprese i compagni che hanno il Dono. Il vostro non sarà un compito semplice. Organizzerete le missioni e fungerete da collegamento fra la Divisione Incubi e gli agenti sul campo. E soprattutto avrete un ruolo da terza voce, calma e posata, quando i mostri si faranno sotto e i banditori e gli inferomanti della vostra squadra saranno sopraffatti dal peso delle loro responsabilità. Qui sono tutti importanti. Tutti decisivi.

A un tratto Charlie ricordò che Pinch aveva detto di essere un facilitatore. Anche se la preside sembrava considerare i facilitatori come membri paritari della squadra, lui intuì che non doveva essere piacevole possedere il Dono e poi perderlo. E questo poteva spiegare perché Pinch avesse sempre un atteggiamento così risentito e perché fosse un sostenitore della riduzione degli studenti più promettenti: dal punto di vista di Pinch, se lui non aveva più il Dono, perché dovevano averlo gli altri?

— Voi ora siete quelli che vengono chiamati niubbi, ovvero principianti. In seguito, con il procedere del tirocinio, passerete al rango di addy, che significa addestrati. Alla fine, quando dimostrerete di possedere un grado di abilità significativo verrete chiamati eliti, che sta per élite. Ma per ora siete niubbi, e niubbi rimarrete per un bel po'.

La preside fece un gesto con la mano. A mezz'aria si aprì un portale e Theodore ci passò attraverso urlando e atterrò con uno schianto sulla sua panca. La preside richiuse il portale e continuò come se nulla fosse accaduto. — Come forse saprete, sarete educati come inferomanti o banditori, a seconda delle prospettive che offre il vostro Dono.

— Ehi, signora — sbottò Theodore visibilmente scosso. — Lo sa che mi ha mandato nell'Infero?

— Sì — rispose lei e fece un gesto con la mano.

Un altro portale si aprì sotto Theodore, che ricadde un'altra volta urlando nell'Infero. La preside fece sparire il portale e continuò.

— Oggi stabiliremo su quale disciplina si focalizzerà il vostro addestramento. Alcuni se ne andranno da qui per seguire la dura strada per diventare banditori; altri discenderanno il tortuoso sentiero per l'Inferomanzia. Sono due discipline ugualmente nobili e ugualmente difficili da padroneggiare. Cominceremo da lei, signorina Sweet. È pronta?

Il gigantesco fico ondeggiò dolcemente nel vento. Da qualche parte, lontano nella giungla, stridette un uccello.

Violet saltò in piedi. — Dice a me?

— Lei si chiama Violet Sweet, o no?

— Sì, preside. È che non sono abituata a essere chiamata signorina Sweet, solo questo.

— Si abitui — disse la preside. — Io mi rivolgerò a ciascuno di voi dandovi del lei. Primo, perché credo che la cosa possa farvi piacere. Secondo, perché anche se questa sembra soltanto una scuola, la realtà è che qui abbiamo a che fare con una faccenda molto seria. Vi stiamo addestrando per combattere una guerra. Una guerra in cui potranno esserci dei caduti. Se siete abbastanza grandi da mettere a rischio le vostre vite al servizio di una causa molto importante, lo siete anche perché io vi tratti come adulti e pretenda da voi un comportamento da adulti. Perciò le chiedo ancora una volta: è pronta, signorina Sweet?

— Sì, preside — rispose Violet.

— Benissimo. Faccia un passo avanti.

Mentre Violet camminava verso di lei, la preside fece un gesto con la mano, che aprì un portale a mezz'aria. Ancora una volta, Theodore lo attraversò e andò a schiantarsi sulla panca con un gridolino di dolore.

— Bentornato, signor Dagget. È arrivato giusto in tempo per vedere la signorina Sweet che determina il suo futuro cammino.

— Ehi, mi sono fatto male! — esclamò Theodore.

— Che peccato — replicò la preside. A un altro movimento della mano un grande portale si aprì con uno schiocco accanto a lei. Theodore ebbe un sobbalzo. — Signore e signori, vogliate seguire me e la signorina Sweet nell'Infero. Il destino ci attende: il suo e il vostro.

* * *

Qualche istante più tardi, dopo aver traversato il portale, Charlie si ritrovò in un campo di profumati fiori gialli che digradava verso un lago blu cobalto, immobile e riflettente come uno specchio. Il lago si trovava sul fondo di una valle coperta di pini dall'odore pungente ed era circondato su ogni lato da pareti montuose che si ergevano altissime e impedivano di vedere al di là. Era un luogo gradevole e protetto e, soprattutto, nascosto.

— Wow — mormorò il ragazzo.

— Proprio così — commentò la preside quando l'ultimo degli studenti fu entrato dal portale. Con un rapido gesto della mano, lo richiuse. — Sebbene la maggior parte dell'Infero sia brutto e pericoloso, ci sono zone, come questa, che stravolgono ogni aspettativa. In questo momento ci troviamo nel Terzo Anello. È una regione montuosa piena di creature con cui è meglio non scherzare, ma questa valle segreta, nascosta sul suo confine orientale, è ed è sempre stata disabitata. Qui non ci sono creature dell'Infero... eccetto una. Una molto importante per noi.

La preside si voltò verso Violet.

— Signorina Sweet, se guarda attentamente, vedrà una serie di pietre che affiorano dal lago e permettono di camminare fino al suo centro.

Violet guardò e vide una fila di pietre bianche che conducevano a una piccola roccia nel mezzo del lago. — Le vedo — confermò.

— Eccellente. Ora deve camminare fino al centro del lago e dichiararsi. Dovrà gridare: "Sono una banditrice!" Oppure: "Sono un'inferomante!"

— Ma come faccio a scegliere? — chiese la ragazza. — Non ho idea di che cosa siano.

— Dica semplicemente ciò che si sente — rispose la preside. — Dica quel che ritiene vero.

— D'accordo — disse Violet. — E poi cosa succederà?

— Poi — rispose la preside con uno scintillio negli occhi — scopriremo se ha detto la cosa giusta. Prego, vada — concluse, indicando il lago con un gesto.

Lanciata un'occhiata nervosa al resto degli studenti, Violet camminò fino al bordo dell'acqua. Le pietre che affioravano dalla superficie erano piccole e irregolari e, mentre saltellava da una all'altra verso il centro del lago, dovette sforzarsi più volte di mantenere l'equilibrio. Arrivata alla roccia bianca nel mezzo, guardò giù, nell'acqua scura, in cerca di un movimento, di un qualsiasi segno che là sotto potesse esserci qualcosa di vivo. Ma l'acqua era immobile come vetro e rifletteva solo le pareti delle montagne che la circondavano, rendendo impossibile guardarci dentro.

— Coraggio, signorina Sweet — gridò la preside. — Si dichiari!

Per quanto Violet avesse difeso contro Theodore la posizione secondo cui le ragazze potevano essere banditrici tanto quanto i ragazzi, dentro di sé sapeva che il suo destino era diverso.

— *Sono un'inferomante*! — gridò.

Le sue parole riverberarono sul lago immobile, riecheggiando tra le pareti del canyon con un'intensità sorprendente che la fece sussultare. L'eco si dileguò in fretta e tornò il silenzio. Violet guardò a disagio l'acqua scura intorno. Era ferma e vitrea.

— E adesso? — chiese.

Fu allora che con un'esplosione d'acqua saltò fuori dal lago una gigantesca trota. Aveva le dimensioni di un pulmino e la pelle luccicante punteggiata da macchie rosse, grigie e verdi. Tracciando un arco perfetto, il pesce saltò al di sopra della roccia su cui stava Violet, la inghiottì nell'ampia bocca viscida e si rituffò nell'acqua gelida, dall'altra parte, scomparendo immediatamente alla vista. Il lago si agitò e si increspò mentre gli studenti lo fissavano attoniti.

Violet e la trota gigante che l'aveva inghiottita erano scomparsi.

— Che... che cos'era quel coso? — riuscì finalmente a domandare Theodore senza fiato e con la mascella penzoloni come un cardine rotto.

— Quella — rispose la preside — era la Trota della Verità.

8

LA TROTA DELLA VERITÀ

— Dov'è finita? — chiese Charlie sentendo crescere il panico dentro di sé. — Dov'è Violet? *Non l'avrà mica mangiata*, vero?

Proprio in quel momento, la Trota balzò fuori dall'acqua presso la riva fiorita ed emettendo un verso gorgogliante sputò Violet dalla bocca. Lei volò per aria, roteando e piroettando come una bambola di pezza, e poi ricadde scompostamente ai piedi della preside. La Trota scivolò di nuovo sotto la superficie e scomparve alla vista.

Charlie corse verso Violet e la aiutò a rimettersi in piedi. — Tutto a posto? — le domandò.

— Io… non saprei — disse lei scossa, pulendosi viscidume e alghe dalla faccia. Era completamente impregnata di una bava disgustosa.

— Congratulazioni, signorina Sweet — annunciò la preside. — Lei è una banditrice.

— Come può dirlo? — chiese Violet strizzandosi via una sostanza viscosa dai lunghi capelli.

— Perché, di tutte le creature dell'Infero, solo la Trota è in grado di determinare con precisione se qualcuno sta dicendo la verità o no. E, come lei ha appena avuto modo di constatare, sul suo lago non tollera che venga detto il falso. E rimuove all'istante la fonte di non-verità.

— Ma io non dico bugie! — protestò Violet.

— Non consciamente — disse la preside. — Lei ha detto di essere un'inferomante, e sono sicura che in cuor suo reputava di esserlo, ma la Trota ha ritenuto che non fosse vero. Di conseguenza, ora sappiamo che se lei non è un'inferomante dovrà essere una banditrice.

— Ma è sicura che la Trota abbia sempre ragione? — chiese Violet. — Io non sono granché combattiva.

— Lo diventerai — la rassicurò la preside. — La Trota non si è mai sbagliata. — Si voltò verso un altro studente. — Signor Ramirez, la prego, vada al centro del lago. Vediamo che cosa ha in serbo il futuro per lei.

Alejandro Ramirez, un dodicenne tarchiato, si incamminò, e giunse fino alla roccia. — Sono... un inferomante — mormorò incerto, guardando nervosamente intorno l'acqua immobile.

Non ci fu alcuna reazione della Trota.

— Eccellente, signor Ramirez — disse la preside. — Visto che non è stato inghiottito dalla Trota, ciò che lei ha detto dev'essere la verità, anche se avrei apprezzato un po' più di decisione, nella sua dichiarazione. Ad ogni modo, congratulazioni: lei è il primo inferomante di oggi. — Mentre Alejandro si affrettava a raggiungere il gruppo, visibilmente felice di non esser stato inghiottito dalla Trota, la preside si rivolse a un altro ragazzo. — Signor Favrutti, coraggio.

Andò avanti così per quasi un'ora.

Una ventina di ragazzini si dichiararono alla Trota e circa metà di loro fece l'affermazione giusta. L'altra metà fu immediatamente inghiottita dal gigantesco pesce e risputata a riva come una gomma da masticare. Charlie rimase piuttosto sorpreso nello scoprire che Violet aveva ragione quando diceva che il lavoro di banditore era equamente diviso tra maschi e femmine. Lo stesso valeva per quello di inferomante: in nessuno dei due mestieri sembrava esserci una prevalenza di un sesso rispetto all'altro.

Alla fine toccò a Theodore affrontare la Trota. — Evvai! — gridò quasi saltando addosso alla preside. — Mio padre era un banditore, lo sapeva?

La donna annuì. — Rammento bene tuo padre. Era estremamente sveglio, ma anche molto indisponente. E tu me lo ricordi. Come sta?

— Bene, credo — affermò Theodore. — È via, a combattere le creature infere da qualche parte. Non gli è permesso dirci dove, perché si tratta di un'opcop. Op è l'abbreviazione di "operazione" e cop di "coperta". E operazione coperta vuol dire…

— Lo so cosa vuol dire — lo interruppe la preside. — Andiamo avanti, che ne dici?

— Certo — disse Theodore. — Non vedo l'ora che mio papà torni dall'opcop per potergli dire che sono anch'io un banditore, proprio come lui. — Saltellò veloce sulle pietre per raggiungere la roccia al centro del lago. Si schiarì la gola e gridò con tutta la voce e l'orgoglio che aveva: — Sono un banditore!

L'acqua rimase immobile.

— Visto? — Theodore si voltò verso la riva. — L'avevo detto.

Fu in quel momento che la Trota saltò fuori dal lago e lo inghiottì tutto intero. Qualche istante più tardi il ragazzo si ritrovò a volare per aria, infine atterrò davanti alla preside come uno straccio spiegazzato.

— Mi dispiace, signor Dagget — disse lei, mentre Theodore si rimetteva faticosamente in piedi, tremante come un cerbiatto appena nato. — Lei non è un banditore. La Trota ci ha mostrato che è un inferomante.

— Si sbaglia — obiettò Theodore sputando una sostanza viscida dalla bocca.

— Mi scusi? — ribatté la preside, sollevando un solo sopracciglio.

— Senza offesa, signora, ma la Trota si sbaglia. Si sbaglia di grosso. Non è possibile che io sia un inferomante.

— La Trota non si sbaglia *mai* — replicò seccamente la preside. — È lei a sbagliarsi, signor Dagget.

— Guardi, non sto dicendo che la Trota dica balle intenzionalmente. Dico solo che si è sbagliata. Tutti fanno errori. Non può avere ragione *tutte le volte*, no? È solo uno stupido pesce.

— Be', se ne è tanto sicuro — continuò la preside — è liberissimo di provarci un'altra volta.

— Senz'altro — disse Theodore, e tornò a grandi balzi al centro del lago. Inarcò la schiena e gridò al cielo — Sono un banditore!

Ci vollero meno di venti secondi perché la Trota saltasse fuori dall'acqua, lo inghiottisse e lo risputasse sulla riva. Ancora una volta, Theodore si rimise faticosamente in piedi.

— C'è qualcosa che non va, in quella Trota — dichiarò. — Forse non sta bene.

— La Trota sta benissimo — ribatté la preside.

— Allora forse è vecchia o stanca o che so io. Glielo dico io: non posso essere un inferomante. È una EI: un'eventualità impossibile! Ogni maschio della mia famiglia è un banditore!

— Mi dispiace — disse la preside, che cominciava a perdere la pazienza. — So che avrebbe voluto essere un banditore, ma di fatto lei è un inferomante.

— No! — esclamò Theodore. — Quella Trota ha il cervello in pappa, ecco come stanno le cose. Avete una Trota della Verità difettosa!

— Si è pronunciata *due volte.*

— E allora si è *sbagliata due volte*! Forse ha solo bisogno di un'altra possibilità per capire che ho ragione. — Ciò detto, si voltò e si precipitò di nuovo al centro del lago. — Sono un banditore! — gridò, facendo riecheggiare le sue parole sulle pareti della gola rocciosa.

La trota saltò fuori dal lago e lo inghiottì all'istante.

Charlie si voltò verso Violet. — Quante volte credi che ci riproverà prima di arrendersi?

— Quattro — asserì lei senza esitazione.

— Io dico cinque — ribatté Charlie.

Incredibilmente, ce ne vollero sette.

Per sette volte Theodore fu inghiottito e sputato dalla Trota della Verità prima di gettare finalmente la spugna, coperto da capo a piedi di viscidume e ancora insoddisfatto.

— Stupida Trota — commentò dando un calcio ai fiori della riva mentre per un'altra volta si rimetteva in piedi.

— Signor Dagget — disse la preside ormai stufa — accetti di essere un inferomante. È una vocazione del tutto onorevole, né più né meno che quella di banditore, e forse finirà con l'abituarcisi.

— Non mi ci abituerò mai — dichiarò Theodore mentre si allontanava battendo i piedi e borbottando "trota del cavolo" e "stupido pesce" e "ancora una volta soltanto".

La preside si voltò verso il resto degli studenti. — E con questo abbiamo concluso l'incontro di orientamento — disse. — Ora possiamo tornare all'Accademia Incubi, dove avrete un incontro con la governante Rose, che consegnerà il programma e gli orari delle lezioni.

— Preside? — Charlie alzò la mano. — Mi rincresce interromperla, ma io ancora non ho fatto la mia dichiarazione.

— Ah, signor Benjamin. Credo che l'avventura della notte scorsa ci abbia già mostrato la sua strada. Chiunque sia in grado di aprire un portale per il Cerchio Interno è chiaramente un inferomante. Un banditore non sarebbe mai capace di fare una cosa del genere.

— Ah, d'accordo — disse Charlie.

— Ehi! — esclamò Alejandro Ramirez. — Tutti noi abbiamo dovuto affrontare la Trota. Perché lui se la cava così facilmente?

— Perché, come ho detto, già conosciamo la sua strada — replicò la preside.

— Be', secondo me, però, non è tanto giusto — borbottò lui.

— Ha ragione — concordò Charlie, che non voleva sentirsi privilegiato rispetto agli altri. — È giusto che mi sottoponga anch'io alla prova.

* * *

Qualche istante più tardi, Charlie era in piedi sulla roccia al centro del lago. Sentiva una brezza fresca venire dall'acqua, che, fra l'altro, sembrava piuttosto profonda. Altrimenti come avrebbe potuto contenere una creatura grande come la Trota della Verità?

Charlie chiuse gli occhi, fece un respiro profondo e infine gridò: — Sono un inferomante!

Come c'era da aspettarsi, la Trota non si fece vedere. Charlie aveva detto la verità. Emise un sospiro di sollievo e s'incamminò verso la riva. — Aveva ragione — gridò alla preside saltellando da una pietra all'altra. — Non sono un banditore.

Non appena disse quella frase, la Trota esplose fuori dall'acqua e richiuse le labbra mucillaginose intorno a Charlie, sigillandolo all'interno di un'oscurità fetida e bagnata. Fu sballottato con violenza di qua e di là nelle viscide interiora dell'antica creatura, che si era rituffata in acqua e ora nuotava verso riva. Poco dopo la Trota sputò fuori dallo stomaco Charlie, che fu accecato dalla luce del giorno. Roteò e si avvitò in alto nell'aria e infine ricadde pesantemente a terra sul duro suolo del prato.

Gli studenti lo fissarono attoniti.

— Tutto intero? — chiese Violet precipitandosi da lui.

— Sì — rispose Charlie alzandosi in piedi. — Non me lo aspettavo, tutto qua.

— Perché non ha senso! — gridò Theodore. — Visto? L'avevo detto che quella Trota è uscita di testa. Prima gli ha dato ragione quando ha detto di essere un inferomante, poi gli ha dato del bugiardo quando ha dichiarato che non era un banditore. Si è sbagliata per forza:

non si può essere allo stesso tempo un inferomante e un banditore!

— È vero — ammise tranquilla la preside. — A meno che uno non sia una Doppia Minaccia.

Gli studenti si guardarono l'un l'altro.

— Che cosa sarebbe?

— Una persona che può sia bandire sia praticare l'

Inferomanzia. A dire il vero, sono molto rare... ne nasce una circa ogni venti o trent'anni. — La preside si voltò verso Charlie. — Lei è davvero una fonte di continue sorprese, signor Benjamin.

Charlie era senza parole.

Ne nasce circa uno ogni venti o trent'anni.

La maggior parte delle persone sarebbe stata lusingata di scoprirsi così speciale, ma a Charlie sembrava che la preside stesse parlando di un qualche vitello mutante a due teste o di una strana anguilla che poteva camminare sulla terraferma. Si era sempre sentito tagliato fuori. E ora si sentiva tagliato fuori due volte.

— Che forza! — esclamò Theodore. — Charlie Doppia Minaccia! Charlie DM!

— Non chiamarmi così — mormorò Charlie, rendendosi conto che Theodore finiva sempre con l'entusiasmarsi per le cose sbagliate.

— Ehi, preside — continuò Theodore. — E lei? È anche lei una di queste Doppie Minacce? È una DM?

— Anzitutto, non chiamarmi così — disse la donna. — Poi, per rispondere alla tua domanda, sì, sono ciò che è noto come una Doppia Minaccia, ma non è poi quella gran cosa che sembra. È vero: posso sia bandire sia fare da inferomante, ma non nello stesso momento. Sono due abilità del tutto diverse, e ognuna richiede una tale attenzione e concentrazione che è semplicemente impossibile svolgere entrambi i compiti contemporaneamente.

— Ah — commentò Theodore contrariato. — Insomma, è come avere un'Aston Martin e una Ferrari: sono belle, ma puoi guidarle solo una alla volta. A che serve, allora?

— La varietà — concluse la preside — è il sale della vita, e a me la vita piace molto saporita. — Poi aprì un portale che dava accesso al ponte superiore dell'Accademia Incubi. — Per oggi abbiamo terminato. La classe è congedata.

* * *

Pochi minuti più tardi, rientrato all'Accademia, Charlie stava scendendo da una delle numerose scalette avviluppate intorno al gigantesco fico con Theodore che gli saltellava accanto, blaterando esaltato. — Sarà anche inutile — diceva — ma è una rarità. È forte! Hai sentito la preside: come te, ne nasce uno ogni venti o trent'anni. Voglio dire, noi tutti siamo fuori dal comune, visto che solo il due per cento della popolazione ha il Dono, ma tu, amico mio, tu sei un *mutante*. Il mio migliore amico è uno *scherzo della natura*!

— Vuoi farla finita una buona volta? — esclamò Violet infilandosi tra i due. — Lo stai mettendo a disagio.

— Non è vero, signorina Ficcanaso. Sei a disagio, Charlie? Ti sto forse mettendo a disagio, in qualche modo o misura o qualsivoglia maniera?

— Credo di no — rispose Charlie chiaramente a disagio.

— Visto? — si gloriò Theodore trionfante. — Noi siamo *maschi*. Non siamo piagnucolosi ed emotivi come le femmine.

Violet si voltò verso Charlie. — Davvero non vuoi dirgli che cosa provi?

Charlie avrebbe voluto dire qualcosa, spiegare a Theodore che aveva passato la vita a sentirsi un reietto e, adesso che era in un posto pieno di ragazzi come lui, l'ultima cosa che voleva era scoprirsi ancora una volta *diverso*. Solo che non riusciva a farlo. Theodore, anche se era un tipo bizzarro, gli stava diventando simpatico, e Charlie non voleva alienarsi la sua amicizia.

— Va tutto bene — disse Charlie a Violet. — Davvero.

— Va be', Charlie, se non hai intenzione di prendere tu per primo le tue difese, non sarò certo io a farlo al posto tuo. — Si fece largo tra i due e li sorpassò, giù per la scaletta.

— Io le so prendere, le mie difese... — le gridò dietro Charlie in modo poco convinto, ma ormai Violet si era già allontanata.

— Eccolo là — risuonò all'improvviso una voce rabbiosa dietro di loro. — Il fuori di testa che ha quasi distrutto la Divisione Incubi!

9

IL SIGNIFICATO DI PDMO

Charlie e Theodore si voltarono e videro una ragazza di circa quindici anni che scendeva la scaletta puntando verso di loro. Era di una bellezza mozzafiato. Aveva lunghi capelli biondi dal taglio molto accurato. A ben guardare, in lei ogni cosa appariva accurata: dal trucco ai vestiti, scelti con cura, e molto più eleganti rispetto a quelli di chiunque altro Charlie avesse visto all'Accademia Incubi.

Un ragazzino più o meno della sua età la seguiva come un cane ubbidiente al guinzaglio. Era largo e muscoloso, coi capelli biondi e gli occhi azzurri. La sua unica debolezza, per quanto Charlie poteva capire, era che stava cercando disperatamente di farsi crescere i baffi, ma senza molto successo.

— Tu sei quel Charlie Benjamin, vero? — chiese la ragazza.

— Credo di sì — rispose Charlie.

Dentro di lui si agitavano emozioni contrastanti. Lei si stava chiaramente preparando ad attaccarlo e Charlie capì che doveva stare in guardia, pronto a difendersi; ma la ragazza era così bella che gli dava quasi il capogiro. Non aveva mai avuto una fidanzata, mai avuto un appuntamento, mai nemmeno preso una ragazza per mano, ed ecco che aveva tutta per sé l'attenzione di una della più belle studentesse che avesse mai visto.

Purtroppo, era soltanto perché lei lo detestava.

— Sono Brooke Brighton — disse in un tono che lasciava intendere che lui dovesse sapere chi era. — Sono una facilitatrice. E questo è il mio ragazzo, Geoff Lench. — Lanciò una rapida occhiata alle spalle, verso il giovane. — Anche lui è un facilitatore.

Geoff si sporse verso Charlie, carezzando il suo accenno di baffi come se questo potesse farlo sembrare più adulto. Ma non era così. — Abbiamo sentito che la notte scorsa hai quasi fatto entrare un Dotato di Nome in mezzo alla sala dell'Alto Consiglio, niubbo!

— Non l'ho fatto apposta — obiettò Charlie debolmente.

— Non l'hai fatto apposta? — ripeté Brooke avvicinandosi. — È questo che hai detto al direttore Drake dopo che hai quasi ammazzato tutti quanti? Che non l'avevi fatto apposta?

Nella battaglia di emozioni che impazzavano dentro di Charlie, stava chiaramente emergendo un vincitore. Brooke era certamente bella, anzi bellissima, ma l'attrazione che provava per lei andava dissolvendosi a causa del modo in cui lo trattava.

— Se io fossi la tua facilitatrice — proseguì lei — farei in modo che tu venissi sospeso e sottoposto a un'indagine in base all'Articolo 36 del Regolamento della DI, edizione Drake. Anzi, farei in modo che venissi ridotto. Che ne dici?

— Io dico — rispose Charlie sforzandosi di trovare un modo per ribattere a un'affermazione così incredibilmente crudele — che tu ce l'hai con me perché io ho il Dono mentre tu l'hai perso. Cioè, è per questo che sei una facilitatrice, no?

Charlie vide molti degli altri ragazzi sulla scaletta trattenere il respiro e guardarsi intorno nervosi. Evidentemente aveva superato un qualche limite.

— Che cosa hai detto? — chiese Brooke con un filo di voce.

— Mi chiedevo come mai l'hai perso — continuò Charlie prendendo il coraggio a due mani. — Il Dono, intendo. Probabilmente non è stata colpa tua. Magari ti sei distratta con i vestiti. O con la TV. O coi ragazzi.

All'improvviso Geoff lo afferrò per la maglietta e lo tirò così vicino a sé che Charlie sentì l'odore della gomma che stava masticando. — Stai attento a come le parli, piccolo miserabile niubbo, o ti butto giù dalla vetta dell'Accademia per vedere se sai volare. Mi hai capito?

Ma prima che Charlie potesse rispondere, Theodore si tolse gli occhiali. — Reggi questi — disse.

— Perché? — chiese Charlie prendendoli.

Senza rispondere, Theodore si voltò e di punto in bianco sferrò un gancio a Geoff. Il pugno impattò pesantemente su una guancia della sua faccia abbronzata, mandandolo in ginocchio sul duro legno della scaletta. La gomma da masticare gli schizzò fuori di bocca come un dente rotto.

— Ehi, non vale! — strillò Brooke. — Quel babbeo gli ha dato un pugno a tradimento!

Theodore era pieno di adrenalina. I suoi lineamenti da spaventapasseri scoordinato erano infiammati dall'eccitazione. — E lo farò un'altra volta e un'altra ancora, se rompi di nuovo le scatole a Charlie Benjamin. Ti farò a pezzi! Tu e la tua amichetta. Vi mangerò l'anima e banchetterò sulle vostre ossa! Io vi...

Ma prima di poter pronunciare un'altra delle sue insensate minacce, Geoff gli saltò addosso e lo buttò contro il tronco del fico. Anche se era stato Theodore a sferrare il primo colpo, Geoff era una spanna più alto, pesava il doppio di lui ed era tutto muscoli. Sottopose Theodore a una implacabile gragnola di pugni.

— Smettila! — gridò Charlie. — Gli stai facendo male sul serio!

— Sta' zitto, niubbo — ringhiò Geoff — che dopo tocca a te.

— GEOFF LENCH, LEVATI IMMEDIATAMENTE DI LÌ! — proruppe una voce in fondo alla scaletta.

Charlie si voltò e rimase di sasso vedendo che la voce apparteneva a Mama Rose. La donna caracollava verso di loro come una palla da demolizioni e gli studenti che non si scansarono abbastanza in fretta dalla traiettoria furono sbalzati di lato come birilli su una pista di bowling.

— Ha cominciato lui — disse Geoff sulla difensiva, indietreggiando. — Mi ha colpito per primo.

— Ti avrà anche colpito per primo, ma ho visto che cosa è successo, e non è stato lui a iniziare — replicò Mama Rose. — Questo, Geoff Lench, non è il primo pasticcio in cui vai a cacciarti quest'anno. Anzi, questa settimana!

— Ma devo pur difendermi! — protestò lui.

— Fammi il piacere — disse Mama Rose col tono di

chi non vuole sentire sciocchezze. — Guarda il ragazzo. È un grissino. Ti ricordi cosa è successo l'ultima volta che hai infranto le regole e sei finito davanti alla preside?

— Mi ha spedito nell'Infero — ammise Geoff riluttante.

— In quale Anello dell'Infero?

— Nel Secondo.

— E che ti è successo mentre eri là?

Geoff si guardò intorno a disagio. — Una mureninfera mi ha staccato un alluce con un morso.

— Ti ha staccato un alluce con un morso, eh? — ripeté Mama Rose ad alta voce. — E quell'alluce ti è poi ricresciuto?

— No.

— Ovviamente no, perché l'alluce umano non è come la coda della lucertola! Non ricresce! Ora, a meno che tu non voglia farti un altro giretto nell'Infero, magari nel Terzo Anello, dove le creature potrebbero avere voglia di assaggiare qualcosa di più morbido e delicato di un alluce, ti suggerisco di andartene da qui e lasciare in pace questi niubbi.

— Sì, Mama Rose — disse Geoff, impallidendo al solo pensiero di quale potesse essere la parte morbida e delicata cui la donna faceva riferimento. Si allontanò di corsa dalla scaletta.

— E tu, principessina sul pisello — aggiunse Mama Rose voltandosi verso Brooke. — Ti raccomando sinceramente e caldamente di stare alla larga da Charlie Benjamin.

— Io non ho fatto nulla — ribatté Brooke con aria innocente. — È stato Geoff a picchiarlo, non io.

— Con chi credi di avere a che fare, signorina? — ribatté secca Mama Rose. — Quel tonto di Geoff non è nient'altro che un cucciolone che ti tiri dietro regalandogli qualche moina. È troppo stupido per accorgersi di quanto è stupido. E adesso sparisci!

Aggrottando la fronte, Brooke Brighton se ne andò giù per la scaletta, mentre Charlie aiutava Theodore a rialzarsi in piedi. Perdeva sangue dal naso e aveva il labbro superiore gonfio.

— Sapete dov'è l'infermeria, ragazzi? — chiese Mama Rose.

— Sì — rispose Theodore biascicando. — Ma sto bene.

— No, non stai affatto bene. Mi sembri un maialino passato per un tritacarne. Adesso te ne vai difilato in infermeria e poi alla tua prima lezione: Inferomanzia per niubbi comincia fra tre ore. E ascoltami bene, ragazzo — Mama Rose si protese a pochi centimetri dalla sua faccia. — La prossima volta che dai un pugno, mettici dentro tutto il peso del corpo. Tiri come una ragazzina.

Detto questo, la donna se ne andò lasciandosi dietro una scia di studenti sbigottiti.

* * *

L'infermeria era un tendone innalzato su una piattaforma posta a circa mezz'altezza del tronco del grande fico. La tela grezza color avorio, ricavata dalla vela di una nave, sbatacchiava leggermente al vento. All'interno, Theodore si premeva una borsa del ghiaccio sulle labbra tumefatte, mentre un'infermiera gli spalmava della pomata antibiotica sulle escoriazioni. Gli si era gonfiata un po' la faccia e questo, curiosamente, gli conferiva un aspetto più sano, perché non sembrava più tanto scheletrico.

— Perché l'hai fatto? — chiese Charlie. — Era il doppio di te.

— Ti dava fastidio — rispose Theodore biascicando.

— Be', la prossima volta lascia che io combatta le mie battaglie da solo, okay? — mise in chiaro Charlie. — Non sono del tutto incapace di difendermi.

Theodore si strinse nelle spalle. — Non posso promettertelo. Se il mio migliore amico è in pericolo, i miei pugni vanno per conto loro. Diventano una forza distruttiva. Strumenti di morte.

— Ora puoi andare — disse l'infermiera, riavvitando il tappo al tubetto della pomata. — E cerca di tenere i tuoi strumenti di morte sottochiave, almeno finché non sarai guarito — aggiunse con un sorrisetto beffardo.

— Farò del mio meglio — disse Theodore a denti stretti, rendendole la borsa del ghiaccio. — È solo che a volte i miei pugni iniziano a parlare prima che i miei piedi comincino a camminare. Sono fatto così.

Charlie era esterrefatto che Theodore potesse essere così baldanzoso, così incredibilmente sicuro di sé. Sebbene avesse sperato disperatamente di uscire di casa per stare con i ragazzi della sua età, ora che si rendeva conto di quanto potessero essere cattivi, iniziava ad avere qualche dubbio. I suoi genitori saranno anche stati soffocanti ed eccessivamente protettivi, ma gli avevano dato un amore totale. Gli avevano fatto vivere momenti di vera gioia. A un tratto, Charlie si ritrovò a sorridere, ricordando la gita al parco dei divertimenti che avevano fatto tutti e tre insieme, per il suo compleanno. La madre, ovviamente, s'era rifiutata di andare anche solo vicino alle montagne russe, che lei chiamava "macchina da vomito", ma lui e suo padre ci erano saliti, divertendosi come matti.

— I Benjamin maschi sanno affrontare le loro paure! — aveva gridato trionfante Barrington durante la lunga e lenta risalita, prima dell'inebriante tuffo in picchiata. — I Benjamin maschi non temono niente! — Avevano levato in alto le mani, e la vettura si era inabissata, e loro avevano gridato insieme deliziosamente terrorizzati.

Charlie sentì una dolorosa fitta di nostalgia.

— Tutto bene? — gli chiese Theodore, fissandolo preoccupato.

— Tutto bene — rispose Charlie, sforzandosi di scrollarsela di dosso. — Mi era solo venuta in mente una cosa. Ora però devo andare. Elementi di Banditura comincia tra pochi minuti.

— Vorrei tanto poterci venire anch'io — gemette Theodore. — Invece devo aspettare la stupida Inferomanzia.

— Ci verrò pure io, dopo che sarà finita la prima lezione.

— traversare significa doppio studio, eh? — disse Theodore con un sorriso.

— Sembrerebbe proprio di sì.

— Be', buona fortuna. Sono sicuro che mi unirò a voi banditori molto presto, non appena la preside si accorgerà del tragico errore che ha commesso, intendo.

Charlie annuì incoraggiante. — Cercherò di ricordare bene quello che faremo, così potrai metterti in pari quando arriverà il momento. A dopo.

Detto questo, partì diretto alla sua prima lezione all'Accademia Incubi.

* * *

Elementi di Banditura si teneva in un'arena che era stata scavata in una cava di arenaria vicino alla costa, a una certa distanza dall'Accademia vera e propria. Al centro dell'arena c'era una fossa rotonda e sabbiosa, circondata da gradinate di pietra che si innalzavano verso l'alto, come in un teatro romano, fornendo agli spettatori una perfetta visuale di ciò che avveniva in basso. Sembrava un luogo molto antico e Charlie immaginò che, molto tempo prima, in quella fossa avessero combattuto dei gladiatori.

— Eccoti qui — disse una voce familiare. Charlie si voltò e vide Violet seduta su uno dei gradoni di pietra insieme a una quindicina di altri ragazzi, mentre disegnava sul suo album. — Ho sentito che sei stato coinvolto in una zuffa.

— Be', tecnicamente è stato Theodore — spiegò Charlie raggiungendola. — O almeno è stato lui che ha fatto partire i pugni e poi le ha prese.

— A lui piace quel genere di roba, vero?

— Non so se gli piace, ma suo padre è un banditore... Forse ce l'ha nel sangue, il desiderio di combattere, intendo, non la capacità.

Violet si sporse confidenzialmente verso di lui. — Che non ti venga in mente di dirglielo, ma in effetti lui dovrebbe stare qui al posto mio. A me, di combattere, non interessa per niente... preferisco mille volte disegnare.

— A che cosa stai lavorando?

Tirò su il disegno. Ritraeva in modo dettagliato un drago in volo, con un uovo stretto fra gli artigli, che sputava fuoco verso un altro drago impegnato in un furibondo inseguimento. — L'ho intitolato *Il ladro di uova*. Questo drago ha rubato un uovo alla mamma drago che lo insegue folle di rabbia. Che ne dici?

— È incredibile. Sembra assolutamente vero... per essere una cosa che non esiste, intendo.

— Grazie. Però ho ancora parecchio da imparare, prima di poter competere con i professionisti — disse con un gesto della mano che voleva minimizzare le sue doti, ma chiaramente felice del complimento.

All'improvviso, i portoni di legno che conducevano dentro la fossa si spalancarono ed entrò Rex, col cappello da cowboy inclinato in modo baldanzoso e il lazo e la spada corta appesi alla cintola. — Okay, vediamo di cominciare — disse all'assembramento di studenti sparsi sui gradoni di pietra. — L'ultimo che arriva nella fossa si becca quaranta frustate.

Gli studenti si precipitarono giù per gli scalini di pietra e raggiunsero l'arena: nessuno voleva arrivare ultimo proprio il primo giorno.

Rex li seguì con sguardo scettico. — E così voi sareste i futuri cowboy della DI, eh? — Scosse sconsolato la testa. — Siamo messi proprio male.

— Signore? — chiese Violet.

— Potete chiamarmi Rex. Che c'è?

— Lei ci ha appena chiamati *cowboy*, ma io credevo fossimo banditori.

— Cowboy, banditori, chiamatevi come volete: non cambia una virgola. L'unica cosa certa è che io non vorrei essere qui. Io sono un agente che agisce sul campo, non un baby-sitter di niubbi con le labbra ancora sporche di latte. Mi spiego?

Tutti fecero segno di sì con la testa.

— Detto ciò — continuò Rex — qui sono e qui rimango, almeno finché certi funzionari non verranno sbattuti fuori, per cui tanto vale che tutti cerchiamo di fare buon viso a cattiva sorte. Prima cominciamo e prima finiamo, quindi diamoci dentro. Chi sa che cosa vuol dire PDMO?

Gli studenti rimasero in silenzio.

— Nessuno, eh? — esclamò Rex deluso. — Nessuno di voi conosce la regola più basilare della Banditura? Wow. Bene. PDMO sta per Punto Di Maggiore Oscurità. Ci vorrebbe una lavagna o qualcosa su cui poterlo scrivere... Ad ogni modo, vuol dire che una bestiaccia là sotto, o una creatura dell'Infero, se preferite la terminologia più corretta, *signorina Precisina*...

Trafisse con un'occhiata Violet, che arrossì violentemente.

— Insomma — riprese — vuol dire che il vostro spauracchio, una volta entrato nel mondo attraverso un portale, cercherà quasi sempre nei paraggi il posto più scuro. Dato che in genere arriva attraverso un incubo, e gli incubi di solito avvengono durante il sonno e quindi a letto, l'ottanta per cento delle volte troverete la tipica creatura infera nei punti più bui della cameretta di un bambino. Avete idea di quali siano questi posti?

Un ragazzino basso, nativo americano, provò ad alzare la mano. — Sì? — disse Rex rivolgendosi a lui.

— Sotto il letto? — propose il ragazzino.

— Ma certo, sotto il letto! Ti sei guadagnato una stelletta d'oro. Be', non per davvero, hai capito cosa intendo. Quante volte avete sentito parlare di un *mostro sotto il letto*? Cavolo, è perché un sacco di volte è proprio lì che si nascondono! Ditemi qualche altro posto.

Molti studenti, incoraggiati dal successo del primo ragazzino, alzarono la mano. Rex indicò il più piccolo, una bambina con la faccia tonda e i codini.

— Tu coi codini. Sentiamo.

— Nell'armadio — disse lei in un singulto.

— Nell'armadio, bene! — gridò Rex. — Mostri sotto il letto, spauracchi nell'armadio, fantasmi in solaio: son cose che sentiamo di continuo perché... sono vere! Perciò, se siete chiamati a ispezionare una casa in cui c'è stata una probabile apertura di portale, voi cercherete subito... cosa?

— Il punto di maggiore oscurità — rispose in coro la classe.

— Santo cielo, allora per voi c'è ancora speranza — commentò Rex, accennando un sorriso. — Ma prima di cominciare a darci tutti un cinque, sarà meglio occuparsi di cosa fa un banditore.

Camminò fino a un rozzo tavolo di legno su cui era posata una serie di armi dall'aria consunta: spade ammaccate, asce scheggiate, mazze dai manici spaccati. Non erano una gran fonte di ispirazione.

— Allora, lo so che questa sembra roba da buttare, e in effetti lo è. Ma voi non meritate di meglio, almeno non prima di aver imparato come si usa un'arma vera. E anche se fa schifo, questa roba è più utile delle normali armi, almeno per quello che ci serve. Osservate. Tutto questo è stato fatto con materiale che viene dall'Infero: il minerale ferroso, il legno, la fibra delle corde, tutto... perciò risponde a chi possiede il Dono. Avanti, prendete in mano qualcosa.

Gli studenti si assembrarono intorno al tavolo. Violet prese uno stiletto perché le sembrava la scelta meno impegnativa. Il manico era avvolto nel nastro isolante, presumibilmente per evitare che si sgretolasse. Quando l'afferrò, Violet si illuminò leggermente di blu.

Charlie fu attratto da un lungo stocco sottile. Non aveva la gravità di una spada, ma quello che gli mancava in peso lo guadagnava in rapidità. Lo agitò energicamente, lasciando nell'aria una scia vaporosa di scintille blu. Gli altri compagni di classe afferrarono le armi rimanenti: una mazza, parecchie spade, perfino una lancia. Dopo che tutti i banditori in erba ebbero fatto la loro scelta, sul tavolo rimase solo una strana pila di cianfrusaglie: una catena di ferro, un piede di porco, una torcia elettrica e un apribottiglie.

— Nessuno vuole l'apribottiglie, eh? — disse Rex. — Sicuri? Un buon apribottiglie può sempre tornare utile.

Nessuno si fece avanti. Gli studenti, com'era prevedibile, erano troppo innamorati delle armi dall'aria più letale.

— In guardia! — esclamò Charlie allegramente, sfidando un altro ragazzo a duello. I due si misero a combattere per scherzo e presto gli altri li imitarono. Spade risuonarono contro mazze, asce sferragliarono contro picche.

— Ehi, ehi, ehi! — gridò Rex. — Mettete giù quegli affari prima di staccarvi un naso o mozzarvi una gamba. Non siamo all'asilo, qui facciamo sul serio.

I ragazzi abbassarono riluttanti le armi.

— Allora, vediamo come ve la cavate con la vostra prima creatura infera. — I portoni di legno che immettevano nell'arena si spalancarono all'improvviso e un inferragno delle dimensioni di un furgoncino si fece avanti lentamente sulle otto grosse zampe da aracnide. Gli studenti trattennero il respiro e fecero un passo indietro: nessuno di loro si aspettava una cosa del genere alla prima lezione.

— Buona fortuna — disse Rex con un ghigno, e si avviò verso il fondo dell'arena. Passando davanti a Charlie, gli sussurrò: — Comunque, ragazzo, la risposta è quattro.

— La risposta a cosa? — chiese Charlie, ma ormai Rex era già andato oltre.

Mentre l'inferragno si avvicinava, tutti gli studenti protesero timidamente le armi raccogliticce, illuminando la feroce belva di una debole luce blu. L'inferragno li fissò con i suoi occhi neri... quindi piegò di scatto la testa all'indietro e rise.

— Che cosa credete di fare? — domandò divertito.

IO

LO SNARK CHE SI TRASFORMA

— Che cosa ha detto quel *coso*? — chiese sconcertata la ragazza coi codini.

— Questo *coso* — rispose l'inferragno con particolare enfasi — ha detto: «Che cosa credete di fare?», probabilmente perché si è divertito vedendo una classe di niubbi alzare le armi contro di lui.

Rex tornò verso il gruppo.

— Ad ogni modo, il *coso* ha un nome — disse dando una pacca affettuosa su una delle zampe pelose della creatura. — È il professor Xixclix ed è il capomostro dell'Accademia fin dai tempi in cui ero niubbo anch'io. Come butta, Xix?

— Non c'è malaccio — rispose la creatura con un ghigno. — Se non che, a quanto pare, io divento sempre più vecchio e loro no.

— Be', il tempo passa anche per i migliori — replicò Rex con affetto, poi si rivolse alla classe. — Prendete nota: non tutte le creature dell'Infero sono belve bavose prive di intelletto. Alcune sono molto intelligenti. E, come nel caso del vecchio Xix qui presente, qualcuna ha perfino accettato di aiutarci e si è schierata dalla nostra parte. Grazie alla sua grande esperienza, Xix gestisce tutte le creature dell'Infero che saranno impiegate nell'addestramento.

— Proprio così — aggiunse Xix trotterellando avanti. Gli studenti fecero d'istinto un passo indietro. — Dunque, voi tutti sapete che sono un inferragno, ma chi sa dirmi a quale livello appartengo?

A quel punto ci fu silenzio, finché Charlie ricordò all'improvviso quello che gli aveva detto Rex: «La risposta è quattro.»

— Quarto! — gridò.

— Esatto — disse Xix. — Per riconoscere il livello di un inferragno basta contare quanti occhi ha. — Charlie guardò e vide che in effetti Xix aveva quattro occhi. — Allora rispondete a quest'altra domanda — proseguì. — Man mano che invecchia, una creatura infera cresce di livello o rimane nello stesso livello per tutta la vita?

Violet alzò timidamente la mano.

— Dimmi, giovante banditrice — Xix la indicò con una zampa pelosa.

— Cresce di livello? — azzardò lei.

— Proprio così — confermò Xix facendo segno di sì con la testa. — E come sei arrivata a questa conclusione?

— Ho notato che lei ha un quinto occhio che si sta ancora formando, il che forse significa che sta per passare al Quinto Livello.

— Eccellente! — esclamò Xix. — Molto acuta. Quando mi sono unito all'Accademia Incubi ero un Terzo Livello. Alcuni anni fa sono avanzato fino al Quarto. Presto sarò un Quinto Livello. Sei un'attenta osservatrice, ragazza.

— Grazie — disse Violet arrossendo leggermente.

— Ora state seduti buoni buoni per un momento che vado a prendere la vostra prima sfida. — Uscì a passetti rapidi dall'arena attraverso uno dei portoni di legno.

— Mentre aspettiamo — Rex riprese la parola, facendosi avanti — vorrei presentarvi Kyoko. È una Leet, cioè un'inferomante esperta, e oggi ci darà una mano aprendo un portale.

Una diciassettenne asiatica piuttosto alta saltò giù dalla gradinata. Aveva una pelle di porcellana e lunghi e lisci capelli neri. — Salve! — esordì con un sorriso. — Lo vuole adesso il portale, professore?

— No, meglio se lo apri dopo che Xix avrà svelato quali sono le creature che questi niubbi dovranno bandire... E dammi pure del tu: mi chiamo Rex.

— Okay, Rex — disse lei con una risatina imbarazzata.

"Mi sa che ha una cotta per lui" pensò Charlie divertito.

In quel momento Xix tornò con una sacca di tela di ragno dentro la quale si agitava qualcosa. Sembrava un bozzolo. Lo posò sulla sabbia dell'arena. — Vi presento un'ectocaccola di Primo Livello — disse, quindi tagliò la tela di ragno liberando la creatura.

Scivolò fuori un grumo verde delle dimensioni di un dobermann. Aveva la consistenza di una medusa, e Charlie riuscì a vedere dentro di lei, in trasparenza, i resti del suo ultimo pasto. C'erano alcuni ossicini, la fibbia di una cintura e qualcosa che somigliava a un iPod.

— Charlie, tocca a te — Rex puntò l'indice verso di lui.

— A me? — ribatté Charlie allarmato. — Cosa devo fare?

— Bandirlo al di là del portale, naturalmente — rispose Rex con naturalezza. Poi si rivolse a Kyoko. — Ti spiacerebbe darci dentro con un po' di fuoco?

Kyoko chiuse gli occhi e si concentrò. Il suo corpo prese a splendere di una fiamma elettrica color porpora e dopo qualche secondo un piccolo portale si aprì al centro dell'arena.

— Uhm — disse Charlie incerto.

— Avanti, ragazzo, non ti aspetterai che si bandisca da solo, ti pare? — scherzò Rex.

Charlie si avvicinò circospetto all'ectocaccola puntando lo stocco davanti a sé, sondando delicatamente il terreno come fa un cieco col suo bastone. Più si avvicinava alla creatura, più il lucore blu dello stocco si faceva intenso.

— Visto? Il bagliore blu diventa più forte man mano che ci si avvicina a una creatura infera — spiegò Rex. — A volte è un metodo utile per capire se qualche brutto ceffo si sta avvicinando a voi di soppiatto.

La classe annuì, ma Charlie non sentì nemmeno una parola, concentrato com'era sul mucchietto di sostanza gelatinosa che aveva di fronte. Quando fu a pochi passi dall'ectocaccola, quella sembrò accorgersi di lui e prese a scivolargli lentamente incontro, con la pelle che luccicava come una chiazza di petrolio dopo un temporale.

— E adesso? — chiese Charlie.

— Come faccio a saperlo? — replicò Rex con un ghigno. — Il banditore sei tu.

— Che bellezza... — borbottò Charlie, quindi tornò

a girarsi verso l'ectocaccola, che gli veniva incontro sempre più veloce. — Sta' indietro! — gridò Charlie calando lo stocco, che fendette l'aria con un sibilo. Con suo stupore, l'ectocaccola rimase tagliata in due metà esatte. — Grande! — esclamò Charlie quando capì che cosa aveva fatto.

La classe esultò e applaudì, e il successo investì Charlie come un'ondata calda di approvazione. — Sei forte, Charlie! — gridò Violet.

Il ragazzo si voltò e fece un inchino da attore consumato.

Mentre era piegato, alle sue spalle accadde qualcosa. Le due metà dell'ectocaccola tremarono come budini, poi presero a crescere fino a formare due ectocaccole distinte, ognuna grande come l'originale.

Le due ectocaccole presero a scivolare verso Charlie.

— Attento! — lo avvertì Violet.

Charlie si voltò e vide le creature che avanzavano verso di lui. — E adesso che faccio? — s'interrogò. — Se li colpisco raddoppiano!

— Accidenti, è un bel problema — replicò Rex divertito.

All'improvviso, una delle ectocaccole raggiunse il piede di Charlie. Scivolò rapidamente su per la gamba. Lui la sentì attraverso i jeans. Era fredda e appiccicaticcia come un'ostrica.

— Mi ha preso! — strillò, e per puro istinto la tagliò un'altra volta con lo stocco. L'essere si separò nettamente in due. Un istante dopo le due metà presero a tremolare, poi ognuna crebbe rapidamente fino a raggiungere la dimensione di prima. Immediatamente, entrambe le ectocaccole salirono verso la pancia di

Charlie, mentre la terza le raggiungeva e si univa a loro.

Adesso ne aveva addosso tre.

— Ahi ahi — commentò Rex tranquillo. — Qualcuno farà meglio a inventarsi qualcosa. La faccenda potrebbe farsi seria.

I ragazzi si scambiarono occhiate nervose. Nessuno sapeva cosa fare. Come si può sconfiggere una cosa che diventa più forte quando l'attacchi?

— Aspettate... — disse a un tratto Violet.

Gettò a terra lo stiletto che aveva in mano e corse al tavolo delle armi. Rovistò in fretta fra le cianfrusaglie rimaste, afferrò la torcia elettrica e la accese. La lampadina proiettò un cono di intensa luce bianca, mentre la torcia splendeva di luce blu. La puntò verso le ectocaccole, che ora si stavano arrampicando sul petto di Charlie, diretti alla faccia.

— Scendete da lì! — gridò lei.

Le ectocaccole reagirono alla luce come se scottasse. Scivolarono svelte giù da Charlie e batterono in ritirata. Violet le incalzò usando il fascio di luce per sospingerle verso il portale aperto.

— Sciò! — gridò. — Andate via di qua!

Inseguite da un'ultima sferzata di luce, le ectocaccole scomparvero al di là del portale.

— Lo chiudo? — chiese Kyoko percorsa da fiamme color porpora.

— Sì, grazie — rispose Violet col cuore che le batteva forte nel petto.

Con un gesto della mano, Kyoko chiuse il portale, relegando le ectocaccole nell'Infero. A quel punto calò un silenzio interrotto solo dopo un po' da un battimani. Violet si voltò e vide che anche Rex le tributava un applauso.

— Ecco come si fa — disse lui. — Che cosa ti ha fatto venire in mente di usare la torcia?

— Be', quello che hai detto prima riguardo al PDMO: che le creature dell'Infero non amano la luce.

— Esatto — confermò Rex balzando verso di lei. — Vedete? Per bandire non servono tanto la forza e la capacità di lottare, ma serve soprattutto ragionare. «Usa la zucca» diceva sempre mia madre. Il cowboy che sa tenere la testa sulle spalle e pensare in modo originale è quello che vivrà per bandire un altro giorno. Congratulazioni, ragazza.

Lanciò a Violet una strizzata d'occhio amichevole.

* * *

Violet uscì dalla lezione al settimo cielo. — Forse posso farcela — disse, mentre camminavano lungo la schiuma delle onde che si infrangevano davanti alle grotte attraverso cui si arrivava all'arena dei banditori. — Non si tratta solo di combattere e fare delle cose da maschi. Bisogna anche saper usare il cervello.

— Come no, grandioso — borbottò Charlie.

— Qualcosa non va?

— Ho fatto la figura dell'idiota, là dentro.

— Non è vero — protestò Violet. — Neanch'io avrei saputo cosa fare se fossi andata per prima. Qualcuno doveva pur attaccare per poter scoprire che cosa fare.

— Sarà — disse Charlie poco convinto.

— Ecco la DM! — gridò una voce da una certa distanza, sulla spiaggia. Charlie e Violet si voltarono e videro Theodore che correva loro incontro con la faccia ancora gonfia e arrossata. Alle sue spalle si ergeva l'Accademia Incubi. — Com'è andata a Elementi di Banditura?

— Alla grande! — cinguettò Violet, mentre Charlie sospirava: — Da schifo.

— Capisco — commentò Theodore passando lo sguardo da uno all'altra. — SDDO, altrimenti noto come Seria Divergenza Di Opinioni.

— Non stare a sentire Charlie — disse Violet con un sorriso. — È di cattivo umore perché non è riuscito a dimostrare al mondo di essere il più grande banditore mai visto.

— Non è vero — scattò Charlie. — Non voglio essere il più grande banditore mai visto... ma non voglio essere neppure il più grande imbranato.

— Be', tra poco avrai la possibilità di cambiare le cose — disse Theodore dandogli una pacca sulla spalla. Sta per cominciare la lezione di Inferomanzia per neofiti.

* * *

Nella classe di Inferomanzia era sempre notte.

Buia e misteriosa, l'aula era situata in una cavità del gigantesco cuore del fico di Banyan, a cui si accedeva solo mediante un ponte di corde terribilmente traballante che aveva tutta l'aria di aver bisogno di urgenti riparazioni. Quando Theodore e Charlie entrarono, trovarono l'aula già piena di studenti che parlottavano eccitati. Non appena gli altri ragazzi li videro, le chiacchiere rallentarono fino a fermarsi, come una macchina che ha finito la benzina.

— Ehi, amico, stavano parlando di noi — sussurrò Charlie.

— Lascia che parlino — replicò Theodore con un certo orgoglio. — Non gli capita tutti i giorni di avere la possibilità di vedere fianco a fianco una Doppia Minaccia e una macchina da guerra.

— Tu credi davvero di esserlo, è così?

— Certo! — esclamò l'amico. — Se non ci credo io, chi ci crede?

Charlie non poté non ridere. La sicurezza che mostrava Theodore aveva qualcosa di miracoloso. — Forse hai ragione — disse. Poi lanciò un'occhiata al soffitto e fu sorpreso di scoprire che era trapunto di stelle. Diversamente dalle stelle adesive della sua camera da letto, però, queste sembravano vere. Una cometa tracciò una scia solitaria attraverso il soffitto, esaurendosi con una fiammata prima di raggiungere la parete.

— Un ologramma, chiaro — spiegò Theodore indicando la straordinaria visione sopra di loro. Probabilmente proiettato da dietro. Un sistema eccellente, al top della tecnologia disponibile.

— Già — concordò Charlie, ma non ne era così sicuro. Le stelle e gli astri che brillavano sopra di loro sembravano così veri che pareva quasi di potersi mettere in viaggio per raggiungerli.

All'improvviso ci fu un leggero *pop* e sulla pedana di fronte agli studenti in attesa si aprì un portale. Tabitha lo attraversò e lo richiuse dietro di sé.

— Buon pomeriggio a tutti — disse aggiustandosi nervosamente i gioielli. — Mi chiamo Tabitha Greenstreet, ma la preside insiste che vi rivolgiate a me chiamandomi professoressa Greenstreet, perciò sarà meglio fare come dice lei. Oggi è la vostra prima lezione di Inferomanzia per neofiti ed è anche il mio primo giorno di insegnamento, perciò andiamoci piano tutti quanti, d'accordo?

Gli studenti annuirono.

— Bene — riprese Tabitha. — L'Inferomanzia è l'arte di aprire portali per accedere all'Infero e per uscirne. Sì, è un'arte. Ora, voi tutti siete capaci di farlo, altrimenti non sareste qui, ma non siete capaci di farlo a comando e con precisione. Il mondo è pieno di bambini che aprono inavvertitamente portali durante i loro incubi, ma noi riteniamo che solo voi possiate acquisire la capacità di aprire un portale da svegli e di aprirlo dove volete. Qualcuno sa che cosa vi permette di farlo?

— Il Dono — rispose al volo Alejandro Ramirez.

— Giusto — disse Tabitha. — Ed è l'immaginazione a permetterci di accedere al Dono. Ma che cosa lo alimenta? A quale emozione dobbiamo attingere?

— Alla paura — rispose Charlie senza nemmeno accorgersi di aver aperto la bocca. Quando si rese conto di aver parlato ad alta vece, si sentì subito in imbarazzo.

— Proprio così, Charlie — confermò Tabitha. — La paura è la nostra arma, ma la paura è anche il nostro nemico. Dobbiamo fare il nostro lavoro in modo corretto, perché, se non la controlliamo e non la convogliamo, la paura ci farà voltare dall'altra parte e scappare proprio nel momento in cui abbiamo più bisogno di servircene. Perciò, la prima domanda che dobbiamo porci è: come possiamo avere accesso alla nostra paura? Ossia, come facciamo a spaventarci abbastanza per aprire un portale quando ne abbiamo bisogno? La notte, durante un incubo, è facile. Ma come si fa di giorno, a comando?

Gli studenti rimasero in silenzio. Tabitha si rivolse a Charlie. — Tu che ne dici? Tu l'hai fatto, la notte scorsa, e sollevando molto scalpore, si direbbe. Io ti ho aiutato. Racconta com'è andata.

— Mi hai... anzi, lei, professoressa Greenstreet — si corresse Charlie, adattandosi alle direttive della preside — mi ha detto che mi trovavo in cima a un edificio altissimo.

Tabitha annuì. — Esatto. Paura dell'altezza. Vai avanti.

— Ha detto che stavo cadendo.

— Paura di cadere. Poi cosa è successo?

— Uhm... non me lo ricordo più.

— Credo che te lo ricordi, invece — lo incalzò Tabitha. — In questa classe, dovremo condividere con gli altri anche sentimenti molto personali. Potrebbe risultare spiacevole, ma è necessario. Perciò te lo chiedo di nuovo... Poi cosa è successo?

Charlie continuò, anche se quello per lui era un territorio doloroso. — Lei ha detto che i miei genitori avrebbero potuto salvarmi, se l'avessero voluto... ma che non volevano farlo.

— Proprio così, Charlie. Grazie. Paura dell'abbandono. Continua.

— Mi ha detto che lì c'erano altri ragazzi che potevano aiutarmi, ma che anche loro non volevano farlo.

— Paura del rifiuto dei propri simili. Assolutamente devastante. Ma c'era ancora un'altra cosa, non è vero? Mentre cadevi verso terra, che cosa ho detto che ti sarebbe accaduto?

— Che sarei morto — rispose piano Charlie.

— Paura di morire — confermò Tabitha annuendo. — Ricapitolando: paura dell'altezza, paura di cadere, paura dell'abbandono, paura del rifiuto, paura di morire. Una o forse tutte queste paure insieme hanno permesso a Charlie di accedere al Dono, il che gli ha reso possibile aprire un portale.

— Mica un portale qualsiasi — esclamò Theodore. — Il più grande portale mai visto!

— Vero — ribatté Tabitha. — Il controllo di Charlie sul Dono era grezzo e sfuggente. Nelle nostre lezioni, noi impareremo a controllarlo. Ora, mentre aiutavo Charlie ad aprire il portale, ho fatto leva su una varietà di paure comuni, sperando di trovarne una che gli avrebbe permesso di fare uso del suo Dono. Vedete, non tutte le paure sono uguali. Molto spesso bisogna trovare una paura *personale*, quella che vi terrorizza il cuore e l'animo, per riuscire ad aprire un portale. Passeremo i prossimi giorni a cercare di trovare quella paura, così che possiate ricorrervi quando serve.

— Ma è impossibile — intervenne Alejandro. — Come si fa a farsi paura da soli?

— Come fanno gli attori a piangere? — continuò Tabitha. — Quando il regista grida "Azione!", come fanno a versare lacrime vere? Pensano a qualcosa che li riempie di dolore, qualcosa di personale che fa scattare l'emozione.

Charlie si guardò intorno. Gli altri studenti sembravano incerti, nervosi. Sapeva esattamente come si sentivano.

— Non ve lo nascondo — riprese Tabitha avanzando incontro ai suoi allievi. — La strada che siete chiamati a percorrere è dura e difficile. Dovrete affrontare le vostre paure più profonde ogni giorno. La maggior parte delle persone trascorre la propria esistenza cercando di *evitare* le paure, mentre voi le cercherete. All'inizio il procedimento vi sembrerà sgradevole, perfino crudele. Ma è necessario. — Si fermò davanti a Theodore. — Che cosa ti fa paura, giovanotto?

— Io non ho paura di niente — rispose Theodore drizzandosi sulla sedia. — Infatti io dovrei essere un banditore, perché non c'è niente che mi fa paura. Anche mio padre è un banditore — aggiunse con orgoglio.

— Va bene, allora — decise Tabitha. — Cominciamo da te.

* * *

Theodore sedette su una sedia di fronte a tutta la classe. — Non funzionerà — disse incrociando le braccia.

— Pensa solo a rilassarti — Tabitha gli parlò in tono rassicurante. — Voglio farti incontrare qualcosa, una creatura dell'Infero.

Si avvicinò a una gabbietta posata su un bancone scavato nell'albero. La gabbietta era coperta da un drappo di velluto nero. Tabitha infilò la mano sotto il velluto e tirò fuori qualcosa.

— Questo è uno snark — annunciò.

Tutti si sporsero avanti cercando di vedere cosa teneva in mano. Era un piccolo batuffolo peloso dall'aria delicata, con due occhioni rotondi e una boccuccia simile a un becco.

Tubava graziosamente.

— Che carino! — esclamò una delle ragazze della classe.

— Lo snark si nutre di paura allo stesso modo in cui una zanzara si nutre di sangue — proseguì Tabitha. — Quando una zanzara succhia il sangue, il suo corpo cresce e si arrotonda. Anche lo snark cambia di forma quando si nutre.

— E che forma prende? — chiese Theodore.

— Lo scoprirai presto — rispose Tabitha posandogli lo snark sulla spalla. Era leggero come una piuma e si aggrappò a lui con le sue gracili zampette da uccellino.
— Adesso chiudi gli occhi — ordinò Tabitha.

Theodore ubbidì.

— E così tu non hai paura di niente, giusto? — gli domandò.

— Di niente. Sempre stato così. Io sono una macchina da guerra: niente emozioni, potenza allo stato puro.

— Come tuo padre?

— Proprio così. Lui è uno dei banditori più tosti che ci siano in circolazione. In questo momento si trova in un'opcop. Lo sa che cos'è un'opcop?

— Sì, lo so — rispose Tabitha. Lo snark cinguettò e tubò dolcemente sulla spalla di Theodore. — Dev'essere molto orgoglioso del fatto che sei stato accettato all'Accademia Incubi.

— Lo è eccome. Tale padre, tale figlio.

— Eppure non è esattamente così, vero? — continuò Tabitha. — Come credi che si sentirà quando scoprirà che non sei un banditore come lui?

— Ma io sono un banditore. C'è solo stato un piccolo problema con quella stupida Trota: io ho cercato di spiegarlo alla preside. Credo che quel pesce fosse malato, o roba del genere.

— Tuo padre non ha avuto alcun problema simile, vero?

— Non mi pare — rispose Theodore agitandosi a disagio sulla sedia. — Ma il fatto è che non ha senso che il nostro futuro venga determinato da uno stupido pesce che non funz...

— La verità è che tu non sei veramente un banditore — lo interruppe Tabitha avvicinandosi a lui. — Tu avresti voluto esserlo, tuo padre se lo aspettava, però non ce l'hai fatta. Non sei abbastanza forte, è così?

— Ma io lo sono! — ribatté Theodore di scatto.

Allo snark successe qualcosa. Cominciò a gonfiarsi e a crescere in strane direzioni. Il soffice piumino giallo scomparve, lasciando scoperta una pellaccia ruvida e nuda. Dalle carni spuntò una coda spinosa e una mascella dotata di piccole zanne affilate iniziò lentamente a sporgere.

Vedendo quello che succedeva, Tabitha non mollò la presa su Theodore.

— Per tuo padre sei una grande delusione.

— Non è vero...

— Lui voleva soltanto che tu fossi come lui, un uomo forte, una macchina da guerra che potesse seguire le sue orme e riempirlo d'orgoglio. Invece ha te: un piccolo, debole inferomante.

Theodore era ormai prossimo alle lacrime, mentre lo snark...

... Era cresciuto *ancora*, raggiungendo le dimensioni di un avvoltoio. Dalla schiena gli esplosero grandi ali da pipistrello e si librò alle spalle di Theodore con uno schiocco da far accapponare la pelle. Sotto gli occhi enormi privi di palpebre, una lingua da serpente guizzava dentro e fuori il muso pieno di denti, quasi potesse saggiare il sapore della paura nell'aria.

— Magari non gli importa... — disse piano Theodore cominciando a dondolare avanti e indietro. — Magari sarà lo stesso orgoglioso di me.

— Ma tu non lo credi veramente, è così? Tu pensi che gli importerà moltissimo. E se non ti volesse più come figlio? E se non sopportasse più nemmeno l'idea di vederti?

— E se si vergognasse di me? — gridò a un tratto Theodore spalancando gli occhi in preda al panico. — *E se non mi volesse più bene*?

A quel punto lo snark crebbe fino a raggiungere le dimensioni di una iena, con la lingua biforcuta che gustava avida l'aria, come un uomo che sta affogando assapora la prima boccata d'ossigeno.

— La smetta! — urlò Charlie a Tabitha. Poi, rivolto a Theodore: — Non crederle... lo sai che non è vero.

Ma Theodore non poteva sentirlo.

Il suo panico cresceva rapido come una palla di neve che rotola lungo il fianco di una montagna. All'improvviso ci fu un leggero *pop* e di fronte a lui si aprì un piccolo portale, non più grande di una ruota di bicicletta, con i bordi crepitanti di fiamme porporine. Attraverso di esso, Charlie vide le pianure spoglie dell'Infero e un branco di creature. Le riconobbe: erano gremlin che scappavano in tutte le direzioni, spaventati dall'apertura del portale, scomparendo nelle fenditure scure delle rocce.

— Bravo — disse Tabitha prendendo il viso di Theodore tra le mani e costringendolo a concentrare la sua attenzione su di lei. — Ce l'hai fatta.

— A fare cosa? — chiese Theodore confuso, come se stesse uscendo da un sonno profondo.

— Hai aperto un portale sul Primo Anello dell'Infero.

Theodore fissò allibito il portale che gli brillava davanti. — Sono stato io?

Tabitha annuì e gli fece un gran sorriso. — Congratulazioni... inferomante.

Il respiro di Theodore si fece meno affannato e sulla sua faccia gonfia affiorò un vago sorriso. Il portale ondeggiò un istante, come un miraggio, quindi scomparve con un sonoro *pop*.

Sopra di lui, lo snark cominciò a rimpicciolire. La mascella piena di zanne si ritrasse nel muso, la coda e le ali da pipistrello si ritirarono nella carne, e mentre ricadeva in basso, il soffice piumino giallo ricrebbe, finché lo snark tornò a essere un adorabile batuffolo giallo delicatamente appollaiato sulla spalla di Theodore.

Cinguettò e tubò. La classe lo fissò sbalordita.

— Wow — sbottò Alejandro.

— Sembra che abbiamo trovato il tasto giusto per te, Theodore — commentò Tabitha. — La tua paura personale, che con l'esercizio potrai utilizzare per aprire portali ogni volta che ti serve. Molti pensano che i banditori siano i più duri, ma noi sappiamo che le cose che fanno più paura non sono là fuori... ma qui dentro — si picchiettò la testa con un dito — e le affrontiamo tutti i giorni. Sono fiera di te.

— Grazie, professoressa Greenstreet — disse piano Theodore, e saltò giù dalla sedia.

— Allora... chi è il prossimo? — chiese Tabitha.

Nessuno studente alzò la mano.

Tabitha sorrise mestamente. — Nervosi? Non vi biasimo. Vi avevo detto che il nostro lavoro può sembrare difficile, perfino crudele. Però è necessario, se volete diventare padroni dei vostri poteri. Prima o poi verrà il turno di ciascuno di voi. Cominciamo da te. — Indicò un'esile ragazzina coi capelli castano chiaro. La ragazza si alzò esitante e andò a mettersi di fronte alla classe.

La cosa andò avanti a quel modo per quasi due ore.

Tutti gli studenti sedettero sulla sedia con un nuovo snark sulla spalla. Tabitha li interrogava con gentilezza, facendosi guidare dallo snark e dalla propria esperienza. Sondava le loro paure nello stesso modo in cui un dentista perlustra un dente e trova il nervo scoperto.

Alcuni studenti riuscirono ad aprire un piccolo portale che vacillò esitante nell'aria per qualche secondo prima di scomparire. Altri non arrivarono a tanto: le loro paure non erano ancora state centrate in modo preciso, oppure il loro Dono non era abbastanza forte da poter essere utilizzato. Alla fine tutti avevano avuto il loro turno.

Tutti tranne Charlie.

— Rimango solo io, a quanto pare — disse.

— In effetti — gli diede ragione Tabitha con una certa riluttanza.

— Pensa sia meglio che non lo faccia, vero? — Charlie comprese improvvisamente la situazione. — Ha paura che... io combini di nuovo un guaio.

Tabitha si rese conto che era proprio così, eppure doveva esaminare anche lui.

— Cominceremo con qualcosa di *molto piccolo* — disse rassicurante. — Fatti avanti.

Charlie camminò fino alla sedia accanto a Tabitha e si accomodò. Lei infilò una mano nella gabbia, ne tirò fuori uno snark e glielo posò sulla spalla.

— Chiudi gli occhi — gli disse.

Charlie ubbidì. Quasi inconsciamente, il resto della classe si ritrasse intimorita da lui, da quello che avrebbe potuto fare.

— Ricorda che non ci interessa la dimensione del portale che apriremo o a che profondità dell'Infero ci condurrà... Quello che ci interessa è mantenere il controllo. Vediamo se riusciamo ad attingere da una piccola paura e ad aprire un passaggio che non vada più in là del Primo Anello.

— Okay — disse Charlie annuendo. Lo snark gli strusciò il muso sul collo, facendogli il solletico.

— Quante persone nascono con il Dono, Charlie?

— Il due per cento.

— E quante Doppia Minaccia nascono?

Il ragazzo non rispose subito. Aveva capito dove voleva condurlo e non intendeva seguirla.

— Dimmelo, Charlie.

— Una ogni venti o trent'anni — disse alla fine. Sentiva dentro di sé un disagio che cresceva come una marea nera. Lo snark cominciò improvvisamente a trasformarsi: perse in fretta il piumaggio, mentre la pelle nuda cominciò a riempirsi rapidamente di protuberanze e rigonfiamenti.

Tabitha era visibilmente scioccata dalla velocità con cui cambiava forma. — Credo che per oggi faremmo meglio a fermarci qui — disse.

Ma Charlie non riusciva a sentirla. — Io sono sempre quello *strano* — sussurrò, e la sua mente imboccò un sentiero da cui non riuscì a distoglierla. — E continuerò a esserlo, persino qui.

— No, Charlie — protestò Tabitha. — Tu non sei solo diverso. Sei *speciale.*

— Speciale è solo un altro modo per dire tagliato fuori! — gridò lui. Cominciava ad avere la nausea: nausea e acidità di stomaco. Faceva fatica a riprendere fiato. — Credevo di aver trovato una casa, un luogo a cui appartenere, un luogo pieno di gente come me, e invece non sono come me, non del tutto. Io sarò sempre e solo...

— Non è vero, Charlie! — lo interruppe Tabitha, lanciando un'occhiata nervosa allo snark. Ora stava cambiando a velocità frenetica, con gli occhi che schizzavano in fuori, gli artigli che si allungavano...

— Non sarò mai normale — continuò Charlie, senza starla a sentire. Il suo panico cresceva come una fiamma investita da un vento caldo. — Non sarò mai come gli altri.

All'improvviso, con una velocità mozzafiato, lo snark si trasformò in qualcosa di mostruoso.

Gigantesche ali da pipistrello gli esplosero sulla schiena. Spiccò il volo e rimase sospeso al di sopra di Charlie come un piccolo drago. La sua coda dalla punta a freccia era lunga quasi tre metri, più o meno quanto l'apertura delle ali. Dal muso proruppero nelle più disparate angolazioni centinaia di denti smaglianti, ognuno grosso come un paracarro.

Tabitha, allibita per l'incredibile velocità ed entità della trasformazione, si ritrasse. — Basta così, Charlie — disse. — *Adesso smetti.*

Ma Charlie non poteva sentirla. La sua mente vorticava fino a fargli girare la testa e lui si rese conto che la profondità e la potenza del suo Dono lo separavano dal resto dei ragazzi come le sbarre di una prigione.

"Persino in mezzo ad altri ragazzi strani come me, io rimango un diverso" pensò. "Rimarrò per sempre solo."

Per sempre solo.

All'improvviso, con un crack assordante, si spalancò di fronte a Charlie un portale gigantesco, anche più grande di quello che aveva creato alla Divisione Incubi.

Gli altri studenti indietreggiarono incespicando, attoniti.

— No! — gemette Tabitha.

Si udirono schianti simili a colpi di cannone che si susseguivano uno dopo l'altro, facendosi sempre più vicini. Charlie li riconobbe confusamente come il rumore degli zoccoli di Barakkas che battevano sul pavimento di ossidiana del suo palazzo nell'Infero. Alla fine, apparve alla vista Barakkas in persona, sprizzando nell'aria scintille a ogni passo.

Il mostro sollevò il braccio destro, mozzato di netto appena dopo il gomito, e fece un ghigno.

— E così ci si rivede, Charlie Benjamin — disse.

11

DALLE MINACCE AI FATTI

A Charlie si fermò il respiro nel petto. Non riusciva a distogliere lo sguardo dall'orrendo moncherino. Barakkas glielo agitò davanti con noncuranza.

— Non fa più tanto male — spiegò. — Anzi, a dire il vero mi sto abituando a vivere senza una mano. È buffo come succeda in fretta. — Era così vicino che a Charlie venne quasi un conato di vomito per la puzza da caprone selvatico che emanava dal suo lurido vello.

— Charlie, chiudi il portale. Chiudilo subito! — gridò Tabitha, ma la sua voce era un sussurro dalla cima di una montagna lontana.

— Non intendevo farti del male — disse il ragazzo a Barakkas. — È stato un incidente.

— Oh, lo so — si affrettò a rassicurarlo Barakkas. — Non avresti mai fatto apposta una cosa del genere. E tuttavia... l'hai fatta. Mi hai causato un grandissimo dolore, sai? Non guarirò mai più completamente.

— Mi dispiace — si scusò Charlie.

— Ma certo che ti dispiace. A chi non dispiacerebbe di aver commesso un'azione così terribile, involontariamente o no? Eppure, una cosa è dire che ti dispiace e un'altra è dimostrarlo.

— E come posso dimostrarlo?

— Tu non ti sei portato via soltanto la mia mano — continuò Barakkas avvicinandosi al portale aperto, ormai a pochi metri di distanza. — Mi hai preso una cosa ancor più preziosa. Il mio bracciale. Te lo ricordi?

Charlie andò indietro con la mente. In effetti ricordava un grande bracciale metallico al polso di Barakkas che proiettava una luce rossa nell'aula dell'Alto Consiglio.

— Sì, me lo ricordo.

— Lo rivoglio — disse semplicemente Barakkas. — Non è chiedere troppo, vero?

Parlava con un tono così carezzevole... così ragionevole...

— Ma io non ce l'ho — ammise Charlie. — È rimasto alla Divisione Incubi.

— In tal caso, perché non andiamo insieme a riprenderlo? — propose Barakkas. E a un tratto la bestia gigante fece un passo al di qua del portale aperto.

O almeno, ci provò.

Non appena ebbe varcato il passaggio, infatti, emise un gemito di dolore e si accasciò a terra con l'impatto di un edificio che crolla, sollevando una nuvola di polvere e sostenendosi a fatica con la mano che gli restava.

— Cosa è successo? — domandò Charlie sbigottito.

Barakkas si guardò intorno stralunato. — Dove siamo, qui? — tuonò.

— Siamo all'Accademia Incubi — rispose il ragazzo indietreggiando terrorizzato. Anche se oppresso dal dolore, Barakkas irradiava ancora pericolo come l'asfalto arroventato emana calore. Anzi, sembrava ancor più micidiale, come un animale ferito e costretto a uccidere per sopravvivere.

— Cosa ti succede? — sussurrò Charlie, e all'improvviso la sua mente corse a una cosa che aveva sentito dire da Mama Rose: che l'Accademia era un luogo protetto, al sicuro dalle creature dell'Infero.

Adesso gli sembrava di capire perché.

Era l'Accademia stessa ad aver schiantato Barakkas: qualche strana protezione costruita fra i suoi rami. Era forse questo che intendeva la preside quando aveva detto che c'erano due ragioni per addestrare qui gli studenti? Stimolare l'immaginazione era la prima.

Questa era la seconda?

— Chiudilo! — gridò Tabitha. Indicò Barakkas, che era ancora a metà del portale. — Se lo chiudi adesso lo ucciderai! Fallo!

— Io? — chiese stordito Charlie. — Vuole che *io* lo uccida?

Ma prima che il ragazzo avesse la possibilità di agire, Barakkas raccolse le sue ultime forze e si tirò indietro attraverso il passaggio aperto, mettendosi al riparo dentro il suo palazzo nell'Infero. — Femmina infida — grugnì, mentre le forze gli tornavano in fretta, ora che era immune dagli effetti dell'Accademia.

Si alzò in piedi, torreggiante come la divinità di un tempio al di sopra degli umani, dall'altra parte del portale. — Non finisce qui — disse. — Può darsi che ora io non sia in grado di passare, ma verrà un altro tempo e un altro luogo. — Fece un ghigno agghiacciante in direzione di Charlie. — Credimi, ragazzo, quando ti dico che non mi arrabbierò con te... se mi restituirai ciò che mi appartiene. *Recupera il mio bracciale.*

— Non posso — disse Charlie.

— Sì che puoi — lo contraddisse Barakkas. — A te si sottometterà. Pochi hanno il potere di controllarlo. È un oggetto antico, sai? Un manufatto dell'Infero. Considererò estinto il tuo debito verso di me se lo riporterai al mio palazzo. Ti garantisco l'incolumità.

— Perché dovrei crederti? — chiese Charlie.

— Perché ti ho dato la mia parola! — replicò Barakkas. — Non credi che dovrei essere io a sospettare? Dopotutto, sono io che ho patito un danno orrendo. Sono io che non sarò mai più integro. — Si fregò il pollice sul moncherino. La ferita stava cominciando a rimarginarsi e, quando Barakkas grattò l'artiglio sulla pelle che andava formandosi, prese a colare del sangue nero.

Charlie trasalì.

— Non sono un assassino — continuò la gigantesca creatura, lanciando un'occhiataccia a Tabitha. — Sono forse stato io a incitare a gran voce a uccidere? No, io sono ragionevole, Charlie Benjamin. Io voglio solo rimettere le cose in ordine. Perciò... sarai così gentile da restituirmi ciò che mi hai preso?

Charlie ci pensò su.

— No — decise alla fine.

Barakkas lo fulminò con lo sguardo e all'improvviso i suoi occhi arancione divennero rossi di collera. — NON DIRMI MAI DI NO! — tuonò, e la sua voce fu così potente che Charlie la sentì vibrare fra i denti. Ogni muscolo del corpo di Barakkas si tese furiosamente e lui conficcò gli artigli in profondità nel palmo della propria mano, da cui colò sangue. Charlie sbiancò in volto e ricordò quello che gli aveva detto Rex: che Barakkas sembrava calmo, ma che il suo temperamento collerico era leggendario.

— Mi dispiace… — ansimò Charlie.

Ma poi, veloce com'era apparsa, la rabbia lasciò Barakkas, come una tempesta di fulmini così intensa da non poter durare che qualche istante. Il mostro fece un respiro profondo e tutta la tensione sembrò defluire dal suo corpo.

— Non serve che ti scusi — replicò Barakkas con la voce più calma di cui era capace. — Forse non hai capito l'importanza di quel manufatto dell'Infero e neppure l'entità del tuo debito nei miei confronti.

— Ha capito benissimo — si intromise una voce accanto a Charlie. — E ha chiaramente detto di no. — Il ragazzo si voltò e vide la preside Brazenhope in piedi accanto a sé. — Preside?

— Salve, Charlie. Addio, Barakkas.

E detto questo, la preside agitò una mano e l'enorme portale che Charlie aveva aperto si chiuse di botto, mozzando l'urlo di rabbia di Barakkas.

* * *

— Si tratta di un episodio gravissimo — disse la preside più tardi, quella sera, durante una riunione nel suo studio con Rex, Tabitha e Pinch. — Non mi sarei mai aspettata che il ragazzo tornasse così in fretta al palazzo di Barakkas. Se le difese dell'Accademia non avessero retto, poteva essere una tragedia. L'unica consolazione è che sappiamo che il Guardiano è ancora forte.

— È successo tutto così in fretta — disse Tabitha. — Non ho mai visto nessuno raggiungere tanto rapidamente il nocciolo della propria paura. E avete visto lo snark?

La preside annuì. — Quel ragazzo ha un potere smisurato.

— Ecco il motivo — intervenne Pinch — per cui ho sempre sostenuto che il ragazzo andava...

— Non verrà ridotto — scattò Rex arrabbiato. — Almeno non finché ci sarò in giro io a impedirlo.

— Ormai siamo ben oltre questo dibattito — disse la preside pacatamente. — Si sono messe in moto forze cui bisogna dare una risposta. Analizziamo ciò che sappiamo. Barakkas rivuole indietro il bracciale, il che conferma ciò che sospettavamo: che per lui è di enorme importanza.

— Ha detto che per controllarlo ci vuole un grande potere — affermò Tabitha. — L'ha definito un "manufatto dell'Infero".

— Sì, esistono quattro manufatti — replicò la preside. — Ogni Dotato di Nome ne possiede uno. Non sappiamo a cosa servano esattamente, ma, se Barakkas rivuole il suo con tanta tenacia, dobbiamo impedirgli di ottenerlo.

— Perché ha chiesto al ragazzo di portarglielo? — domandò Rex.

— Perché Charlie è l'unico che può farlo — rispose Tabitha. — Barakkas ha detto che il bracciale si sottometterà a Charlie. E poi, a parte la preside, Charlie è l'unico abbastanza potente da aprire un portale nel Cerchio Interno per riportarglielo. Ormai l'ha già fatto due volte. Più volte apri un portale in un dato luogo, più diventa facile aprirlo in seguito. È assai probabile che lo rifaccia al primo momento di stress.

— Vero — fu d'accordo la preside. — Ed è per questo che dobbiamo tenere gli occhi bene aperti sul signor Benjamin.

— Ma è pazzesco — obiettò Rex. — Perché mai Charlie dovrebbe consegnargli il bracciale volontariamente?

— Perché — disse Pinch — pur essendo incredibilmente potente, è soltanto un ragazzino, e per di più molto insicuro. È stato attaccato e preso in giro da studenti più grandi, è stato messo in ridicolo nella tua lezione e, dopo il recente disastro in Inferomanzia, sarà giunto alla conclusione che, per quanto impegno ci metta, non riuscirà mai a essere come gli altri. Un ragazzo del genere non è tanto difficile da manipolare.

— Proprio così — convenne la preside. — Eppure... non credo che ci volterà le spalle. È vero, si sente insicuro e solo, ma è compito nostro dargli sicurezza e diventare la sua famiglia.

— Sempre che ne voglia una — ammonì Tabitha. — Ricordate che una famiglia ce l'ha già.

La preside sgranò gli occhi azzurri e saltò in piedi. — Sì, ce l'ha. Ma ora venite. Siamo in grave pericolo.

* * *

— Sono una minaccia — disse Charlie, guardando fisso la parete della stanza di Violet. Era tappezzata con poster di famosi dipinti fantasy. — Non riesco a credere di aver aperto un altro portale per il Cerchio Interno.

— Stai scherzando? — sbottò Theodore, sforzandosi di trasformare uno snark che cinguettava tranquillo appollaiato sulla sua spalla. — Io darei qualsiasi cosa per esser capace di aprire un portale come quello. E invece non riesco nemmeno a trasformare questo stupido snark.

— Non posso credere che tu ne abbia davvero rubato uno — disse Violet.

— Non l'ho rubato — ribatté Theodore. — L'ho preso in prestito.

— Senza chiederlo — precisò Violet. — Il che significa rubare.

— Be', ma come faccio a migliorare se non faccio esercizio? — si lamentò Theodore. — Non è facile come sembra, credetemi, nonostante quel che riesce a fare il qui presente "signore dei portali". — Indicò Charlie con il pollice, poi chiuse gli occhi, contrasse la faccia in una smorfia e gridò: — Spaventati, Theodore! Fatti venire paura! Una fifa blu!

Lo snark tubò dolcemente, senza trasformarsi neanche un po'.

— Non imparerò mai — gemette Theodore.

— Perché ci stai provando con la forza — disse Charlie. — Devi fare come abbiamo imparato nella lezione di Inferomanzia. Cerca una paura che sia reale e concentrati su quella.

— In questo momento la mia paura più grande è di non essere capace di trovare una paura.

— Allora usala — replicò Charlie. — Accidenti, vorrei averlo io, il tuo problema. Invece, non solo ho quasi permesso a Barakkas di spazzarci via tutti, ma ho anche avuto la possibilità di ucciderlo e sono rimasto paralizzato.

— Innanzitutto — disse Theodore — non sei rimasto paralizzato. Quell'affare puzzolente è ripiombato nell'Infero prima che tu avessi il tempo di farlo a fette. Secondo, non è arrivato nemmeno vicino a spazzarci via tutti. Non appena ha provato a passare, è andato giù come un poppante col vomito... anche se non ho la minima idea del perché è successo.

— Dev'essere questo posto — spiegò Charlie. — Mi sa che è dannoso per le creature dell'Infero.

— Se per loro è dannoso — obiettò Violet — allora perché non fa niente a Xix o alle ectocaccole?

— Loro stanno lontano dall'Accademia, nelle grotte vicino all'arena dei banditori — replicò Charlie. — Qualunque sia la cosa che ci protegge, non credo che arrivi fin laggiù.

— Ma arriva qui — insistette Violet — e lo snark di Theo sembra in gran forma. — Indicò la creatura sulla spalla dell'amico. — Anche quello viene dall'Infero.

— Prima di tutto — mise in chiaro Theodore — non chiamarmi *mai* Theo. E secondo... — si fermò, ci pensò su un momento, poi si rivolse a Charlie. — Già, ha ragione lei, perché non ha alcun effetto sullo snark?

Charlie si strinse nelle spalle. — Forse lo snark non è abbastanza forte. Forse l'Accademia esercita un effetto maggiore sulle creature più potenti. — Sospirò frustrato. — Ci sono tante di quelle cose che non so... non so nemmeno tutto quello che non so.

— Io so che non sai che quel che non sai neanch'io lo so — disse Theodore con un ghigno.

Charlie dovette ridere. E la cosa gli fece bene. Alzò lo sguardo su uno dei poster fantasy appesi alla parete. — Mi sa che è quello, il mio preferito — decise indicandone uno.

Mostrava un piccolo scudiero seduto in groppa a uno sgangherato cavallo da tiro con in mano una lancia ammaccata. Lo scudiero aveva gli occhi sollevati su un drago spaventoso che lo sovrastava, con le fauci piene di denti in una nuvola di fumo giallo.

Le sorti della battaglia imminente erano chiaramente disperate.

— È anche il mio preferito — disse Violet andandogli vicino. — È di Don Maitz e si intitola *Ci vuole coraggio*. È proprio come mi sentivo il giorno in cui è morta mia madre... completamente sovrastata dai draghi che avevo intorno.

Rimase in silenzio un momento. Charlie, non sapendo che dire, lanciò un'occhiata a Theodore. L'amico, a disagio, distolse lo sguardo.

— Mi dispiace, Violet — disse infine Charlie. — Dev'essere stato terribile.

— È stato tanto tempo fa. Dev'essere per questo che mi piace tanto disegnare draghi. Sono bestie cattive che ti attaccano sbucando fuori dal nulla, ma con questa — Violet sollevò una penna — posso tenerli sotto controllo. Posso fargli fare quel che voglio io, e non viceversa. — Sorrise. — Ho passato fin troppo tempo a sentirmi sola e impaurita.

— So che cosa vuoi dire — commentò Charlie, e si scambiarono un sorriso.

— Anch'io — aggiunse piano Theodore.

All'improvviso Charlie capì che per molto tempo si era sbagliato. Per molto tempo aveva pensato che fosse il Dono il legame che lo accomunava agli altri ragazzi dell'Accademia Incubi, mentre ora si rese conto che non era così.

Il legame era la solitudine.

— Facciamo un patto — disse Violet dopo un po'. — Noi tre ci aiuteremo sempre a vicenda. Qualsiasi cosa accada. Così non saremo mai più soli.

La ragazza distese la mano. Dopo un momento, Charlie la afferrò.

— È un patto — disse.

— È un patto — aggiunse Theodore, mettendo la sua mano sopra le altre. — E, per la cronaca, gliela faccio vedere io, a quel drago. — Indicò il poster.

— Non ho dubbi — commentò Charlie con un sorriso.

A un tratto, nella stanza si aprì un portale, da cui uscì trafelata la preside. — Devi venire immediatamente con noi — disse a Charlie. — Temo che sia successa una cosa molto brutta. Preparati al peggio. Non sarà affatto divertente.

* * *

Da fuori, il modello 3 sembrava intatto.

Dentro, però, era tutta un'altra storia. La carta da parati penzolava a brandelli dalle pareti. Frammenti di vetro ricoprivano la moquette strappata, che era stata rivoltata fino a mostrare il compensato sottostante. Il frigorifero era riverso su un fianco e il suo contenuto sparso per la cucina. Ketchup e sottaceti erano mescolati a uova rotte e acciughe in un miscuglio disgustoso.

Non era la semplice scena di un crimine, era un campo di battaglia.

— I miei genitori — esclamò Charlie con la gola strozzata, guardandosi intorno sgomento. — Dove sono?

— Li hanno portati via — disse semplicemente la preside. — Vieni di sopra con me. — Condusse Charlie su per le scale. Rex, Tabitha e Pinch, qualche gradino più indietro, li seguirono, facendo oscillare la ringhiera scheggiata. Frantumi di vetro scricchiolavano sotto il loro piedi.

Charlie vide il messaggio non appena entrò nella sua vecchia camera da letto. Sull'imbottitura di spugna alla parete, c'erano scritte poche semplici parole:

RESTITUISCI IL MANUFATTO
SE VUOI RIVEDERE VIVI I TUOI GENITORI

Erano state scritte a grandi lettere con un qualche liquido rosso scuro. Charlie temeva che potesse essere sangue.

— Li tengono in ostaggio — disse la preside. — Per costringerti a prendere il bracciale dalla Divisione Incubi e portarlo a Barakkas.

— E ora che facciamo? — domandò Charlie. — Dobbiamo agire subito!

— Certo che agiremo — confermò Rex. — Li troveremo e li salveremo.

— Come? — volle sapere Charlie. Sentiva crescere l'ansia dentro di sé. — E se li ha uccisi?

— Controlla la tua paura — gli ordinò la preside. — Ci manca solo un altro portale aperto sul Cerchio Interno. Qui non abbiamo niente che ci protegga da Barakkas.

Charlie fece un respiro profondo e cercò di calmarsi, ma era come voler mettere i freni a un transatlantico.

— Lo giuri — disse. — Giuri che non succederà niente a mia madre e a mio padre.

— Ti giuro che faremo tutto il possibile — rispose la preside.

— Ma non è la stessa cosa! — esclamò Charlie. — Se lei non può giurarmi che può metterli in salvo, allora dobbiamo restituire il bracciale, come ha chiesto Barakkas!

— Neanche per sogno — scattò Pinch. — È troppo pericoloso. Quel manufatto non deve uscire dalla Divisione Incubi per nessun motivo al mondo.

— Mi dispiace di doverlo dire, ma Pinch ha ragione — ammise Rex. — Qualsiasi cosa Barakkas voglia con tanta determinazione è troppo pericolosa per potergliela ridare.

— Ma a cosa serve? — chiese Charlie.

— Come minimo — rispose Pinch — permette ai Dotati di Nome di comunicare tra loro, ed è una cosa che non possiamo permettere, a costo di qualsiasi sacrificio.

Charlie si allontanò dagli altri in preda a una sorta di intontimento. Mentre si aggirava per le rovine della casa, gli tornarono alla mente molti ricordi. Affisso a una parete, c'era un tacchino del giorno del Ringraziamento che lui aveva disegnato intorno all'impronta della sua mano quando aveva cinque anni. Poteva ancora quasi sentire la pittura fredda e viscida sulla mano. Quel giorno, sua madre era venuta a scuola a dare il suo aiuto. A dire il vero ci veniva spesso, per "essere sicura che fosse tutto okay".

E ora, niente era okay.

Qualcosa di ignoto aveva messo a soqquadro la sua

casa e aveva portato via le persone a cui voleva più bene, le aveva portate in un posto orrendo e spaventoso, e questo perché lui aveva un Dono che non sapeva tenere sotto controllo.

Non era un dono. Era una maledizione, e lui lo odiava.

Sul tavolo della cucina scorse una grande busta marrone indirizzata a Charlie Benjamin, Divisione Incubi. Era una delle buste con l'indirizzo prestampato che Pinch aveva dato ai suoi genitori perché potessero tenersi in contatto con lui. C'era dentro qualcosa. Quando Charlie la aprì, ne uscì un pacchetto di biscotti al cioccolato fatti in casa e un biglietto che diceva: *Siamo molto orgogliosi di te e ti vogliamo un mare di bene. Mamma.*

C'era dentro anche un'altra cosa. La fotografia scattata su un otto volante chiamato Golia. Nella foto, Charlie e suo padre avevano le mani sollevate in alto e dei sorrisi di eccitazione sul volto, mentre aspettavano che la vettura si gettasse dal punto più alto.

I Benjamin sanno affrontare le loro paure!, aveva scritto suo padre ai piedi della foto con la sua bizzarra calligrafia. Sotto, aveva aggiunto un'altra cosa: *Ti voglio bene, figliolo. Abbi cura di te.*

Charlie non riuscì più a trattenersi e scoppiò a piangere.

— Ehi, ragazzo — disse Rex arrivando alle sue spalle. Charlie asciugò le lacrime. — So che è un brutto colpo, ma lo supereremo, te lo giuro.

— Non puoi giurarlo — replicò Charlie. — Non sappiamo dove sono. Non sappiamo cosa può capitargli. Non sappiamo niente. Ed è tutta colpa mia.

— È vero — concordò Rex con sorpresa di Charlie. — Se tu non avessi il Dono, niente di tutto questo sarebbe mai successo. Ora possiamo starcene qui a frignare e battere i piedi su quanto la vita è ingiusta... oppure possiamo usare il Dono per riprenderci i tuoi genitori.

— Non voglio usarlo mai più — disse Charlie. — Era meglio se venivo ridotto, come volevano tutti.

— Buona idea — ribatté Rex. — Rendiamoti stupido e buttiamo dalla finestra ogni possibilità di riportare i tuoi sani e salvi a casa. Anzi, andiamo subito alla Divisione Incubi e tagliamo via una bella fetta di quel lobo frontale. I tuoi saranno morti, ma a te che importa, sarai troppo rimbambito per rendertene conto. È questo che vuoi?

— Lo sai che non lo voglio — ammise Charlie. Rimasero un momento in silenzio. — È buffo — riprese, fissando ciò che restava della casa in cui era cresciuto. — Una volta la cosa che desideravo di più era di andarmene via da qui, lontano dai miei genitori, da cui mi sentivo soffocato. Invece adesso... tutto quello che vorrei è essere di nuovo con loro.

— So come ti senti — disse Rex. — Con i miei era lo stesso: ora sono morti, ma quand'erano in vita, cavolo, non riuscivo a farli smettere di preoccuparsi per me. Mi facevano diventare matto.

— Gli volevi bene? — chiese Charlie.

— Più che a chiunque altro. A volte, quando le cose si mettono male, ripenso a quand'ero un bambino piccolo, con la febbre alta, e a come la mano benedetta di mia madre si posava fresca sulla mia fronte.

— So cosa vuoi dire.

— I miei ora non ci sono più — continuò Rex con semplicità. — E, una volta che se ne sono andati, non possono più tornare. Tutto ciò che mi rimane sono alcuni ricordi. Ma i tuoi... noi possiamo riprenderceli, Charlie. E lo faremo. Devi solo fidarti di me.

— Io mi fido di te — disse Charlie. — Hai un piano?

— Certo che ho un piano! — rispose Rex con enfasi. — Credi che farei qualcosa senza averla prima accuratamente pianificata?

— Vuoi davvero che ti risponda?

Rex sorrise. — Ascolta, non dico che sarà facile — ammise. — E forse saremo costretti a fare cose... spiacevoli.

— Non mi importa.

— Non le hai nemmeno sentite — obiettò Rex. — Forse dopo potrebbe importartene.

— No — ribatté Charlie.

Rex lo osservò attento. — Forse non te ne importa... adesso. Comunque, ecco cosa faremo. Prima di tutto, torniamo all'Accademia Incubi... poi andiamo dritti nell'Infero.

— A far che?

— Dalle Megere — disse Rex. — Le Megere del Vuoto.

12

LE MEGERE DEL VUOTO

— Quanto dovrò aspettare? — chiese il professor Xix pulendosi il peduncolo di un occhio con due delle sue zampe anteriori.

— Non saprei — rispose la preside. — Rimanga qui, nell'arena dei banditori, fino al nostro ritorno, se non le dispiace.

— Non riesco a capire a che serve coinvolgere l'inferragno in questa operazione — sbuffò Pinch camminando verso di loro. — Che cosa può fare più di noi?

— Lui non è umano — intervenne Rex. — Può tornarci utile laggiù.

— Da quando in qua ci affidiamo a creature non umane?

— Da quando abbiamo scoperto che ci sono umani petulanti e inaffidabili come te — scattò Rex.

— Vogliamo andare, una buona volta? — s'intromise Charlie, ansioso di ritrovare i genitori.

— Il ragazzo ha ragione — riprese il professor Xix. — Conosco le perplessità del signor Pinch sulla mia collaborazione all'Accademia Incubi, ma potremo discuterne in un altro momento.

— Sono più che perplessità! — esclamò Pinch. — Non riesco proprio a capire perché abbiamo concesso a un nemico il pieno accesso al nostro più prezioso istituto di addestramento.

— Perché io ho fiducia in lui — disse semplicemente la preside, lisciandosi il vestito. — Il professor Xix si è dimostrato per molti anni un membro fedele ed efficiente della nostra famiglia e sono certa che lo sarà ancora per gli anni a venire.

— E poi io lo trovo affascinante — aggiunse Tabitha con un sorriso. — Ho sempre avuto un debole per le creature oscure e misteriose.

— Lei è la regina dell'adulazione — osservò Xix.

— Disgustoso — si lamentò Pinch.

— E su questa gentile nota... — concluse la preside — vogliamo andare?

Fece un gesto della mano e aprì un portale nel vasto spazio dell'arena dei banditori. — Prego, passate pure — li invitò. — E state in guardia. Il Vuoto non è un luogo in cui viaggiare a cuor leggero.

* * *

Si ritrovarono in un campo di canne rossastre così alte che Charlie non riusciva a vedere al di là di pochi metri. Le canne erano coperte da una polvere cristallina che catturava i bagliori della colonna di fuoco intorno al Cerchio Interno, che si trovava a una certa distanza da lì.

— State molto attenti — disse la preside avanzando

sicura tra le canne sulle sue lunghe gambe. — Anche se all'apparenza sembrano piante, in realtà sono peli, e anche piuttosto delicati. Se ne spezzassimo uno, sarebbe molto… spiacevole.

— Cosa succederebbe? — chiese Charlie facendo un passo avanti. Il suo piede atterrò alla base di uno degli spessi peli ondeggianti, spezzandolo alla radice.

— Bella mossa, genio — commentò Pinch con un sospiro.

All'improvviso tutti i peli del campo cominciarono a vibrare freneticamente, sollevando nell'aria una nuvola di polvere cristallina. Diventò così densa che Charlie non riusciva più a vedere la fine del suo braccio.

— Chiudi gli occhi — strillò Tabitha. — E tienili chiusi o rimarrai accecato.

Charlie strizzò gli occhi, ma aveva già la sensazione di averci dentro del vetro tritato, e stropicciarli non faceva che peggiorare la situazione. Cercò di chiedere agli altri che cosa fare, ma le parole gli morirono in gola a causa di quell'orrenda polvere che gli riempiva i polmoni, rendendogli quasi impossibile non solo parlare, ma anche respirare.

— Copriti il naso e la bocca con la maglietta! — gridò Rex da qualche parte alla sua destra. — Usala come una maschera!

Charlie ubbidì. La cosa aiutò… ma non molto.

A un tratto, uno stridore orrendo lacerò l'aria. Era un verso che Charlie non aveva mai sentito prima, una via di mezzo tra una lite fra gatti e un rumore di unghie che graffiano la superficie di una lavagna.

— Che roba è? — riuscì finalmente a chiedere Charlie.

— Megere — gli rispose la preside. — Sono Megere in arrivo.

— Che cosa devo fare? — domandò Charlie in preda al panico.

— Niente — gli disse lei. — Lascia che ti prendano. Non opporre resistenza.

Ora le strida erano così forti che Charlie temeva gli potesse esplodere la testa. L'aria prese a vibrare per una sorta di battito di centinaia di ali. Si sentì circondare da un puzzo di marcio e di vomito e all'improvviso degli artigli lo afferrarono così saldamente per le spalle che si sentì trapassare la pelle. Fu strattonato bruscamente in aria e nel giro di pochi istanti si ritrovò a carambolare per il cielo in modo nauseante, come se fosse sulle montagne russe più assurde del mondo, sorretto da creature che non poteva vedere e neanche immaginare. Dopo un po', gli artigli lo mollarono. Il ragazzo piombò in basso e colpì il suolo di pietra.

Mentre si rimetteva faticosamente in piedi si rese conto con stupore che stava piangendo. Dai suoi occhi si riversava un fiume di lacrime. Si chiese se fossero di paura o di rabbia, ma poi capì che non erano né per l'una né per l'altra: era solo il tentativo del suo corpo di liberare gli occhi da quella terribile polvere aliena.

Incredibilmente, funzionò. Dopo qualche istante, la nebbia che velava il mondo intorno a lui prese pian piano a dileguarsi. Si asciugò le lacrime e vide che Rex, Tabitha, Pinch e la preside erano atterrati accanto a lui e si trovavano nella stessa situazione. Alla fine, la vista di Charlie si schiarì abbastanza da permettergli di vedere a qualche metro di distanza.

Non era una bella visione.

Si trovavano fra le rovine di un palazzo cadente pieno di quelle creature che la preside aveva chiamato Megere. Avevano una vaga aria femminile… per quanto si possano definire femminili dei mostri dalla pelle crepata, lunghi e radi capelli color porpora e nere ali squamose sulla schiena. Avevano grandi bocche piene di un'assurda selva di denti che terminavano in punte affilate come rasoi, mentre gli abiti da ballo delle debuttanti che indossavano erano luridi e stracciati. La puzza che emanavano era ancora peggiore del loro aspetto… e il loro aspetto era orrendo.

— Questo — disse Rex — è il motivo per cui non bisogna… spezzare… le canne.

Quando le Megere si avvicinarono, lo spadino che Charlie aveva preso con sé alla lezione di Banditura e che gli pendeva al fianco prese a crepitare di un fuoco blu elettrico.

— *Portaci dalla Regina* — ordinò la preside, rivolgendosi alla creatura più vicina.

— Perché dovrei? — chiese roca la Megera.

Accadde così in fretta che a Charlie ci volle un po' per realizzare che era davvero successo, ma non si poteva negare che, un secondo dopo, la Megera che aveva parlato era stata ridotta a un mucchietto di carne sfrigolante intorno a una pozza di liquame nero.

La preside abbassò la bacchetta di metallo che teneva in mano e la ripulì sull'abito fetido della Megera stecchita. La bacchetta era coperta di intagli simili a rune e riluceva di un blu acceso e brillante, molto più luminoso di quello dello spadino di Charlie. In seguito a un rapido movimento del polso, la bacchetta si richiuse, ritirandosi in sé come un cannocchiale, fino a diventare non più lunga di una spanna.

— Wow — esclamò Charlie.

La preside non lo degnò nemmeno di uno sguardo e infilò la bacchetta in una piega del vestito. Poi si rivolse a un'altra Megera. — Allora — disse — vediamo se con te ho più fortuna. Portaci dalla Regina.

La Megera esitò un istante, la osservò attentamente, poi a un tratto si voltò e con passi strascicati si diresse verso un corridoio scuro. Le altre Megere si fecero da parte, lasciando libero il passaggio.

— Venite con me — ordinò la preside, e si incamminò.

Charlie e gli altri la seguirono.

* * *

La Regina delle Megere era la creatura più ripugnante su cui Charlie avesse mai posato gli occhi, eppure aveva tutta l'aria di credersi bella. In cima al grande scalone mezzo sgretolato nell'enorme salone da ballo che aveva eletto a propria residenza personale, la Regina delle Megere si rimirava le nere unghie incredibilmente lunghe e ricurve e poi si annusò le ascelle mostrando di apprezzarne l'effluvio. L'abito sbrindellato che indossava era più lungo e più lurido di quello delle altre, e lei era circa una spanna più alta della più alta fra le Megere che la servivano.

— Mi dicono che avete ucciso una delle mie dame — gracchiò mentre scendeva lentamente la scalinata avvicinandosi a loro.

— Sì, è stato un vero peccato — disse Rex. — Ma si era rifiutata di portarci da voi. E noi non potevamo sopportare di rimanere lontani dalla vostra bellezza un solo momento di più.

A quelle parole la Regina delle Megere rise. La sua voce roca e stridula fece tintinnare sinistramente i pochi cristalli ancora attaccati ai malconci lampadari appesi al soffitto.

— Adulatore — disse infine.

— Be', sono uno che apprezza... l'esotico — ribatté Rex con un largo sorriso.

— Incorreggibile. E dunque, cosa vi conduce così vicini alla morte?

— Ci serve un'Ombra — disse la preside facendo un passo avanti.

— Un'Ombra? — bofonchiò la Regina delle Megere. — Una richiesta assai stravagante. Per chi sarebbe?

— Per il ragazzo.

La Regina si voltò verso Charlie e lo squadrò da capo a piedi. Socchiuse gli occhi scuri. — È un ragazzo speciale, non è così?

— È un ragazzo e basta — rispose la preside stringendosi tra le spalle.

— Ma davvero? Che peccato! Se pensa di poter avere un'Ombra farà meglio a essere speciale. Chi stai cercando, ragazzo?

— I miei genitori — disse Charlie con la voce incrinata. Anche lì dov'era poteva sentire l'alito puzzolente della Regina. Gli faceva venire il vomito.

— Ah, i genitori. Delizioso. Delizioso. — Si leccò le labbra nere con una lingua spaventosamente lunga. — E chi pagherà?

— Io — risposero contemporaneamente Rex e Tabitha facendo un passo avanti.

— Che impazienza, tutti quanti! — esclamò la Regina delle Megere, volando lentamente verso Rex con le sue grandi ali membranose. — Credo che accetterò in pagamento questo baldo esemplare maschile. Ha nulla di saporito, per me?

— Sono certo di sì — rispose Rex, che rabbrividì involontariamente. La Regina se ne accorse e sorrise a occhi chiusi, rallegrandosi della sua repulsione.

— Fatemi pensare — disse. — Se volete un'Ombra perché il ragazzo possa trovare i suoi genitori, allora voglio in pagamento... — aprì gli occhi e guardò fisso Rex. — *I tuoi genitori.*

Si leccò un'altra volta le labbra nere.

— Cosa? — replicò Charlie confuso. — È impossibile, i suoi genitori sono morti.

La Regina delle Megere rise. — Il ragazzo non capisce ciò che desideriamo. Ciò che *mangiamo.*

Charlie si rivolse a Rex. — Di cosa sta parlando?

— Loro mangiano i ricordi, ragazzo — rispose Rex calmo. — Te li succhiano dal cervello e ci banchettano, e una volta che hanno finito, tu non li hai più.

— Ma non puoi farlo! — Charlie ebbe un soprassalto. — I ricordi sono tutto quello che ti rimane dei tuoi genitori.

— Ho delle foto — ribatté Rex. — E qualche lettera. Mi aiuteranno.

— Ma non è la stessa cosa. Hai detto che ogni volta che le cose si mettono male ripensi a quando tua madre si prendeva cura di te posandoti la sua mano fresca sulla fronte. Così non potrai più...

— Niente è per sempre, ragazzo — disse Rex con un sorriso gentile. — Pazienza.

— No!

Rex gli passò davanti facendosi largo e camminò fino alla Regina delle Megere. — Avanti: leviamoci il pensiero.

* * *

Gigantesche ali membranose avvolsero Rex, schiacciandolo contro il petto della creatura che voleva strappargli via i ricordi della sua famiglia. La Regina delle Megere era due spanne più alta di Rex e lui ne sentì il corpo duro e squamoso premuto contro la sua schiena. Il fetore gli fece diventare gli occhi acquosi.

— Ho l'acquolina in bocca... — disse la Regina, e la sua lunga lingua le guizzò fuori dalla bocca come un serpente. Si piegò in giù per raggiungere la testa di Rex e gli leccò l'orecchio. Lui si sentì rivoltare lo stomaco.

— Di' ciao ciao a mammina e papino — gracchiò lei, quindi gli attaccò le putride labbra all'orecchio e ci infilò la lingua, che scivolò dentro liscia e insinuante come burro caldo. Rex la sentì nella testa, quella lingua, la sentì serpeggiargli nel cervello, là dove i ricordi sembravano al sicuro. Lei li leccò via con ingordigia, a partire dal più recente: il letto di morte del padre.

Le sue ultime parole a Rex: — ... il mio valoroso figliolo.

Andato.

— Bene — mormorò la Megera, e succhiò con più avidità.

Rex che faceva un brindisi ai genitori per il loro quarantesimo anniversario di matrimonio... *Andato.*

La gita in cui avevano fatto insieme rafting sulle acque spumose del fiume Kern e Rex aveva preso in giro sua madre perché strillava come una bambina... *Andato.*

I molti natali e compleanni con i regali, le torte e gli addobbi scintillanti sugli alberi. I momenti di entusiasmo dopo le partite di football vinte e gli abbracci di consolazione dopo quelle perse. Le ore trascorse a costruire percorsi per il trenino elettrico, a ridere al cinema, o a piangere quando dovettero addormentare il cane Gus.

Tutto andato.

Persino la mano fresca sulla fronte febbricitante fu succhiata con avidità dalla Megera, con una sete inesauribile per le gioie e i dolori altrui. Quando ebbe finito, la Regina si staccò da Rex e si leccò le labbra come un affamato che si è appena goduto un pranzo completo.

— Delizioso — disse. — Saporito, una vera bontà fino all'ultima briciola.

Rex cadde in ginocchio sulle mattonelle sbrecciate della grande sala da ballo e Tabitha corse a sorreggerlo.

— È finita? — riuscì a chiedere.

— Sì.

— Che cosa ha voluto, da me?

— I tuoi genitori.

Rex la guardò con l'aria di chi non capisce. — Chi?

Lei lo strinse a sé, mentre la Regina delle Megere svolazzò verso la preside con le sue robuste ali.

— Soddisfatta? — chiese la preside.

— È stato un ottimo pranzetto — rispose la Regina con un brivido di piacere. — Vi siete guadagnati l'Ombra.

— Voglio che il ragazzo venga protetto — continuò la preside. — Abbiamo pagato un prezzo tremendo. Se pensate di fare qualche trucchetto, verrò qui e vi ucciderò a una a una, *a cominciare da voi, Regina*.

— Credevo che mi trovaste bella — gracchiò la Regina con un sorriso sinistro.

— Voi siete ripugnante — rispose la preside. — Ora tenete fede al patto.

La Megera si voltò verso Charlie, ancora sgomento per l'orrore di quanto era successo a Rex. — Vieni, giovanotto — gli disse. — Ti porterò al Dedalo delle Gorgoni.

— Cosa devo fare, signora? — chiese Charlie alla preside.

— Vada con la Regina — gli rispose. — Alla fine del Dedalo delle Gorgoni c'è l'Ombra. Ora mi ascolti attentamente, signor Benjamin: non guardi nessuna delle Gorgoni. Se le guarda dritto negli occhi, verrà trasformato in pietra.

Charlie ripensò al pover'uomo che aveva visto trasportare su una lettiga nella Divisione Incubi, con la pelle bianca e dura come il marmo, e si chiese se davvero avesse messo piede alla DI solo il giorno prima. Gli sembrava fosse passata una vita intera.

— Starò attento — assicurò. — Ma che cosa devo fare quando avrò trovato l'Ombra?

— Sarà lei a parlarle — rispose la preside. — Lei *apra la bocca e si lasci riempire*. L'Ombra farà il resto.

Charlie ebbe un brivido. Apra la bocca e si lasci riempire. Non gli veniva in mente niente che avrebbe fatto meno volentieri.

— E, signor Benjamin — riprese la donna — si ricordi sempre che anche quando la situazione le sembra disperata, *lei non è solo*.

Lo guardò dritto negli occhi.

Il ragazzo annuì — Sì, signora. — Mentre si dirigeva verso la Regina delle Megere, passò davanti a Rex, che era ancora fra le braccia di Tabitha.

— Mi dispiace — disse Charlie. — Non avrei mai voluto che tu dovessi rinunciare a tanto.

— Rinunciare a che? — chiese Rex.

Per Charlie fu quasi troppo da sopportare. Passò davanti a Rex e seguì la Regina delle Megere nell'oscurità.

* * *

Il Dedalo delle Gorgoni risplendeva luminoso. Le pareti interne erano ricoperte di scintillanti pietre preziose: rossi rubino erano affiancati ad azzurri cerulei e verdi smeraldo. I colori erano così intensi da risultare quasi accecanti.

— Buona fortuna, ragazzo — disse a Charlie la Regina delle Megere. — Anche se la fortuna non ti basterà. Sono quasi certa che finirai per unirti agli altri ornamenti del mio Dedalo delle Gorgoni — e con quelle parole scoppiò in una risata acuta e penetrante.

Prendendo il coraggio a due mani, Charlie chiese: — Dove si trova l'Ombra?

La Regina delle Megere sorrise. — Che piccolo sfrontato! La preside ha detto che non sei speciale, ma ha mentito. — A quel punto sbatté le sue pesanti ali e si sollevò in aria. — Troverai l'Ombra alla fine del verde, ragazzo… ma non ci arriverai mai. — Detto ciò, volò via, lasciandosi dietro una nuvola di fetore.

Charlie si voltò verso il Dedalo multicolore e si diresse al suo interno. Le pareti erano alte e lisce e si incontravano formando angoli retti... Non c'era modo di vedere al di là o di arrampicarsi in cima per cercare di orientarsi. Charlie si domandò che aspetto avesse l'Ombra e in che modo avrebbe potuto aiutarlo a trovare i suoi genitori. Lo avrebbe teletrasportato al luogo in cui erano tenuti o avrebbe portato loro da lui? Mentre si addentrava nel Dedalo, la sua mente passava velocemente al vaglio le più disparate possibilità. Sinistra, destra, sceglieva la direzione a caso, in cerca di una prevalenza di verde che gli mostrasse il cammino: la Regina delle Megere non aveva forse detto che l'Ombra si trovava alla fine del verde?

Giunto all'incrocio di tre vie, guardò in ognuna di esse. Andando dritto, il colore dominante era il rosso. A sinistra, c'era quell'azzurro meraviglioso che riluceva come un cielo d'estate. A destra, il verde, scuro e misterioso come la Città di Smeraldo del Mago di Oz. Charlie prese a destra, svoltò al primo angolo e... lanciò un urlo.

Dietro l'angolo c'era un uomo con la spada sguainata, reclinato verso terra, quasi rannicchiato, con la faccia raggelata in una smorfia di terrore. Era impietrito, era marmo bianco che rifletteva la luce verdognola. Quando Charlie si riprese dallo spavento, ispezionò l'uomo più da vicino. Non era una statua, questo era certo. I dettagli erano incredibili. Poteva vedere ogni poro sulla faccia dell'uomo, ogni pelo della barba riprodotto nella pietra con stupefacente precisione. E quell'espressione di orrore... faceva paura a guardarla, tanto era vera e vivida.

Eppure l'uomo non era vivo. Era stato trasformato in

marmo per aver guardato una Gorgone ed era diventato uno degli "ornamenti" permanenti nel Dedalo della Regina delle Megere.

"Ma come faccio a combattere contro le Gorgoni se non posso guardarle?" si chiese Charlie.

Prima di potersi dare una risposta, sentì un sibilo riecheggiare per il Dedalo. Era difficile stabilire da dove provenisse. Da davanti o da dietro? Da destra o da sinistra? O da tutte le direzioni? Mentre Charlie procedeva, il sibilo si faceva più forte e più chiaro, e finalmente capì di cosa si trattava.

Serpenti. A centinaia. A migliaia forse.

Mentre la sua mente correva all'impazzata, Charlie quasi inciampò in un'altra statua, stavolta di una donna riversa sulla schiena, che guardava in alto con terrore a qualcosa che la sovrastava. L'orribile sibilo adesso era ancora più forte e gli riempiva le orecchie come il rumore di un televisore al massimo volume sintonizzato su un canale che non trasmette nulla. Il Dedalo intanto era diventato completamente verde. Ovunque fosse l'Ombra, Charlie era certo che le si stava avvicinando.

Lanciò un'occhiata alla sua destra e con orrore colse i contorni di una Gorgone.

Era dall'altra parte del muro traslucido di pietre preziose e cristalli. Non l'aveva guardata in modo diretto... ed era stato questo a salvarlo. Le Gorgoni, come le Megere, erano umanoidi, ma al posto dei capelli avevano serpenti: centinaia di serpenti che sibilavano impazziti.

La Gorgone fu seguita da un'altra.

E poi da un'altra ancora.

— Carne di fanciullo... — sibilarono le creature annusando l'aria. — Tenera carne di piccino...

Ora convergevano su di lui da ogni parte e Charlie si fece prendere dal panico. Come poteva sopravvivere a tutte loro, da solo?

Ma poi si ricordò quello che gli aveva detto la preside.

Non sei solo.

Charlie chiuse gli occhi fino a strizzarli, allungò la mano destra e cercò per la prima volta, da solo e intenzionalmente, di aprire un portale. Mentre il sibilo delle Gorgoni cresceva, immaginò l'arena dei banditori. Era vivida e chiara, nella sua visione interiore, e a un tratto si rese conto che tutti i luoghi in cui o verso cui aveva precedentemente aperto portali erano perfettamente nitidi nella sua mente: la sala dell'Alto Consiglio, l'aula della lezione di Inferomanzia, il palazzo di Barakkas.

Si concentrò sull'arena dei banditori.

Riusciva a vedere i gradoni di pietra consunta e a sentire l'odore dolce e scuro della polvere umida. Una volta che ebbe in mente la destinazione, si concentrò sulla paura, anzi, sulla particolare paura che ora sembrava alimentare con più facilità la sua facoltà inferomantica.

"Se faccio questa cosa" pensò, "se trovo l'Ombra e le permetto di farmi ciò che deve fare, diventerò un ragazzo ancora più strano di quello che già sono."

Anche se non poteva vedere le Gorgoni, ne sentiva il verso e, peggio ancora, l'odore. Emanavano un sentore di terra e foglie morte, come di un cunicolo sotterraneo umido e buio in cui i serpenti si riparano dal calore del giorno.

La loro vicinanza gli faceva rivoltare lo stomaco.

"Un mattone dopo l'altro" pensò, "sto costruendo

un muro che mi divide dagli altri studenti. Alla fine, mi separerò completamente da loro. Diventerò un paria. Rimarrò completamente solo."

Solo.

Quella fu la molla.

Come una chiave che gira nella toppa, Charlie alimentò e indirizzò le sue paure allo scopo di aprire un portale per l'arena dei banditori, proprio quando le Gorgoni erano arrivate a meno di un metro di distanza da lui. Il professor Xix era lì che lo aspettava, sulle sue otto, grosse zampe.

— Eccoti finalmente — disse l'inferragno. — Stavo cominciando a dubitare che mi avresti cercato.

— Mi può aiutare? — chiese Charlie sempre con gli occhi strizzati.

— Oh, certo che sì — rispose Xix dando una rapida occhiata alla scena. — Gorgoni. Eccellente. Mi ero giusto riproposto di rimpinguare la nostra scorta. C'è sempre qualche brillante studente che cerca di dare una sbirciatina, durante la lezione di Difesa dalle Gorgoni, anche se avverto sempre tutti di stare attenti al pericolo, così poi mi tocca tagliare la testa della Gorgone per riportare in vita lo studente. E così la scorta si assottiglia. Tieni gli occhi chiusi, Charlie, finché non ti dico io di aprirli.

— Non c'è problema — disse il ragazzo. In quel momento, l'ultima cosa che pensava era di riaprirli. Anche se non poteva vedere cosa stava succedendo, riusciva a sentire. Sotto le urla spiritate delle Gorgoni c'era un rumore simile a quello di una lenza da pesca che si srotola, seguito da un piccolo tonfo.

"Le sta avvolgendo nella tela" intuì Charlie, godendo tetramente della loro fine.

Di tanto in tanto, qualche dura setola lo sfiorava, e capì che erano i peli delle zampe di Xix che sgambettava avanti e indietro tutto affaccendato. Alla fine, grazie al cielo, lo stridore delle Gorgoni terminò.

— Adesso puoi riaprire gli occhi — disse Xix.

Charlie li aprì con cautela. Era circondato da sacchi di tela di ragno che si contorcevano. Le Gorgoni erano completamente avvoltolate. Ce ne saranno state una ventina, lì a terra.

— Un bel mucchietto — commentò Xix allegramente. — Per un po' dovremmo essere a posto. È uno dei vantaggi di non essere umano: a me, guardarle, non fa alcun effetto.

— Grazie — riuscì a dire Charlie.

— Non c'è di che — ribatté Xix, trascinando le Gorgoni intrappolate nell'arena attraverso il portale. — Non sento l'odore di nessun'altra, perciò dovresti avere via libera fino all'Ombra. Ora puoi andare e richiudere il portale.

— Okay — disse Charlie. Gli ci volle tutta la sua forza di volontà per rinchiudersi all'interno dell'Infero serrando l'unico passaggio che conduceva alla salvezza, ma strinse i denti e con un gesto della mano chiuse il varco.

Ancora una volta solo, continuò ad addentrarsi nel Dedalo.

* * *

Le pareti di cristalli verdi luccicavano con una tale intensità che faceva quasi male guardarli. All'improvviso, Charlie fu sconvolto nel sentire la voce di sua madre.

— Charlie... — diceva da qualche parte nelle profondità del Dedalo. — Dov'è il mio bambino?

— Mamma! — gridò Charlie, e corse verso la voce. Finalmente girò un angolo e vide la madre in piedi, con le spalle contro un muro che chiudeva il passaggio.

— Eccolo — disse lei. — Alla fine mi hai trovato.

— Sei davvero tu? — domandò Charlie con la gola strozzata. Avrebbe tanto voluto precipitarsi da lei e abbracciarla, ma non poteva essere davvero lei... o sì? Cosa ci faceva qui, in fondo al Dedalo delle Gorgoni?

— Ma certo — rispose lei, e poi successe una cosa strana: scomparve con uno sfarfallio, quasi fosse stata assorbita dalla colonna di fumo scuro che ora stava là a contorcersi contro lo splendente muro color smeraldo. Il fumo cambiò forma, ed ecco che ora, là in piedi, c'era suo padre.

— Ciao, figliolo — disse la cosa che somigliava a suo padre. — Sarebbe bello se potessimo essere di nuovo tutti insieme.

Charlie si avvicinò piano a quello strano fenomeno e allungò la mano per toccarlo, ma la mano ci passò attraverso. La cosa che somigliava a suo padre fu immediatamente riassorbita nella colonna di fumo nero.

— Sei l'Ombra? — domandò Charlie.

Non ci fu risposta.

— Puoi aiutarmi a trovare i miei genitori?

Di nuovo, dalla cosa informe che si avvitava su se stessa venne solo silenzio.

«Apra la bocca e si lasci riempire. L'Ombra farà il resto» gli aveva detto la preside.

Charlie aprì la bocca.

Piano, cautamente, il fumo scuro prese la forma di un

tubo e gli si infilò giù per la gola. Era freddo, e Charlie lo sentì allargarsi nel corpo, con le sue spire che andavano a riempire ogni anfratto: il cuore, i polmoni, fino alla punta delle dita delle mani, e poi giù, verso i talloni.

Finalmente il freddo passò e fu come se non ci fosse mai stato. L'Ombra, che fino a poco prima si avvolgeva in spire davanti a lui, era sparita.

Era dentro di lui.

13

L'OMBRA SA

Dopo qualche vano tentativo, Charlie riuscì a riaprire un portale per l'arena dei banditori e fu lieto di trovarci Rex, Tabitha, Pinch e la preside, che lo stavano aspettando.

— Ce l'hai fatta! — gridò Tabitha abbracciandolo forte. — Stai bene?

— Certo. Dov'è il professor Xix? Voglio ringraziarlo.

— Oh, è come un bambino la mattina di Natale — disse Rex. — Tutto preso a giocare col suo fresco bottino di Gorgoni. Credo che per un po' non lo vedremo in giro.

— Ha trovato l'Ombra, signor Benjamin? — chiese la preside.

Charlie annuì.

— E l'ha inghiottita?

Lui annuì di nuovo. — Era fredda.

— L'ho sentito dire, anche se non l'ho mai sperimentato di persona. Sono estremamente rare e molto potenti.

— Che cosa fanno, esattamente? — domandò Charlie.
La preside sorrise. — Venga fuori che glielo mostro.

* * *

Dopo tutte le ore trascorse nell'Infero, per Charlie fu un piacere sentire sul viso la fragrante brezza tropicale. Vi si abbandonò, respirandola a fondo. Si sentì scaldare dentro.

— Vede dov'è il sole? — chiese la preside indicandolo. Charlie si voltò. Il sole era basso sull'orizzonte occidentale, proprio dietro di lui. — Ora guardi la sua ombra.

Charlie diede di nuovo le spalle al sole e guardò davanti a sé, nel punto in cui avrebbe dovuto esserci la sua ombra. *Non c'era*. — Ehi! — esclamò.

— Provi a cercarla.

Charlie guardò dietro di sé e scoprì che l'ombra si allungava alle sue spalle… dritta verso il sole.

— Ma è impossibile! — disse. — L'ombra non può puntare verso il sole; deve puntare nella direzione opposta.

— Vero — replicò la preside. — Ma questa non è la sua vera ombra. Quella, per adesso, non c'è più. È stata sostituita da *questa* Ombra. E questa Ombra punterà sempre in direzione della cosa a cui lei vuole più bene… ossia, i suoi genitori. Ci porterà dritti da loro.

— Fantastico! — disse Charlie. — Andiamo subito. Andiamo a cercarli, prima che diventi buio.

— Sei sicuro di essere pronto? — chiese Tabitha. — Hai appena affrontato una dura prova.

— E i miei genitori ne stanno affrontando una ancora più dura — ribatté lui. Non aveva esattamente idea di quello che stessero patendo, ma sapeva che, nella migliore delle ipotesi, era qualcosa di terribile.

— Va bene — disse la preside. — La sua Ombra indica l'ovest. Viaggeremo in quella direzione, aggiustando la rotta secondo quello che ci dirà l'Ombra, finché scopriremo il posto esatto in cui si trovano. — Agitò una mano e aprì un portale. — Cominciamo.

Dopo una breve sosta in una parte deserta dell'Infero, la preside aprì un altro portale per la Terra e tutti lo traversarono, arrivando in una gola polverosa piena di cactus e di cespugli di artemisia. A poca distanza da loro, c'era una piramide diroccata circondata da rovine. Parecchi uomini a cavallo, con in testa dei sombreri per ripararsi dal calore bruciante, conducevano una mandria attraverso gli edifici diroccati.

— Siamo in Messico — affermò la preside. — Quelle davanti a noi sono le rovine di Cholula. Un tempo era una grande città, poi Cortez la distrusse. Forse, con un po' di fortuna, potremo trovare qui ciò che cerchiamo. — Abbassò lo sguardo sull'Ombra. Puntava ancora a ovest, dritta verso il sole.

— Sembra che non siamo andati abbastanza lontano — osservò Charlie.

— Già — gli diede ragione la preside. — Ripartiamo.

Dopo un altro breve passaggio nell'Infero, la preside riaprì un portale sulla Terra e tutti lo oltrepassarono, ritrovandosi su una spiaggia circondati da migliaia di persone che stavano sdraiate sotto gli ombrelloni o facevano surf nell'oceano. La costa era disseminata di enormi alberghi. C'era un forte odore di salmastro e di olio solare al cocco.

— Come va? — chiese Rex a un uomo grande e grosso a torso nudo che, sdraiato ai loro piedi, sorseggiava una bevanda rosa con dentro un ombrellino.

— Oh, bene direi — rispose quello guardandoli stupito.

— Benvenuti alle isole Hawaii! — esclamò la preside. Questa, per essere precisi, è l'isola di Oahu. È troppo affollata per i miei gusti, ma si sa che ognuno ha i suoi. Allora, cosa ci dice ora l'Ombra?

Charlie guardò in basso. — Dobbiamo andare ancora più a ovest.

— E va bene. Vuole aprire lei il portale per l'Infero, signor Benjamin?

— Io? — chiese Charlie allarmato.

— Lei è anche un inferomante, no?

— Sì, ma faremo molto più in fretta se lo facesse lei — Charlie guardò a disagio la ressa di bagnanti che li circondavano.

— Certo, è vero — ribatté la donna. — Questo è il motivo per cui io non ho bisogno di fare pratica. Prego, incominci.

— Okay — si arrese Charlie chiudendo gli occhi. Sollevò la mano destra e cercò di tagliare fuori le risate e le urla dei vacanzieri, ma era difficile.

— Che sta facendo il ragazzo? — chiese l'uomo ai loro piedi, rotolando su un fianco come un tricheco spiaggiato.

— Sta cercando di concentrarsi — sussurrò Tabitha. — E gli sarà impossibile, se lei continua a fare domande. Aprire un portale non è così facile come sembra.

— Oh — commentò l'uomo. — Capisco.

— Non so se ce la faccio — disse Charlie. — Mi sento come se tutti mi stessero fissando.

— È proprio quello che stanno facendo — gli mormorò Tabitha all'orecchio. — Approfittane. Metti le briglie alla tua insicurezza per accedere alla paura.

— Temevo che avresti detto qualcosa del genere — replicò Charlie, ma fece come lei gli suggeriva. Immaginò centinaia di occhi su di sé, tutti a fissare quello strano ragazzino sulla spiaggia, tutti a guardarlo sperando che fallisse miseramente...

Curiosamente, fu proprio la paura di fallire a farlo riuscire. Fu percorso da un fuoco porporino e all'improvviso si spalancò un portale.

— Bravissimo — si complimentò la preside. — Sta facendo progressi magnifici.

— Buona giornata — augurò Rex con gentilezza all'uomo ai suoi piedi, che era allibito. Poi lui e il resto del gruppo tornarono nell'Infero.

— Bleah, gremlin — disse la preside disgustata. Erano circondati da centinaia di piccole creature che, in questa zona dell'Infero, erano numerose quanto gli umani sulla spiaggia di Oahu. — Pinch, hai con te un cellulare?

— Certo — rispose lui — Ma qui non funzionerà.

— Potrei averlo, per favore?

Pinch glielo porse. — Eccolo qua, ma non prende, per telefonare dobbiamo tornare sulla...

Prima che Pinch potesse finire la frase, la donna lanciò il cellulare il più lontano possibile. I gremlin si gettarono tutti verso il telefonino, disperatamente attratti dalla sua misera carica elettrica, lottando come squali che si fronteggiano per un pugno di pastura.

— Ehi! — gridò Pinch.

— I gremlin sono come moscerini — disse la preside. — E come i moscerini, sono molto fastidiosi. Questo li terrà lontani, almeno per un po'.

— Ma... il mio telefono! — bofonchiò Pinch.

Mentre lui brontolava, Tabitha si rivolse a Charlie. — Siamo nel Primo Anello. Perché hai scelto questo posto dell'Infero?

— Veramente non ho scelto niente — rispose lui stringendosi nelle spalle. — Stavo solo cercando di non andare troppo a fondo... dove si trovano le cose molto brutte.

— Stai imparando a controllarti — disse Tabitha con un sorriso. — È incredibile, in così poco tempo.

— Ah, non è poi un granché — Charlie arrossì orgoglioso.

— Scusate — li interruppe Pinch facendosi avanti. — Non potremmo andarcene da qui prima che i gremlin comincino a perlustrare il resto dei miei apparecchi elettronici?

— Se proprio insisti — disse la preside. Con un gesto della mano creò un altro portale e tutti lo attraversarono.

* * *

Questa volta si ritrovarono in Cina, immersi fino alle ginocchia in una risaia. Intorno a loro lavoravano alcuni contadini intenti a raccogliere riso e quasi non si accorsero della loro presenza.

— Acc... — esclamò Tabitha. — Poteva avvertirci che ci saremmo bagnati!

— Ti asciugherai — replicò la preside. — Che mi dice, signor Benjamin?

Charlie si guardò intorno. — L'Ombra indica il sud — disse. — Credo che siamo andati verso ovest a sufficienza.

— Bene, stiamo facendo progressi. — Con un gesto della mano la preside riaprì un portale per l'Infero e poi un altro ancora, che si spalancò su una strada cittadina in pieno fermento. Risuonò forte un lamentoso colpo di clacson.

— Spostatevi! — gridò Rex, e tutti si fecero da una parte, evitando per un pelo di essere travolti da un autobus.

— Ah, siamo a Perth — commentò la preside. — Ho sempre avuto un debole per l'Australia. Forse perché da piccola volevo tanto un canguro tutto mio. Mi immaginavo di vivere al sicuro nel suo marsupio, mentre si spostava da un posto all'altro saltellando. Volevo chiamarlo Signora Coccole.

— Davvero commovente — borbottò Rex.

— Il solito scorbutico — scherzò la preside.

— Scusate — disse Charlie controllando l'Ombra che puntava verso nord. — Mi spiace interrompervi, ma siamo andati troppo a sud.

— Interessante — commentò la preside. — Stiamo cercando un luogo a sud della Cina e a nord dell'Australia. Qualche idea?

— Ma lì non c'è niente — disse Rex. — Solo l'oceano, no?

— Sì, a meno di considerare qualche centinaio di isole, oltre all'Indonesia e alle Filippine — obiettò Pinch con tono sarcastico.

— Uh, che arie da professorino! — esclamò Rex. — Devo ammettere che la geografia non è mai stata il mio forte.

— E quale sarebbe esattamente il tuo forte? — chiese Pinch.

— Prendere a botte i facilitatori. Mi è sempre venuto benissimo.

— Non mi sembra il caso di passare alle minacce fisiche! — scattò Pinch, ma prima che potesse continuare, Charlie si mise fra i due litiganti.

— Potremmo concentrarci sulla ricerca dei miei genitori, per favore? — disse. — Sono sicuro che saranno molto spaventati.

— Più che giusto — intervenne la preside. — Forse dobbiamo cercare un luogo remoto, magari sotterraneo, nascosto alla vista.

— O il Borneo? — propose Tabitha. — È abbastanza fuori mano.

— Vero — concesse la preside — ma è poco... sensazionale. Verminion ha sempre avuto un debole per i colpi di scena.

— Il Krakatoa — disse Charlie a un tratto. Tutti si voltarono verso di lui. — Che ne dite del Krakatoa, sotto il vulcano? Me ne ha parlato mia madre durante le nostre lezioni di geografia. È un luogo remoto, nascosto alla vista e decisamente sensazionale.

— È vero! — esclamò la preside. — Son sicura che lei ha ragione. Anzi, ci scommetterei il collo.

— Be', sta per averne l'occasione — disse Rex indicando con noncuranza un grosso camion che puntava a tutta velocità verso di loro.

La preside creò immediatamente un portale. Ci saltarono tutti dentro appena in tempo, mentre il camion suonando il clacson all'impazzata piombava sul punto in cui loro si erano trovati fino a poco prima.

Senza perdere un attimo, la preside aprì un altro portale dentro l'Infero, e tutti lo traversarono, ritrovandosi sull'orlo del cratere di uno dei vulcani più famosi al mondo, creando lo scompiglio tra un branco di capre di montagna. L'enorme baratro che si apriva ai loro piedi sembrava scendere in profondità all'infinito. Da alcune fessure della grigia roccia vulcanica scaturiva del vapore.

— Krakatoa — annunciò la preside. — Sono passati molti anni dall'ultima eruzione, ma questo non vuol dire che sia inattivo. Dove indica l'Ombra, adesso?

— Dritto là sotto — disse Charlie mostrando la direzione dell'Ombra, che puntava verso il cuore del vulcano.

— Benissimo — replicò lei. — Abbiamo trovato il posto. Ora, dato che non conosciamo la precisa ubicazione dei suoi genitori, aprirò una serie di portali, uno dopo l'altro, per le varie caverne che stanno sotto il Krakatoa. Li useremo per cercare i suoi, ma non li attraverseremo, a meno che non vediamo suo padre e sua madre dall'altra parte.

— E poi? — domandò Charlie.

— E poi comincia il divertimento — rispose Rex con un ghigno. — Si combatte.

— State pronti — li mise in guardia la preside. — Si parte!

* * *

Tornarono nell'Infero, dove la preside aprì il primo portale per le caverne sotto il Krakatoa. Dall'altra parte, il gruppo vide un cunicolo grande come un tunnel ferroviario, mentre a destra scorreva un torrente di lava, inondando di un crudo rossore le creature infere che sciamavano lì intorno. Charlie riconobbe decine di linguadargento, tutte di Quarto e Quinto Livello, oltre a numerosi inferragni che sgambettavano freneticamente nella luce fioca.

— Santo cielo... — Tabitha si ritrasse. — Saranno un milione.

— Abbiamo trovato il formicaio — disse Rex. — Questa è la base di Verminion. È qui che ha raccolto il suo esercito.

Notando il portale aperto davanti a loro, le creature dell'Infero si fermarono una dopo l'altra.

— I suoi genitori — disse la preside. — Riesce a vederli?

Charlie passò rapidamente in rassegna la sala. — No — rispose.

— Allora andiamo da un'altra parte.

Mentre già le creature dell'Infero si precipitavano verso il portale, la preside lo chiuse di colpo e ne aprì quasi all'istante un altro, in un punto diverso delle caverne sotto il Krakatoa. — Guardi alla svelta — disse. — Dobbiamo muoverci in fretta, ora che sanno della nostra presenza.

Charlie guardò e si ritrovò a fissare un luminoso, gigantesco lago di lava, punteggiato di scaglie di roccia che galleggiavano in superficie. Il lago era così vasto che faceva sembrare più piccole le centinaia di creature infere che ci volavano sopra. Erano per lo più Megere, ma ce n'erano anche di altro tipo: mostri che Charlie non aveva mai visto prima, ad esempio enormi creature simili a zanzare con lunghe proboscidi, perfette per bucare la carne e succhiarne il sangue.

— Accidenti — esclamò il ragazzo. — Questo posto è enorme.

Le creature si voltarono, fissarono il portale aperto, e partirono in volo verso gli intrusi.

— Signor Benjamin — gridò la preside riscuotendo Charlie dallo stupore. — Li vede?

— Ehm... no — rispose Charlie guardandosi intorno.

— Allora andiamo oltre. — Chiuse il portale e ne aprì un altro.

Questo si affacciava su una enorme caverna, vasta quanto uno stadio di calcio. Pozze di lava bollente ribollivano a terra e colavano lungo le pareti accidentate in rivoli infuocati simili a vene luminescenti che facevano sembrare la caverna un essere vivente o, meglio, il cuore palpitante del vulcano. L'aria vibrava per le ondate di calore che offuscavano le creature infere, scorrazzanti e svolazzanti nei recessi più bui.

— Là! — disse Rex puntando il dito.

Fu allora che Charlie li vide. I suoi genitori erano tenuti prigionieri sul fondo dell'enorme caverna. Erano appesi al soffitto, strettamente avvoltolati dentro bozzoli di seta di inferragno da cui spuntavano solo le teste. Sembravano privi di conoscenza.

— Mamma! Papà! — gridò Charlie. Le creature nella caverna si immobilizzarono e si voltarono di scatto verso di lui.

— Bella mossa — commentò Pinch sarcastico.

— Seguitemi! — gridò la preside. — Non abbiamo

tempo da perdere! — Saltò dall'altra parte del portale, e gli altri la seguirono.

Il calore della lava colpì Charlie con la forza di una mazza. Gli seccò ogni grammo di umidità dalla pelle e gli levò le energie come un vampiro che succhia sangue.

— Da questa parte — gridò Rex srotolando il suo lazo, che riluceva di blu brillante, e si mise a correre attraverso la caverna, saltando le pozze di lava più piccole e schivando quelle più grandi. Ma fu la preside a sorprendere Charlie. Se Rex e Tabitha erano stati suoi studenti, doveva avere almeno cinquant'anni, eppure si dimostrò incredibilmente veloce. Partita con uno scatto da ghepardo, saltava gli spruzzi di lava con la grazia di una gazzella.

Mentre correva, tolse da una piega del vestito a colori vivaci la bacchetta con le rune che in precedenza aveva usato per ridurre in poltiglia una Megera. Con uno scatto del polso, la bacchetta si allungò a cannocchiale da entrambe le estremità, raggiungendo le dimensioni di un grosso bastone. Sprizzava un blu accecante, così luminoso da sembrare un fuoco di segnalazione che fendeva la foschia fumosa.

— Attenti! — gridò Pinch.

Charlie si voltò e vide molti inferragni precipitarsi su di loro da entrambi i lati. — Sono di Quinto Livello! — gridò, contando in fretta il numero di occhi sui peduncoli che ondeggiavano in modo ripugnante.

Rex si voltò di scatto e, con un movimento di una fluidità quasi sovrumana, fece schioccare il lazo verso l'inferragno più vicino. La corda si avvolse saldamente intorno alle due zampe anteriori della bestia, facendola inciampare in avanti e capovolgendola sulla schiena, così da renderla vulnerabile.

— Taglia i peduncoli! — gridò Rex a Charlie. — Usa il tuo stocco!

Senza quasi pensare, il ragazzo sfoderò lo stocco e lo calò sulla testa della creatura impastoiata, tagliandole i cinque peduncoli su cui stavano gli occhi con un colpo netto.

L'inferragno lanciò uno strillo acuto e si rimise in piedi, per poi barcollare alla cieca dentro una pozza di lava, dove prese a fumare e a bruciare.

— Ben fatto, ragazzo — si complimentò Rex. — Ora uccidiamo l'altro milione.

La preside intanto si stava occupando degli inferragni che si avvicinavano dalla sua parte. Muovendosi a velocità vertiginosa, mulinando il bastone metallico come la lama di un frullatore, si lasciò alle spalle un mucchio di inferragni mutilati e contorti. Zampilli di neri umori purulenti sprizzavano da tutte le parti e miriadi di peli setolosi vorticavano nell'aria calda.

— Wow — mormorò Charlie sbalordito.

— Lo so — disse Rex. — Pazzesco, vero?

— Guardate! — strillò Pinch, occhieggiando nervosamente verso la marea di creature infere che si avvicinava. — Arrivano da ogni parte!

— Lascia che vengano — ringhiò Rex.

Ma sebbene Rex apparisse sicuro del fatto suo, Charlie cominciò a preoccuparsi sul serio. Sarebbero riusciti a uccidere un po' di quegli esseri, forse anche molti, ma di certo non tutti. Centinaia di mostri si riversavano su di loro da ogni direzione come una ribollente nuvola nera: alcuni volando, altri avanzando agili sulle zampe, altri ancora strisciando, tutti a una velocità sorprendente.

— Tabitha, apri un portale! — ordinò la preside mentre spaccava in due la testa di uno sputacido. — Sono troppi. Dobbiamo ritirarci.

— Ma... i miei genitori! — gridò Charlie.

— Ha ragione lei, figliolo — ribatté Rex. — Non potremo aiutarli, se ci lasciamo le penne.

Fu allora che sentirono la risata.

Bassa, profonda, primordiale: era la risata di un essere talmente cupo e feroce da trovare quell'immane massacro... molto divertente.

Charlie si voltò e vide una bestia gigantesca fare il suo ingresso nella caverna su sei lunghe zampe ossee. Come la maggior parte delle creature dell'Infero, anche questa era un'alterazione perversa di un animale familiare. In questo caso, di un granchio. Le sue due enormi chele si aprivano e si chiudevano con spaventosi *clac*. Spuntavano da un corpo osseo blu, piatto e tondo, così grande da poter quasi ospitare un campo da baseball. Dai recessi profondi del guscio spuntava una testa da gargolla con gli occhi rossi e privi di palpebre.

— Benvenuta, preside — disse la bestia con un ghigno e un altro spaventoso schiocco delle chele.

— Salve, Verminion — rispose lei.

14

VERMINION L'INGANNATORE

— Sparite — comandò Verminion rivolto alle creature dell'Infero. Queste si dileguarono in fretta, ritraendosi dalla luce della lava per andare a nascondersi nell'oscurità.

— Allora è qui che sei rimasto nascosto, negli ultimi vent'anni — disse la preside. — Bel posticino.

— Non è malaccio, anche se non raggiunge il livello di comfort a cui ero abituato.

— E allora perché non te ne torni al tuo palazzo nell'Infero? — ribatté la preside con un sorriso. — Sarei ben lieta di offrirti un passaggio.

— Non ne dubito — rispose Verminion. — Purtroppo il lavoro che ho da fare richiede la mia presenza sulla Terra. Hai portato il bracciale di Barakkas?

Il bracciale.

A un tratto Charlie si accorse che Verminion indossava un collare nero coperto di incisioni rosse identiche a quelle che aveva visto sul bracciale di Barakkas. I due oggetti erano in qualche modo collegati? Era questo uno degli altri manufatti dell'Infero di cui parlava Barakkas?

— Di che bracciale stai parlando? — chiese la preside con voce mite.

— Capisco — replicò Verminion con un sospiro. — Vuoi giocare a questo gioco. Che peccato. Sarebbe stato bello restituire al ragazzo i suoi genitori vivi.

— Secondo te io dovrei credere che, se avessi portato ciò che hai chiesto, li avresti lasciati vivere?

— Certamente.

La preside sorrise. — Sicuro: come si fa a non fidarsi di uno come te? E comunque, perché ci tieni tanto, al bracciale di Barakkas? A te non serve.

— Desidero tenerlo in custodia per lui.

— Quindi ti aspetti che lui troverà il modo di giungere sulla Terra?

— Prima o poi — rispose Verminion con noncuranza. — Quando ci riuscirà, si unirà a noi.

— Mi piacerebbe sapere come. Lui è confinato nell'Infero e noi non abbiamo certo intenzione di aprirgli un portale.

— Se non ricordo male, non avevate intenzione nemmeno di aprire un portale per me — disse Verminion. — Eppure, eccomi qua… grazie a Edward. — La creatura voltò la sua testa massiccia verso Pinch, che impallidì visibilmente. — È un piacere rivederti, Edward. Vedo che sei cresciuto.

— È passato tanto tempo — riuscì a dire Pinch. Sembrava sul punto di svenire.

— Cosa? — esclamò Charlie sorpreso. — È stato Pinch ad aprirti un portale permettendoti di arrivare qui?

— Eh sì, proprio così — confermò Verminion sgambettando piano sulle sue sei gigantesche zampe e avvicinandosi al gruppo. — Aveva su per giù la tua età, non è così Edward?

— Già — ammise Pinch indietreggiando di alcuni passi.

— Aveva un Dono potentissimo. Credo che fosse una Doppia Minaccia. Quelli di noi che chiamate Dotati di Nome osservavano la sua crescita con grande interesse… come ora facciamo con la tua, giovane inferomante.

Charlie deglutì a fatica.

— Non avvicinarti più di così, Verminion — lo mise in guardia Rex. — O sarò costretto a trasformarti in un'insalata di granchio.

— Uuuh, che paura — ribatté Verminion con un gesto sprezzante della possente chela. Tuttavia, notò Charlie, il bestione si fermò.

— È vero — concesse la preside. — Pinch da giovane ha commesso qualche errore, ma ha anche pagato un prezzo molto salato.

— Che cosa è successo? — chiese Charlie.

— Sono stato ridotto — disse Pinch con un sussurro. — Dyer, che era direttore prima di Goodnight, mi aveva definito "un abominio, un mostro che andava reso inoffensivo".

Charlie capì di colpo molte cose. Pinch non aveva *perso* il Dono. Gliel'avevano tolto. Era stato uno dei più forti, una Doppia Minaccia, come Charlie e la stessa preside… ma, diversamente da loro, a Pinch il Dono era stato strappato brutalmente quando era solo un bambino.

Non c'era da sorprendersi che fosse sempre un po' arrabbiato.

"Come deve sentirsi solo!" pensò Charlie. "Come

deve essere infelice, circondato da persone con il Dono, quando lui, una volta, era il più forte di tutti."

— Ah, caro mio — lo schernì Verminion con la voce grondante di finta simpatia. — Ti hanno fatto diventare come tutti gli altri umani, vero Edward? Debole e ordinario. Dall'altare alla polvere.

— Perché tu mi hai mentito! — gridò Pinch all'improvviso. — Io ti avevo creduto, quando mi avevi detto che mi avresti aiutato a vendicarmi di tutti quelli che mi tormentavano.

— Ah, la storia del ragazzo e del granchio — disse Rex. — Appassionante.

— E a proposito di gente che mi tormentava — Pinch si rivolse a Rex. — Tu eri il peggiore di tutti, Rexford, fin da quando eravamo niubbi.

— Te lo meritavi — ribatté secco Rex.

— Perché? — chiese Pinch — Che cosa ti avevo fatto? Perché mi odiavi tanto? Perché *tutti voi* mi odiavate tanto?

— Non ti abbiamo mai odiato — replicò Rex. — Semplicemente non ci piacevi. È diverso.

— Non starai parlando anche di me? — intervenne Tabitha. — Io non sono mai stata cattiva con te, Edward. Ti ho sempre trattato bene.

— Solo perché ti faceva sentire superiore — scattò lui. — Date a quel povero matto di Pinch qualche briciola di gentilezza e lui verrà a implorarne un'altra come un cagnolino!

— Falla finita — tagliò corto Rex. — Stai solo cercando di riscrivere la storia. Eri arrogante e presuntuoso. Non hai mai voluto aver niente a che fare con noi perché pensavi di essere il migliore di tutti.

— No — disse Pinch calmo. — Avete sempre dato per scontato che la pensassi così perché ero sempre solo... e invece ero solo proprio perché nessuno capiva cosa stavo passando.

"A chi lo dici" pensò Charlie.

— Mi sentivo totalmente isolato — continuò Pinch. — Io non ho mai chiesto di essere diverso, di avere grandi poteri. Desideravo solo essere come tutti gli altri.

— Adesso lo sei — disse Verminion mellifluo.

Le sue parole furono come un colpo al cuore. Cadde un silenzio profondo, che alla fine fu rotto da Pinch.

— Sì, adesso lo sono — disse. — E mi prendo la mia parte di responsabilità per il fatto di esserlo diventato. Ho commesso gravi errori. Mi sentivo così perso e così solo, a quel tempo, che scappai dall'Accademia Incubi e aprii un portale per raggiungere la casa in cui ero cresciuto... e fu allora che successe.

— Apristi un portale nel Cerchio Interno, vero? — chiese piano Charlie.

Pinch annuì. — Nel palazzo di Verminion. Successe per sbaglio.

— Oh, sono certo che Charlie sa benissimo come può accadere una cosa del genere — disse Verminion con un altro schiocco delle sue mostruose chele.

— Lui mi parlò — continuò Pinch. — Mi fece delle promesse... di cose che avrebbe fatto per me se lo avessi portato sulla Terra.

— Ed è ciò che facesti, non è così? — lo incalzò Verminion con la voce bassa e suadente. — Accidenti com'eri forte, a quel tempo.

— Cosa successe dopo che fu arrivato sulla Terra? — chiese Charlie.

— Un massacro — disse Rex con la voce leggermente incrinata. — Verminion uccise tutti quelli che trovò in casa sua e poi tutti gli abitanti del suo paese... tutti, tranne Pinch.

— Perché non hai ucciso anche me? — gemette Pinch. — Hai ammazzato i miei genitori sotto i miei occhi. Avresti dovuto uccidere anche me.

— E risparmiarti le tue deliziose sofferenze?

— Sta' zitto, Verminion — ruggì Rex. — Hai già infierito abbastanza.

— Io? — ribatté Verminion. — E tu, allora? Una bomba non scoppia da sola... Qualcuno deve accendere la miccia. Tu hai appiccato il fuoco alla miccia, dando a Edward il tormento, e poi la bomba è scoppiata quando lui mi ha portato nel tuo mondo. Tu hai tanta responsabilità per quello che è successo quanta ne ha lui.

Rex sembrò afflosciarsi. Indietreggiò, incespicò. Era la prima volta che Charlie vedeva la sua sicurezza incrinarsi. — Hai ragione — ammise alla fine. Poi si rivolse a Pinch. — Mi dispiace, Edward. Davvero non sapevo quanto stavi soffrendo. Allora ero solo un bambino, come te. Pensavo di non piacerti e credo di averti attaccato per difendermi. — Guardò Pinch dritto negli occhi. — Ho sbagliato, e mi scuso. Lo dico con il cuore.

— Anch'io — disse Tabitha.

Pinch annuì. — Grazie, a tutti e due.

— Oh, come siete commoventi... — li schernì Verminion. — Mi viene da piangere.

— Tu, brutto... — cominciò Rex, facendo per andare verso di lui.

— Basta così! — gridò la preside. — Combatti solo se hai buone probabilità di vincere, Rexford.

Gli occhi di ardesia di Rex sostennero fermi lo sguardo della preside. Un momento dopo, indietreggiò.

La preside si voltò verso Verminion. — È vero, molti anni fa Pinch ti ha permesso di entrare nel nostro mondo. Eppure, dopo il tuo arrivo, te ne sei stato stranamente tranquillo. Significa forse che sei una minaccia meno pericolosa di quanto credessimo?

— Verrà il momento in cui vedrete la mia furia dispiegarsi.

— Allora il tempo non è ancora maturo?

— Lo sarà presto — concluse Verminion, e partì col suo passo di granchio verso i genitori di Charlie, appesi nei loro bozzoli sopra le pozze di lava ribollente. — Sveglia, piccini — disse dando a entrambi un colpetto con una chela gigante.

Olga e Barrington aprirono piano gli occhi.

— Charlie? — Olga, vedendolo, chiamò il figlio con voce roca.

— Va tutto bene, ma'. Siamo venuti a salvarvi.

— No... scappa — gemette il padre. Qui è... terribile.

— Non vi preoccupate — cercò di rassicurarli Charlie. — Vi riporteremo a casa.

— Ma davvero? — Chiese Verminion. Poi si allungò e circondò con le due chele entrambi i genitori di Charlie.

— Che stai facendo? — domandò Charlie con il respiro mozzato. Senza nemmeno rendersene conto, partì di corsa verso Verminion.

— Fermo! — gridò la preside bloccandogli la strada.

— Ma così li ucciderà!

— No, non lo farà — ribatté lei. — È l'unico modo che ha per ricattarti, e tu gli servi, perché...

Si interruppe all'improvviso, fissando i piedi di Charlie.

C'era qualcosa che non andava.

Non riusciva bene a capire cosa. Aveva a che fare con la scabra roccia vulcanica su cui stava Charlie. C'era qualcosa di strano... qualcosa che aveva a che fare con il motivo per cui Verminion aveva bisogno di lui.

— Ci sta imbrogliando! — gridò a un tratto.

— Di' ciao ciao a mamma e papà. — Verminion ebbe un singulto di risa e, con un rapido scatto delle terribili chele, tagliò di netto in due Olga e Barrington.

— NOOO! — strillò Charlie, mentre i corpi dei suoi genitori cadevano nella lava sotto di loro.

La preside stava strillando qualcosa, stava cercando di dirgli qualcosa di importante, ma Charlie non riusciva a sentire neanche una parola. L'orrore di quanto aveva visto lo sopraffaceva. Barcollò indietro, con la mente che vorticava all'impazzata. *È successo davvero? I miei genitori sono veramente morti?* — Nooo... — gemette di nuovo, e cadde sulle ginocchia.

I suoi genitori erano stati barbaramente uccisi sotto i suoi occhi.

Era completamente solo.

Ora intorno a lui c'erano altre voci: sembrava che Tabitha e Rex, e persino Pinch, stessero parlando, ma le loro parole andavano perse nell'ondata di panico che si abbatteva su di lui come un cavallone oceanico, trascinandolo giù nei gelidi abissi.

Tutto solo... solo per sempre...

Fu allora che si aprì il portale.

Non l'aveva fatto apposta, non ci aveva neanche pensato, ma l'orrore crudo che provava gli aveva impedito di fermarsi. Era enorme, questo portale, ancor più gigantesco di quello che aveva aperto nell'aula dell'Alto Consiglio: quasi sfiorava le stalattiti che pendevano dal soffitto di quella caverna grande come uno stadio. Il portale era circondato da un fuoco color porpora così luminoso e intenso che le fiamme sembravano esplosioni solari che impazzavano sulla superficie di un sole alieno.

Tutti smisero di gridare e lo fissarono annichiliti.

Poi... qualcosa di mostruoso lo attraversò.

Era Barakkas.

— Benvenuto sulla Terra — disse Verminion con un sorriso.

— Era ora — replicò Barakkas andandogli incontro, con i giganteschi zoccoli che sollevavano spruzzi di scintille dalla roccia vulcanica. — Ed è tutto merito del mio caro amico Charlie Benjamin.

Si voltò verso Charlie con un ghigno.

— Che cosa ho combinato...? — sussurrò Charlie.

Poi tutto diventò bianco.

* * *

Charlie sentì qualcosa di fresco sulla fronte.

Aprì gli occhi e si ritrovò sdraiato nel letto dell'infermeria mentre Mama Rose gli tamponava la faccia con una pezzuola bagnata. Lampade a olio conferivano alla stanza una luce calda e accogliente. Attraverso gli oblò, Charlie vide la luna piena nel bel mezzo di un cielo notturno tropicale.

Era di nuovo nell'Accademia Incubi.

— Si è svegliato — disse Mama Rose. Poi, rivolgendosi a Charlie, aggiunse: — Non spaventarmi mai più in questo modo, ragazzo. Quando ti hanno portato qui eri bianco come un lenzuolo. Prendi, bevi questo.

Gli porse una tazza di un liquido caldo e fumante. Charlie ne bevve un sorso e gli si strozzò immediatamente la gola.

— È orrendo — protestò, con la voce ancora arrochita per il fumo e il calore del covo di Verminion.

— Non ti ho chiesto se ti piace — sbottò Mama Rose. — Non mi interessa una recensione gastronomica. Ti ho solo detto di berlo, ed è quello che farai. Ti riporterà un po' di colore sulle guance. Torno a darti una controllata fra un po'.

Detto ciò, strascicando i piedi portò la sua figura corpulenta fuori dalla porta, passando davanti a Tabitha, che rivolse a Charlie un sorriso gentile.

— Come ti senti? — gli chiese.

— Credo bene — ripose Charlie posando la tazza. — Che cosa è successo?

— Intendi dire dopo che sei svenuto? — disse Rex con un ghigno, uscendo dall'ombra.

— Davvero ho perso i sensi?

— Sei andato giù come un sasso. Normalmente la considererei una reazione da femminuccia, tuttavia, date le circostanze, te la lascio passare. La verità è che anche noi non abbiamo agito in modo molto più coraggioso. Non appena Barakkas è passato di qua, la preside ha aperto un portale, ti abbiamo raccolto e siamo scappati come un branco di conigli. Ci è mancato un pelo, ma ce l'abbiamo fatta.

— Non tutti — aggiunse piano Charlie. — I miei genitori...

— ... sono vivi — risuonò un'altra voce.

Il ragazzo si voltò e vide la preside che entrava nella stanza attraverso un portale. — Era quello che stavo cercando di dirti prima che perdessi i sensi.

— Sono vivi? Com'è possibile? — chiese Charlie alzandosi a sedere nel letto. — Non possono essere sopravvissuti a quello che gli ha fatto Verminion.

— No, se gli esseri che ha ucciso fossero stati i suoi genitori, signor Benjamin.

— Ma io ho visto...

— ... quello che lui voleva farle vedere — terminò lei. — C'ero cascata anch'io, finché non ho notato l'Ombra ai suoi piedi. Non puntava verso quelli che pensavamo fossero i suoi genitori, ma da un'altra parte, sulla destra. C'è voluto un momento perché capissi che cosa voleva dire.

— Allora quei bozzoli che Verminion ha tagliato in due non erano i miei... — Charlie capì all'improvviso come stavano le cose. — Erano dei mimetici.

— Esatto. I suoi genitori erano da un'altra parte, in una grotta lì vicino.

— Allora sono vivi! — esclamò Charlie.

— Sì — confermò la preside. — Anche se, sfortunatamente, non siamo stati in grado di salvarli.

— Cavolo! — proruppe Rex. — Siamo stati a malapena capaci di salvare la nostra, di pelle. C'è mancato tanto così — mise indice e pollice a indicare la distanza di un pelo.

— Ma se Verminion non voleva davvero farli morire, perché ha fatto finta di ucciderli?

— Perché sapeva che un'esperienza traumatica ti avrebbe gettato nel panico — disse Tabitha con delicatezza. — E avresti aperto un portale.

Charlie era allibito. — Così tutto ciò che voleva era portare Barakkas sulla Terra?

La preside annuì. — Ci ha presi in giro fin dall'inizio. Era una trappola. Il suo scopo era di metterla in una situazione in cui lei non avrebbe potuto far altro che permettere a Barakkas di passare. Verminion ha bisogno di lui per una ragione che dobbiamo ancora scoprire. E questo era l'unico modo che aveva di farlo arrivare sulla Terra sano e salvo.

— E il bracciale? — chiese Charlie. — Lo vogliono ancora?

— Oh, certo — replicò la preside avvicinandosi al letto. — E immagino che faranno di tutto per riappropriarsene. È necessario ai loro piani, a quanto pare, anche se non riusciamo a capire a cosa gli serva. — Scosse la testa con gravità. — Non le mentirò, signor Benjamin. Le cose stanno andando di male in peggio. I suoi genitori sono ancora in grande pericolo e ora siamo sotto la minaccia sia di Verminion che di Barakkas. La Divisione Incubi non guarderà alla faccenda con benevolenza.

— Già, lo immagino.

— Tuttavia c'è un lato positivo. Sebbene siano in pericolo, i suoi genitori sono ancora vivi. Inoltre Verminion ha svelato la posizione del suo covo e ora sappiamo qualcosa di più sui suoi preparativi.

— Preparativi per cosa?

— Per la guerra — rispose Rex, infilando i pollici nei passanti della cintura. — Guerra tra le creature infere e la specie umana. Verminion ha messo insieme un esercito... e intende attaccare.

— Perché?

— Perché ci odia — rispose Rex. — Lui e gli altri Dotati di Nome. Vedi, ragazzo, loro non vogliono vivere nell'Infero. Vogliono venire qui, per distruggere case e centri commerciali. Per loro la Terra è un parco giochi e intendono comportarsi come il bambino più grande e prepotente nel recinto della sabbia. Ma per arrivare fin qui, hanno bisogno di noi e dei nostri incubi, ed è per questo che ci odiano.

— Ma se hanno bisogno di noi, perché vogliono ucciderci? — domandò Charlie.

— Una volta che le creature infere avranno attaccato — rispose la preside — il terrore si diffonderà in tutto il mondo, creando ancora più incubi...

— E più incubi — continuò Charlie iniziando a capire — apriranno più portali attraverso cui potranno entrare altre creature infere e attaccarci.

— Precisamente — confermò la preside. — È quello che si chiama effetto valanga.

— E allora che cosa possiamo fare? — domandò piano Charlie.

— Niente — ripose Tabitha scostandosi via i capelli dalla fronte. — Non subito, almeno. La guerra non scoppierà né oggi né domani. Abbiamo ancora un po' di tempo.

— Noi sì — disse Charlie. — Ma i miei genitori no. Dobbiamo riprovare a salvarli.

— So che per lei, signor Benjamin, è difficile da digerire — riprese con delicatezza la preside — ma temo che dovremo pensarci bene, prima di buttarci alla cieca alla loro ricerca. Per quel che ne sappiamo, può anche darsi che siano stati portati da un'altra parte.

— Non vorrà dire che dobbiamo semplicemente lasciarli dove stanno?

— Per il momento sì.

— Ma non possiamo! — gridò Charlie saltando fuori dal letto. — E se morissero, là sotto?

— Come ho già detto, siamo in guerra, e in guerra ci sono perdite. Quindi io spero vivamente che saremo in grado di salvare i suoi genitori, ma lei deve prepararsi all'eventualità che non ci riusciremo.

— Dobbiamo provarci!

— Lo faremo quando ci sarà possibile — continuò la preside, ora in tono più severo. — Qui lei non è l'unico ad aver sofferto delle perdite, signor Benjamin. Altri, in questa stessa stanza, hanno rinunciato a molto, pur di dare una possibilità di salvezza ai suoi genitori.

Fece un cenno del capo verso Rex.

— Non ho mai voluto che lui facesse un tale sacrificio — disse piano Charlie. — Non gliel'ho mai chiesto.

— Non pensarci, ragazzo — intervenne Rex. — Tanto neanche mi ricordo cosa ho perso. — Anche se erano intese a rassicurarlo, per Charlie le parole di Rex furono come una pugnalata nel cuore.

— Faremo per i suoi genitori del nostro meglio, ma al momento opportuno — proseguì la preside. — Per ora, lei riposi e riacquisti le forze. Ah, c'è qualcuno che desidera farle visita.

Aprì la porta dell'infermeria ed entrarono Theodore e Violet.

— Come sta? — chiese Violet.

— Chiediglielo tu stessa — rispose Rex, mentre lui,

Tabitha e la preside uscivano dalla stanza lasciando soli i tre ragazzi.

— Abbiamo saputo tutto! — disse Theodore correndogli incontro. — Il covo di Verminion! Creature infere dappertutto! Fantastico! Non è mitico?

— Non c'è niente di mitico — lo rimproverò Violet. — Eravamo preoccupati da morire.

— Sto bene — assicurò Charlie. — Ma ho combinato un bel pasticcio.

— Sì, è quello che dicono tutti — fu d'accordo Theodore.

Violet gli diede un calcio negli stinchi.

— Ahi! Volevo dire... è quello che dicono *alcuni*. Non noi, ovvio. Sono sicuro che non è stata colpa tua.

— Invece sì — replicò Charlie. — È tutta colpa mia... e ora devo rimettere le cose a posto.

— Tu? — chiese Violet incredula. — Come puoi pensare di rimettere a posto da solo una faccenda di questa portata?

— Non stavo pensando di farlo da solo — rispose Charlie voltandosi verso di loro. — Stavo pensando di chiedervi se sareste disposti ad aiutarmi...

Theodore e Violet si scambiarono un'occhiata.

— Aiutarti a fare cosa? — domandò Theodore.

— A riprendermi i miei genitori.

— Ma non sono nel covo di Verminion?

— Sì — confermò Charlie. — Anche se, per la precisione, adesso è il covo di Verminion e di Barakkas.

— Fammi capire — disse Violet. — Tu vuoi che noi tre niubbi ci infiliamo nel covo di due fra le creature più pericolose dell'Infero e salviamo i tuoi genitori?

Una cosa che non siete riusciti a fare tu e la preside e i professori insieme? Considerando per di più che avevate contro uno solo dei Dotati di Nome?

— Esattamente — rispose Charlie. — Ma non prima di aver rubato il bracciale di Barakkas alla Divisione Incubi.

— Scusa, forse non ho sentito bene — Violet si sporse in avanti. — Per caso hai appena detto che vorresti derubare la Divisione Incubi?

— Be', è indispensabile, se vogliamo fare quello che ho in mente.

— Tu sei uscito di testa — sbottò Violet.

— Ascolta — riprese Charlie. — Noi abbiamo promesso di spalleggiarci sempre e... però, ecco, lo so che questa è una cosa che va ben al di là di quel giuramento.

— Puoi dirlo forte — replicò Violet.

— Perciò, se non volete farlo, vi capisco, davvero. Ma se decidete di darmi il vostro aiuto... saprei come farne uso.

Lo guardarono increduli.

— Fantastico — disse infine Theodore. — Distruzione totale, nessuna speranza di salvezza, morte sicura. — Fece un gran sorriso. — Io ci sto. Di sicuro.

— Siete usciti di testa tutti e due! — esclamò Violet.

— Oh, andiamo — la stuzzicò Theodore. — Potrebbe essere divertente.

— No, non sarà divertente. Sarà un ridicolo fallimento. Non avete nemmeno un piano!

— A dire il vero — obiettò Charlie — io una specie di piano ce l'avrei.

— Avresti una *specie* di piano?

— Be'... sì. Cioè, non ho ancora calcolato proprio tutto fino all'ultimo dettaglio, naturalmente...

Violet scosse la testa incredula. — Perché invece non chiediamo alla preside di aiutarti?

— Gliel'ho già chiesto una volta — rispose piano Charlie. — Non è più disposta a farlo.

— Perché sa che è una follia! È impossibile. Non abbiamo la minima idea di cosa stiamo per fare. Noi siamo solo dei principianti.

— È proprio per questo che ho bisogno di voi. Perché il mio piano funzioni, Barakkas e Verminion devono credere che stiamo agendo da soli... che siamo solo tre stupidi ragazzini che agiscono senza pensare.

— Ma è *esattamente* quello che siamo! — strillò Violet. — O almeno, è quello che saremmo se cercassimo di realizzare qualsiasi follia tu abbia in mente. Rubare qualcosa dalla Divisione Incubi? Ti rendi conto che se ci prendono ci riducono di sicuro?

Charlie annuì. — Sì, probabilmente andrebbe così. I rischi sono... enormi. A dire il vero, se tu mi chiedessi di aiutarti a fare la stessa cosa per te... be', onestamente non so se ne avrei il fegato.

Charlie cercò di trovare le parole giuste per andare avanti, qualcosa da dire per convincere Violet a unirsi a lui, ma non trovò nulla, e così optò per la verità.

— Le cose stanno così — disse. — Per tutta la mia vita, i miei genitori mi hanno protetto da quelli che mi giudicavano una specie di picchiatello da cui stare alla larga; ed erano una marea, ve lo assicuro. Adesso sono i miei ad avere bisogno di protezione. Io devo... devo fare quello che posso, ecco tutto. Ma lo capisco, se voi non ve la sentite.

Theodore si voltò verso Violet. — Allora, *sei dei nostri*? — le chiese.

Lei scosse la testa incredula. — Tutta questa faccenda è ridicola. È assolutamente... assurda. Non so nemmeno da che parte cominciare a...

— Sei dei nostri? — insistette Theodore.

— Oh, santo cielo! Sì... sono dei vostri.

Charlie sorrise, riscaldato dal cameratismo dei suoi primi due veri amici.

— Allora diamoci da fare.

PARTE TERZA

IL VENTRE DELLA BESTIA

15

ASSALTO ALLA DIVISIONE INCUBI

Una tiepida brezza notturna faceva stormire le foglie del gigantesco fico di Banyan che accoglieva tra i suoi possenti rami l'Accademia Incubi. Il dolce cullarsi delle fronde permetteva a sprazzi di chiaro di luna di trapelare, illuminando Charlie, Violet e Theodore mentre attraversavano il ponte di corde che collegava l'infermeria al relitto di nave da guerra inglese in cui dormivano i facilitatori.

— Sono sicuro di aver visto Brooke giocare con un game boy, ieri — disse Theodore. — Non vi pare strano?

— Cosa c'è di strano? — replicò Violet. — Evidentemente le piacciono i videogiochi.

Theodore fece un verso da cicalino stonato. — Risposta sbagliata. Se i game boy fossero una cosa che piace alle femmine, non credi che si chiamerebbero *game girl*? — sorrise trionfante.

— Sei davvero un deficiente grave, te ne rendi conto? — sbottò Violet. — Alle ragazze piacciono i videogiochi quanto ai ragazzi. Quello che non capisco è perché mai dobbiamo rubarglielo.

— Fidati — disse Charlie senza spiegare. — Venite, e fate piano. Ci siamo quasi.

Finirono la traversata del ponte e arrivarono nel dormitorio dei facilitatori. Charlie ci guardò dentro, attraverso la finestrella rotonda nella porta. All'interno era buio. Non si muoveva nessuno.

— Sembra che dormano tutti. Ora io entro e vado a cercarlo — spiegò. — Vuoi due restate qui fuori a fare da palo.

— Io vengo con te — sussurrò Theodore. — Se le cose si mettono male e scoppia una lite, avrai bisogno di me.

— Se scoppia una lite, forse farebbe meglio a trovarsi con una banditrice — obiettò Violet.

— Non sto parlando di una lite con le creature infere — precisò Theodore. — Ma di umani contro umani. Quel che gli serve è una macchina da guerra, cioè me.

— Non ci sarà nessuna lite — disse Charlie. — Mi intrufolerò, ruberò quell'aggeggio e sgattaiolerò fuori. Come bere un bicchier d'acqua. Vuoi due state qui e fate la guardia.

* * *

Le assi del pavimento scricchiolarono sinistramente, mentre Charlie si addentrava nel dormitorio dei facilitatori, sbirciando in una stanza dopo l'altra. Finalmente, al secondo piano, trovò quella di Brooke Brighton. Svicolò dentro e la vide dormire su un'amaca, dondolando dolcemente alla brezza che entrava dalla finestra aperta. Anche addormentata, era così carina che

Charlie trovò difficile credere che fosse la stessa persona che qualche tempo prima l'aveva tormentato.

Si mise a frugare tra le sue cose, in cerca del game boy. Non era nelle tasche dei pantaloni, che erano buttati disordinatamente a terra. Quindi Charlie passò all'armadio e aprì lo sportello più alto, che cigolò sui cardini.

Brooke si mosse nel sonno. Charlie si immobilizzò.

— ... Non ce la faccio — mormorò agitata. — Fermati o cadrò...

Charlie capì subito che stava avendo un incubo. Cercando di fare più in fretta, frugò nel cassetto dell'armadio e, non trovando nulla, passò a controllare gli altri.

Non c'era niente neanche lì.

— ... Non spingermi... — borbottò Brooke sempre più agitata. — Non ho appigli...

Charlie stava esaurendo i posti in cui cercare. Dove poteva averlo nascosto? Poi notò un rigonfiamento spigoloso nella federa, sotto la testa di Brooke: si distinguevano chiaramente i contorni del game boy nella parte esterna dell'amaca. Charlie ricorse a tutto il suo sangue freddo e infilò la mano sotto la federa. Brooke si girò e rigirò, in preda a un incubo sempre più spaventoso.

— ... Sbatterò sulle rocce... — disse con il respiro affannato. — Aiutami, non lasciarmi andare!

— Tranquilla — sussurrò Charlie cercando di calmarla. — Sei al sicuro. Non ti succederà niente.

— No! — strillò Brooke nel sonno. — Aiuto! Morirò!

"Per fortuna ha perso il Dono" pensò Charlie. "Altrimenti in questo momento si aprirebbe un portale per l'Infero..."

Fu in quel momento che, con uno schiocco, nella stanza si aprì un portale.

"Oh, no" pensò Charlie. "Ha ancora qualche rimasuglio del Dono e nemmeno lo sa!"

Ma prima che il ragazzo potesse richiudere il portale appena aperto, una creatura dell'Infero lo attraversò in volo. Charlie ne aveva già vista una simile. Non sapeva come si chiamasse, ma era una di quelle che somigliavano a zanzare giganti e svolazzavano sopra le pozze di lava nel covo di Verminion. Per fortuna non era neanche lontanamente grande come quelle del covo (probabilmente era solo un Primo o un Secondo Livello), ma la lunga proboscide simile a un ago aveva lo stesso un'aria minacciosa.

L'essere volteggiò per un po' a mezz'aria, poi scattò verso il portale ancora aperto, smanioso di tornare nell'Infero.

"Sente dolore" intuì Charlie, ricordando in che modo l'Accademia Incubi aveva temporaneamente messo fuori uso Barakkas. La bestiola però non era fuori uso, il che confermò a Charlie ciò che aveva ipotizzato in precedenza, ossia che l'Accademia aveva effetti più nocivi sulle creature infere più forti che su quelle deboli. Tuttavia era evidente che in qualche modo stava soffrendo.

All'improvviso il portale circondato di fiamme si chiuse così come s'era aperto, lasciando la bestia volante imprigionata all'interno della piccola stanza. L'essere schizzò rabbiosamente da una parte all'altra, sbattendo contro le pareti e agitando le lunghe ali nervose, per cercare disperatamente di trovare una via di scampo.

— Zitto — sibilò Charlie. Ma proprio mentre stringeva la mano intorno al game boy, nella federa di Brooke, la creatura volante e ronzante si gettò in picchiata su di lui. Con una mossa svelta, Charlie tirò fuori il suo stocco e parò il muso a pungiglione della creatura, facendo risuonare un *clang* metallico. La bestia ronzò più forte, infastidita, e tornò in alto per preparare un'altra carica.

— Che... che succede? — chiese Brooke aprendo gli occhi.

— Hai avuto un incubo e dal portale è entrato quest'affare — rispose Charlie sollevando di nuovo lo stocco.

La creatura sbatté disperatamente le ali contro il soffitto, come una mosca intrappolata dietro un vetro, poi tornò a calare verso Charlie, che si abbassò e si girò colpendola da dietro. Lo stocco che riluceva di blu riuscì a mozzarle la punta dell'ala destra.

— Ehi! — esclamò Brooke saltando giù dall'amaca, ormai del tutto sveglia. — Cosa ci fai tu qui? Non sei un facilitatore!

— Ora non importa. Aiutami e basta.

Fu allora che Brooke vide il suo game boy in mano a Charlie. — Ladro! — strillò. — Ridammelo!

La creatura si gettò ancora una volta in picchiata e, mancando il ragazzo, si conficcò nella spalla di Brooke col suo muso appuntito come un ago.

— Ahi! — urlò lei, mentre la creatura le si attaccava alla schiena con le zampette appiccicose e prendeva a succhiargli il sangue a una velocità preoccupante. Brooke iniziò a girare su se stessa, sbattendo in giro per la stanza e gridando selvaggiamente, mentre Theodore e Violet si precipitavano dentro seguiti da alcuni facilitatori svegliati dal baccano.

— Che succede? — chiese Violet.

— Non lo vedi? — sbottò Charlie sferrando un altro colpo di stocco al lurido essere dell'Infero. — Brooke, sta' un po' ferma! Non riseco a colpirla se continui a scappare per la stanza!

— Mi fa male! — gemette lei. — Qualcuno faccia qualcosa!

— Te la tengo ferma io — disse Theodore, che placcò Brooke gettandola a terra. Le ali della creatura gli sbatacchiavano freneticamente sulla faccia. — Uccidila, ora! — gridò.

— Faccio io. — Violet estrasse il suo stiletto dalla cintola. Ma prima che potesse colpire, un lazo color blu elettrico schioccò nella stanza attraverso la porta aperta e, stringendosi intorno alla creatura volante, la stritolò e la uccise all'istante.

Tutti si voltarono a guardare Rex in piedi sulla soglia.

— Che diavolo sta succedendo, qua? — domandò.

— Ehm... — bofonchiò Charlie. — Stavamo solo...

— Rubando le mie cose! — gridò Brooke sfilandosi il pungiglione della creatura morta dalla spalla. — E per quel che ne so, ha aperto un portale per farmi uccidere da questo coso!

— Non è vero! — gridò Charlie a sua volta. — Hai aperto tu il portale. Io stavo cercando di aiutarti!

— Ladro! Bugiardo! Io non sono più capace di aprire portali. O sei troppo stupido per afferrare il concetto, niubbo che non sei altro?

— Fatela finita — intervenne Rex. — Venite con me, tutti e due.

— Io... io non posso — disse Charlie indietreggiando.

— Non puoi?

Il ragazzo chiuse gli occhi, concentrandosi a fondo e cercando di raggiungere le sue paure più profonde. Questa volta ci riuscì a una velocità strabiliante. Nella sua mente rivide tutti i luoghi sui quali in passato aveva aperto dei portali: gli aleggiarono davanti come sfere luminose, alcuni più abbaglianti di altri.

Si concentrò su uno di essi. Fu percorso da fiamme porporine.

— Che cosa stai combinando, ragazzo? — chiese Rex con crescente preoccupazione.

— Mi dispiace — disse Charlie. — Davvero.

Un portale si aprì con un rumore secco davanti a lui.

Charlie si voltò verso Theodore e Violet. — Andiamo — li esortò, e saltò di là. Dopo un istante di esitazione, i due amici lo seguirono.

— Ehi! — strillò Brooke. — Torna indietro, ladro! *Ridammi il mio game boy*. — Infuriata, saltò dietro di loro al di là del portale.

— Oh, no… — disse Rex correndo verso il passaggio aperto. Ma quando ci arrivò, il portale era già sparito. Charlie, Theodore, Violet e Brooke si ritrovarono sulle pianure brulle e rocciose dell'Anello più esterno dell'Infero.

— Ridammelo, piccolo idiota — ringhiò Brooke strappando il game boy dalle mani di Charlie. Fu allora che si accorse della folla di sottili creature pigolanti che li circondava. — Bleah: gremlin — si lamentò con una smorfia.

— Non ti preoccupare, non ti faranno niente — cercò di rassicurarla Charlie. — Gli interessa solo succhiare materiale elettrico.

— Lo so benissimo, stupido niubbo, ma fanno schifo lo stesso.

— Sono sicuro che anche loro non vanno matti per te — ribatté Charlie strappandole dalle mani il game boy. — Ho scoperto questo posto per caso, mentre stavamo cercando i miei genitori. — Diede il game boy a Violet — Tieni. Accendilo e raccogli intorno a noi più gremlin che puoi. Il game boy li attirerà.

— Posso farlo io — si offrì Theodore. — Posso farlo meglio di lei.

Charlie scosse la testa. — È una banditrice. È il genere di cose di cui deve occuparsi lei. Tu apri un portale per l'Accademia Incubi.

— Per l'Accademia Incubi? — ripeté Theodore. — Ma io credevo che avremmo aperto un portale per...

— Non per noi, per Brooke — lo interruppe Charlie. — La rimandiamo a casa.

— Ti sbagli — disse Brooke. — Io non me ne vado.

Charlie sentì che gli stava per venire un gran mal di testa. — Perché no?

— Perché è chiaro che voi tre avete in mente qualcosa e voglio essere sicura che non la facciate franca. Qualsiasi cosa abbiate in programma, io vengo con voi.

— Scordatelo — si oppose Charlie.

— E allora prova a impedirmelo — lo sfidò Brooke, facendo un passo verso di lui. La sua sola vicinanza metteva un'incredibile soggezione... ed eccitazione. Charlie avrebbe voluto urlare, ma si sforzò di restare calmo.

— E va bene — disse rivolto a Violet. — Cominciamo.

— Che cosa faremo coi gremlin, una volta che li avrò attirati? — gli chiese lei.

— Lo vedrai. Avanti, accendilo.

— Ci sarà da ridere — borbottò Violet, spostando la levetta per accendere il game boy. Centinaia di gremlin voltarono all'istante la testa verso di lei come missili che puntano un bersaglio. Con un gemito di rassegnazione, Violet entrò nel gruppo più folto di gremlin agitando nell'aria l'apparecchio elettrico. I gremlin si precipitarono all'impazzata verso di lei, a salti e balzi, cercando di strapparle il giochino dalle mani. Ce n'erano talmente tanti che presto fu completamente sommersa da un mucchio di creature con le manine protese.

— Perché lo fate? — volle sapere Brooke.

— Lo scoprirai tra un secondo — rispose Charlie, poi, chiudendo gli occhi, si concentrò per aprire un altro portale.

* * *

La preside era davanti al direttore della Divisione Incubi, nella camera tutta cromo e acciaio dell'Alto Consiglio. Non era affatto entusiasta di trovarsi lì, soprattutto perché Drake stava gridando istericamente.

— Ti avevo messo in guardia! — gridò emettendo disgustosi spruzzi di saliva dalla bocca. Ti avevo avvertito che, prendendo in consegna il ragazzo, avresti dovuto accollarti tutte le conseguenze.

— È vero, è quel che hai detto — replicò lei.

— E ora è successo il peggio che poteva succedere. Non solo dobbiamo affrontare Verminion, ma anche Barakkas, per non parlare di un esercito di creature infere perfettamente mature che non aspettano altro che attaccare.

— È vero — ammise lui. — Tuttavia... abbiamo scoperto queste notizie, oltre all'esatta ubicazione del covo, esclusivamente grazie agli straordinari poteri del ragazzo.

— Questo non è il gioco delle tre carte, Brazenhope — ribatté il direttore Drake. — E tu non riuscirai a proteggere il ragazzo con la tua parlantina. Ci ha tradito nel modo più grave e per questo sarà punito.

— Invece no — disse lei semplicemente. — Io non lo permetterò.

— Qui comando io e la mia parola è legge! — scattò Drake. — Il ragazzo verrà ridotto e tenuto sotto il controllo della Divisione Incubi finché riterremo che non rappresenterà più un pericolo.

I dodici membri del Consiglio annuirono in segno di assenso.

— Se questa è la tua decisione — continuò tranquilla la preside — mi costringerai a intraprendere azioni che preferirei evitare.

Drake saltò giù dalla sedia e si precipitò verso di lei.

— Non minacciarmi, donna! — esclamò con le vene che gli sporgevano sulla fronte scarlatta per la collera. — Ti ho tollerato più che a sufficienza solo per il tuo passato al servizio della Divisione Incubi, ma se ti metti contro di me, in spregio a tutte le nostre leggi, ti accuserò pubblicamente di tradimento e userò tutte le risorse della DI per fartela pagare!

— Di quali leggi stai parlando? — ribatté lei. — Quelle che abbiamo sempre seguito o quelle che ti inventi ogni giorno?

All'improvviso si spalancò un portale al centro dell'aula dell'Alto Consiglio. Ne uscì Rex trafelato, seguito da Tabitha.

— E questo cosa sarebbe? — tuonò Drake. — È proibito aprire portali direttamente nella Divisione Incubi. Dovete aprirlo all'esterno e passare prima dalla sicurezza.

— L'avrei fatto — disse Rex. — Ma temo che non ci sia tempo per le formalità. — Poi si rivolse alla preside. — Si tratta di Charlie... È andato. E ha in mente qualcosa. Non so esattamente cosa, ma credo che non sia niente di buono.

La preside sospirò. — Temevo che sarebbe successo.

All'improvviso, nell'aula dell'Alto Consiglio, si aprì con uno schiocco un altro portale.

— E quest'altro? — strillò Drake. — Maledizione, adesso le procedure non valgono più per nessuno? Siamo finiti nell'anarchia più totale?

Fu allora che dal portale volò un game boy, che andò a schiantarsi con un colpo secco sul pavimento di pietra.

— Ma che diavolo... — borbottò Drake chinandosi a raccoglierlo. In quell'istante, centinaia di gremlin si riversarono come un'onda impetuosa dal portale aperto. Circondarono svelti il direttore cercando disperatamente di afferrare il game boy. — Aiuto! — gridò Drake. — Mi stanno attaccando! È un attentato alla mia vita!

Ma prima che qualcuno potesse reagire, i gremlin smisero improvvisamente di lottare per impossessarsi del piccolo videogioco, perché si resero conto di trovarsi in una specie di pasticceria elettrica, con deliziosi cavi e fili e terminali di computer che ronzavano allegramente dappertutto.

Mentre il direttore Drake invocava la distruzione delle creature che imperversavano ovunque, i gremlin lo abbandonarono e attaccarono immediatamente le pareti e il soffitto, precipitandosi sui pannelli fitti di cavi elettrici da rosicchiare e verso le ventole e le prese d'aria, per raggiungere i meccanismi interni del succulento Bengodi tecnologico che era la Divisione Incubi.

— Alle armi, alle armi! — strillò Drake. — La DI è in pericolo! Banditeli immediatamente, prima che ci mandino in panne il sistema di alimentazione!

Mentre la prima ondata di gremlin spariva nel cuore elettrico della Divisione Incubi, una seconda si riversava attraverso il portale a rimpiazzarla. Questa volta, le centinaia di nuovi gremlin non erano soli.

Cercando di passare inosservati, attraversarono il portale anche tre piccoli umani.

Qualcuno però li vide.

La preside scorse Charlie, Violet e Theodore che correvano in mezzo alla marea di gremlin e sgattaiolavano fuori dall'aula dell'Alto Consiglio.

— Un ragazzo furbo — commentò fra sé la donna.

* * *

Nell'atrio dell'ingresso c'era un gran fervere di attività.

Gremlin che correvano alla cieca, schizzavano lungo il soffitto e correvano frenetici tra i piedi, mentre squadre di addetti cercavano di riparare i danni. Inferomanti e banditori si davano un gran da fare per liberarsi di quelle piccole, fastidiose creature. Le luci del soffitto tremolavano incerte e spruzzi di scintille piovevano dai segnali di EXIT, dai terminali dei computer e dai salivometri che chiudevano le varie porte.

— Che cosa stiamo cercando? — chiese Violet saltando al di là di un pozzetto in cui si annidavano spire di cavi ronzanti.

— Il bracciale — rispose Charlie. — È qui che tengono il bracciale di Barakkas e noi dobbiamo trovarlo.

— Signor Benjamin — gridò una voce dietro di loro.

Charlie si voltò e vide la preside che gli correva incontro, tallonata da Rex e Tabitha. Brooke li seguiva a ruota, con un sorrisetto beffardo.

— Grandioso — sospirò Theodore. — Ha fatto la spia.

— E adesso che facciamo? — domandò Violet.

— Penso che faremmo meglio a parlare con loro — disse Charlie.

— Mi verrebbe da chiederle che diamine si è messo in testa di fare — lo ammonì la preside quando raggiunse il gruppetto dei ragazzi. — Ma in realtà credo di saperlo. So che vuole salvare i suoi genitori, ma rubare il bracciale di Barakkas per riscattarli non mi sembra il modo migliore per farlo.

— È quello che ho cercato di dirgli anch'io! — si immischiò Brooke.

— Deve capire — continuò la preside — che i Dotati di Nome prometterebbero qualsiasi cosa pur di riaverlo, ma poi vi ucciderebbero tutti... o peggio.

— Esattamente — puntualizzò Brooke.

— Senta, non sono matto — disse Charlie. — Lo so che sembra una mossa assurda, signora, ma ho un piano. Non sono così stupido come pensate.

— Noi non pensiamo che lei sia stupido, signor

Benjamin — ribatté la preside. — Ma è giovane e impulsivo e non può capire appieno i pericoli in cui sta mettendo se stesso e i suoi amici, per non parlare di noi tutti. Qui è in ballo un gioco molto più grande, che va tenuto in considerazione.

— Sarà, ma voi ne avete dimenticato uno più *piccolo* — sbottò Charlie. — Io invece ce l'ho ben presente, e in questo gioco possono morire delle persone. Persone che conosco e a cui voglio bene. Non posso permettere che succeda.

— Capisco i sentimenti che la animano, ma non posso permetterle di fare quello che ha in mente. Se lo facessi, non potrei mai più essere in pace con me stessa.

— Allora dovrà fermarmi con la forza — ribatté Charlie. — Perché io non potrei mai più essere in pace con me stesso, se non lo facessi.

Ci fu un momento di stallo.

All'improvviso tutte le luci dell'edificio si spensero, mentre i gremlin continuavano il loro arrembaggio. Si accesero alcune lampade di emergenza, inondando ogni cosa di un bagliore rosso interrotto di tanto in tanto da biancastri spruzzi di scintille. L'aria era piena di fumo e di grida.

— Ascolti, signora, so che potrei sbagliarmi di grosso — disse piano Charlie. — E so anche che, se fallissi, le conseguenze sarebbero terribili. Questa forse non è la cosa più logica da fare, o la più sicura, ma è la più giusta: me lo sento nella pancia. Voialtri mi avete ripetuto in continuazione di fidarmi dei vostri giudizi, e io l'ho fatto. Ora io chiedo a voi di fare lo stesso con me.

La preside lo guardò intensamente, quasi volesse leggergli nella mente per capire che cosa si celasse dietro le sue parole.

All'improvviso, dal fondo del corridoio, risuonò una voce. Era il direttore Drake. — Banditori! Inferomanti! — strillò camminando verso di loro a grandi passi attraverso un groviglio di pannelli aperti e cavi che sprizzavano scintille. — Arrestate il traditore Charlie Benjamin e i suoi complici e portateli immediatamente nella Sala Riduzioni!

Molti banditori e inferomanti si voltarono verso Charlie.

— Preside? — disse Charlie.

— Vada — replicò lei, facendo un gesto verso il corridoio. — Il bracciale di Barakkas è dietro la porta con la targa PROGETTI SPECIALI.

— Ma non può lasciarglielo fare! — protestò Brooke. — È... è contro le regole! Chi ne è responsabile verrà punito...

— Allora spero che i giudici non saranno troppo severi, perché — disse la preside — lei andrà con loro.

— Cosa?! — Brooke ebbe un singulto.

— Cosa?! — le fece eco Charlie.

— Lei è una facilitatrice, signorina. Il suo lavoro è quello di *facilitare*, che significa aiutare, ed è esattamente ciò che mi aspetto che faccia.

— Ma la *Guida della Divisione Incubi all'Infero*, edizione Drake, stabilisce chiaramente che...

— Io non insegno con l'edizione Drake, all'Accademia! — tuonò la preside. — Insegno con l'edizione Goodnight, e lì i facilitatori non sono soltanto dei ficcanaso con il compito di fare la spia sulla loro squadra. Lì sta scritto che sono membri validi e con diritto di critica all'interno di un'unità che ha lo scopo di proteggere l'umanità. Avete cominciato questa piccola avventura insieme e mi aspetto che la finiate insieme.

— Ma... — provò a protestare Brooke.

— *Vada*! — ruggì la preside. — Andate tutti!

Brooke incespicò in avanti sbigottita, poi si voltò e si unì a Violet e Theodore, che erano partiti di corsa per il corridoio.

— E il direttore? — chiese Charlie lanciando un'occhiata a Drake che era aggrappato a una tubatura crollata del riscaldamento e cercava di raggiungerli.

— Non si preoccupi di lui — rispose fredda la preside. — Ce ne occupiamo noi.

— Grazie — disse Charlie, e corse verso l'atrio per raggiungere gli altri ragazzi.

— Voi! — gridò Drake con gli occhi folli di rabbia quando raggiunse Rex, Tabitha e la preside. — Voi tre vi darete immediatamente da fare per catturare i traditori o vi riterrò tutti responsabili.

— Davvero? — domandò la preside. Si voltò verso Rex. — Credo che tu sappia cosa fare.

— Certo — rispose lui. E un attimo dopo aver gettato il lazo, il direttore si ritrovò completamente immobilizzato, legato come un vitello in un rodeo.

— Che diavolo credete di fare? — tuonò Drake. —Sapete cosa significa questo, vero? Vi farò degradare e sbattere in prigione a tempo indeterminato. *Vi farò ridurre!*

— Tabitha — disse la preside. — Un portale, se non ti dispiace.

— Qualche luogo in particolare? — chiese.

— Oh, sì — rispose l'altra. — C'è un posto ben preciso in cui voglio che andiamo tutti quanti...

* * *

Charlie faticava a leggere le targhe sulle porte, mentre correvano inseguiti dai banditori e dagli inferomanti.

ANALISI TESSITURA TELE INFERRAGNI, c'era scritto su una delle porte.

LABORATORIO DECAPITAZIONE GORGONI, recitava un'altra.

— Eccola! — gridò Theodore, indicando davanti a sé.

— Aprila! — esclamò Charlie, mentre tutti raggiungevano la porta su cui era scritto PROGETTI SPECIALI. — Dovrebbe essere aperta, ora che la corrente è staccata.

Violet e Theodore si spinsero contro la porta con tutto il peso del corpo e furono sorpresi di scoprire con quanta facilità si aprì. I quattro saltarono dentro e Charlie sbatté la porta alle sue spalle proprio mentre stavano arrivando i loro inseguitori.

— Brooke, tienila chiusa — disse Charlie.

— Non ci penso neanche — protestò lei. — Il comma 17 della *Guida della Divisione Incubi all'Infero*, edizione Drake *nonché* Goodnight, afferma chiaramente...

— Non mi importa cosa dicono le regole!

— Invece dovrebbe, visto che le stai infrangendo tutte!

— Sarà — ribatté Charlie — ma lo stai facendo anche tu.

Brooke sembrò sorpresa. — Cosa?

— Ci hai seguiti nell'Infero dopo che Rex ci ha detto di non andare. Eri con noi quando abbiamo raccolto i gremlin. Facevi parte del gruppo quando abbiamo distrutto la Divisione Incubi, e ora sei qui con noi nella stanza dei Progetti Speciali.

Brooke impallidì. — Sai benissimo che io non volevo fare niente di tutto questo.

— Vallo a spiegare al direttore Drake.

La porta cominciò a cedere sotto i colpi dei banditori. — La preside ti ha detto di aiutarci — aggiunse Charlie. — Quindi, per favore... aiutaci.

Gli occhi di Brooke lampeggiarono di rabbia. — Sei insopportabile — disse, quindi puntò le spalle contro la porta, assorbendo i colpi sferrati dall'altra parte. — Muoviti, non riuscirò a trattenerli a lungo.

— Farò del mio meglio — replicò Charlie. Poi si voltò e si guardò intorno nella stanza.

Lì, proprio di fronte a lui, c'era il gigantesco braccio mozzato di Barakkas adagiato su un tavolo operatorio di metallo. Aveva già cominciato a decomporsi. Ampi lembi di pelle grigia si erano staccati dal moncherino. Ma il bracciale era ancora stretto al grosso polso e luccicava sfacciatamente nella penombra.

— Eccolo — disse Charlie. — Quello è il bracciale di Barakkas.

— E allora prendilo! — gridò Theodore — e andiamo via di qui prima che ci acchiappino!

— Troppo tardi — una voce uscì dall'oscurità.

Tutti si voltarono verso un uomo alto e muscoloso con una folta chioma di capelli neri ondulati che si stava avvicinando. Aveva uno spadone, di quelli che si impugnano a due mani, infilato in un fodero appeso alla cintola. Theodore rimase a bocca aperta per lo stupore.

— *Papà!* — esclamò infine. — Credevo che fossi in opcop.

— Lo sono — rispose suo padre indicando col pollice l'enorme braccio mozzato. — Sono stato messo di guardia al bracciale per impedire che qualche creatura infera cerchi di recuperarlo. Ma non avrei mai immaginato di doverlo difendere dal mio stesso figlio. — Si voltò verso gli altri ragazzi. — Mi chiamo William Dagget.

— Piacere di conoscerla, signore — disse Violet.

— Vale anche per me — le fece eco Charlie. — Io sono... ecco, sono il migliore amico di suo figlio, credo. Mi chiamo Charlie.

— Lo so chi sei — ribatté William aggrottando leggermente le sopracciglia. — Vedo che hai fatto in fretta a metterti nei guai.

— E ci ha messo pure me! — strillò Brooke, continuando a opporre resistenza alla porta.

— Non ha fatto tutto da solo, papà — si affrettò a intervenire Theodore. — Siamo tutti nella stessa barca. Siamo in missione per salvare delle persone.

— È davvero sorprendente, considerato che sei stato banditore per ben... quanto, due giorni?

Un banditore. Theodore distolse lo sguardo, non sapendo come reagire.

— A proposito di banditori — continuò suo padre osservandolo più attentamente. — Dov'è la tua arma?

— Ehm, ecco... — bofonchiò Theodore. — Il fatto è che c'è stato un problema con la Trota. Hai presente quella dell'Infero? La Trota della Verità?

— Ce l'ho presente molto bene.

— Ecco, era malata o qualcosa del genere e, figurati, ha detto che stavo mentendo quando ho gridato che ero un banditore... pazzesco, no?

Il padre lo fissò, socchiudendo gli occhi.

— E, ehm... — continuò Theodore balbettando — la preside ha deciso che, solo per il momento, naturalmente, dovevo essere un inferomante... sai, giusto finché non risolvono il problema con la Trota. Così sono inferomante, per ora... ma prestissimo sarò banditore. Proprio come te, papà.

Theodore fece del suo meglio per sorridere. Charlie si sentì stringere il cuore.

— Hai fallito — disse suo padre. — Non mentirmi, ragazzo. Tu non sei un banditore, e io sono stato uno sciocco a credere che avresti potuto esserlo.

Theodore si voltò dall'altra parte, pieno di imbarazzo e vergogna.

— Proprio così — intervenne Charlie facendo un passo verso l'uomo alto. — Non è un banditore. È un inferomante... uno dei più bravi. Avrebbe dovuto vederlo il primo giorno in classe, signore. È stato uno dei pochissimi che sono riusciti ad aprire un portale. Ha fatto faville. Dovrebbe essere orgoglioso di lui.

— Orgoglioso del fatto che mio figlio non sia niente di meglio che un guidatore di autobus — ribatté William — che fa scendere le persone alla loro fermata nell'Infero?

— Lascia perdere, Charlie — disse Theodore. — Non vale la pena.

— Sì che vale la pena — ribatté Charlie. — Per aprire un portale dobbiamo attingere alle nostre paure più profonde e dolorose. E lo sa di che cosa aveva paura suo figlio? Che quando lei avesse scoperto che lui non era un banditore, non gli avrebbe più voluto bene. È stata questa la paura che gli ha permesso di aprire il suo primo portale.

— Be', almeno gli è servita a qualcosa — commentò il padre di Theodore.

— Scusate — li interruppe Brooke — ma i tipi che ci danno la caccia hanno smesso di picchiare contro la porta.

— Stanno cercando di entrare con un portale — li informò William. — È una POS, una Procedura Operativa Standard. Fareste meglio ad andarvene da qui.

— Non senza il bracciale — disse Charlie.

— Ti ucciderebbe. Chiunque l'ha toccato è morto all'istante. Morto stecchito.

— A me non succederà.

— Come fai a saperlo? — chiese William.

— Me l'ha detto Barakkas.

L'uomo alto rise. — E tu gli hai creduto? Impara a valutare meglio chi si merita la tua fiducia.

— Non credo che abbia mentito, su questo. Il bracciale gli serve, e io gli servo per portaglielo.

— Non crederai che io ti permetta di prenderlo, vero? — chiese William. — Vi lascerò aprire un portale e scappare… ma ve ne andrete di qui a mani vuote.

— Mi sembra una proposta equa — convenne Brooke.

— Non posso accettarla — ribatté Charlie.

— Ascolta, figliolo, per fare questa cosa c'è un modo facile e uno difficile. — William sguainò la spada dal fodero. — Non scegliere quello difficile.

A un tratto, com'era prevedibile, nella stanza dei Progetti Speciali si aprì di colpo un portale da cui uscirono molti banditori. — Si faccia da parte — ordinò secco a William il capo dei banditori. — I ragazzi sono nostri prigionieri. Abbiamo l'ordine di portarli alla Sala Riduzioni.

— Anche me? — trasalì Brooke. — Ma io sono una facilitatrice. Io non ho nemmeno più il Dono!

— Tutti — rispose l'uomo, poi si rivolse a William. — Anche suo figlio, temo.

William fece un sospiro profondo. — Be', temo che se la siano cercata. Prendeteli, allora.

I banditori si fecero avanti con le armi abbassate. Fu in quel momento che William attaccò all'improvviso. Sferrò un colpo possente con la sua spada, che fu parato a stento da un banditore stupefatto.

— Papà! — gridò Theodore allibito nel vedere suo padre in azione. — Cosa stai facendo?

— Muoviti, vattene via di qua! — disse William a Theodore mentre parava il colpo di una mazza. — Se sei così bravo ad aprire portali, aprine uno alla svelta!

— Non so se ci riesco — replicò Theodore, mentre il padre dava una gomitata nella gola a un banditore e ne feriva un altro alla fronte con l'elsa della spada.

— Puoi farcela, Theodore — lo incoraggiò Charlie. — So che puoi farlo. — Poi, mentre Violet estraeva la sua spada e si univa a William nel tentativo di far guadagnare tempo agli altri, Charlie si voltò verso il bracciale ancora attaccato al braccio in decomposizione di Barakkas.

«Chiunque l'ha toccato è morto all'istante» aveva detto William. «Morto stecchito.»

Quando Charlie gli andò più vicino, il bracciale pulsò di luce rossa. Vide l'immagine di Barakkas incisa su un lato e stavolta riconobbe anche l'incisione accanto.

Verminion.

Chiamando a raccolta tutto il suo coraggio, Charlie allungò la mano e toccò il metallo caldo. Il bracciale gli si sottomise all'istante, proprio come aveva detto Barakkas. Si ridusse rapidamente di dimensione, tagliando la carne in putrefazione dello spesso polso e frantumando come grissini le ossa all'interno. In un attimo era diventato così piccolo che Charlie avrebbe potuto allacciarlo al proprio polso.

Lo osservò più da vicino.

Lampeggiava e pulsava, proiettandogli sulla faccia la sua ipnotica luce rossa.

— E adesso, che cosa fai? — domandò Violet vedendo Charlie imbambolato.

— Stavo pensando a quel che ha detto la preside — rispose il ragazzo. — Che potrebbero aver già trasferito i miei genitori da un'altra parte.

— In questo momento non possiamo farci niente — disse lei dando un pestone al piede di un banditore che si era avvicinato troppo.

— Forse c'è un modo per scoprirlo — disse Charlie. — Il bracciale... dovrebbe essere un mezzo di comunicazione.

— E allora?

— Allora — continuò Charlie — potrei usarlo per vedere dove Verminion li ha portati.

— Che cosa? — Violet rimase senza fiato. — Non avrai mica intenzione di indossare...

Ma prima che potesse finire, Charlie aveva aperto il bracciale e, sotto lo sguardo inorridito di Violet, con un *clic* si chiuse il manufatto dell'Infero intorno al polso.

16

IL BRACCIALE DI BARAKKAS

Subito dopo essersi messo il bracciale al polso, Charlie sentì la propria testa riempirsi di un rombo simile a quello di una cascata e tutto prese a rollare e a beccheggiare, facendogli venire il mal di mare. Quando si stabilizzò, il ragazzo vide quattro sfere di fuoco sospese in un'oscurità vellutata. Al di là di esse, intravide qualcosa, come se le sfere fossero portali aperti; ma, diversamente dai portali, non erano ferme: sembrava che ciascuna si muovesse attraverso ambienti diversi.

Attraverso una sfera, vedeva l'interno di un palazzo di cristallo, nell'Infero. Era un posto che non conosceva, pieno di creature spettrali, prive di vista, che si muovevano lente nell'aria nebulosa.

Attraverso un'altra, vide un cimitero di vecchie barche dimesse, accalcate nei pressi della colonna rossa di fuoco che divampava nel Cerchio Interno. Era un luogo silenzioso e deserto come il lato oscuro della luna.

Oltre la terza, vide la Sala Riduzioni, nella Divisione Incubi, cioè la stessa stanza in cui si trovava in quel momento. William e Violet stavano tenendo a distanza i banditori, mentre Theodore cercava disperatamente di aprire un portale.

Infine, nell'ultima sfera, vide stupefatto la faccia di Barakkas che lo fissava.

Charlie capì con un soprassalto che stava guardando attraverso gli occhi di tutti coloro che indossavano uno dei manufatti dell'Infero, compreso se stesso. Senza neppure rendersene conto, si avvicinò alla sfera in cui poteva guardare in faccia Barakkas e, un attimo dopo, questa riempì completamente la sua visuale. All'improvviso riuscì a sentire quel che Barakkas stava dicendo.

— Una truppa d'assalto composta da cento unità dovrebbe essere sufficiente per recuperare il mio bracciale dalla Divisione Incubi — ruggì il bestione, mentre diverse creature infere si raccoglievano dietro di lui, nell'enorme caverna sotto il Krakatoa.

— Ma certo, più che sufficienti. — Charlie sentì Verminion rispondere e a un tratto capì che ora lui era Verminion, o almeno che stava guardando attraverso i suoi occhi. — In realtà potresti anche farcela da solo.

— Certo che potrei — sospirò Barakkas. — Ma non voglio soltanto fare un furto. Voglio infliggere un colpo devastante al cuore del nemico.

Verminion si avvicinò svelto a Barakkas, e Charlie fu preso dalle vertigini per l'improvviso cambio di prospettiva. — E quando pensi di mettermi al corrente del tuo piano? — volle sapere Verminion.

— L'ho appena fatto.

— Ci ho messo ventidue anni ad allestire pazientemente l'esercito che ora tu intendi usare per i tuoi comodi senza nemmeno chiedere il mio consenso.

— Non mi serve il tuo consenso — ruggì Barakkas. — Tu sei solo uno dei Quattro, esattamente come me. Non siamo tenuti a render conto l'uno all'altro di ciò che facciamo.

— Ma per convocare il Quinto serviamo tutti e quattro — ribatté Verminion.

— E infatti questo è il motivo per cui mi serve il bracciale!

— E lo avrai! — esclamò rabbioso Verminion. — Ho fatto un grande sforzo per portarti sulla Terra e farò in modo di portarci anche gli altri due. Ma che non ti venga in mente di agire senza il mio consenso.

— Non provocarmi — tuonò Barakkas con occhi fiammeggianti — o la nostra alleanza finirà *molto male*.

Verminion non replicò. A un tratto Barakkas sembrò preoccupato. — Che succede? — chiese.

— Qualcuno sta guardando! — rispose Verminion.

Charlie si tolse svelto il bracciale dal polso.

* * *

Il mondo rollò lievemente, poi Charlie tornò con sollievo a vedere coi propri occhi. La mente gli vacillava per tutto quello che aveva sentito. Avevano parlato dei Quattro. E se Verminion e Barakkas erano i primi due, chi erano gli altri due? E chi era il Quinto, che speravano di convocare usando i manufatti dell'Infero una volta giunti tutti e quattro sulla Terra?

Mentre Charlie cercava di mettere insieme i pezzi, i banditori sembravano sul punto di sopraffare William e Violet.

— Vuoi darti una mossa, con questo portale? — gridò Violet a Theodore.

— Ci sto provando — replicò lui.

La mente di Theodore correva frenetica in cerca di una paura utilizzabile. Suo padre in effetti si era infuriato per il fatto che lui non era riuscito a diventare banditore, ma alla fine non era mica crollato il mondo, no? Anzi, ora suo padre stava mettendo in gioco la propria vita per proteggerlo proprio da quei banditori di cui aveva sperato che il figlio potesse un giorno far parte. Quel pensiero fece annodare lo stomaco a Theodore: non solo aveva tradito le aspettative di suo padre, ma lo aveva anche indotto a rivoltarsi contro i suoi capi, contro la Divisione Incubi. Di certo l'avrebbero punito severamente per quel che aveva fatto, forse l'avrebbero addirittura ridotto, ed era tutta colpa di Charlie...

Come poteva volergli ancora bene, suo padre, dopo un simile fallimento?

Come poteva sopportare di stare ancora con lui nella stessa stanza?

La paura prese a gonfiarsi nel suo petto come l'onda di una marea finché un portale si aprì di colpo.

— Ben fatto — esclamò Violet. Poi si rivolse a Charlie. — Andiamocene!

— Okay — disse Charlie come riscuotendosi da un sogno, e saltò al di là del portale insieme a Violet.

Theodore si voltò verso suo padre. — Mi dispiace, papà. Di tutto.

— Adesso vai! — gli gridò il padre, saltando per scansare un colpo d'ascia e replicando con un una gragnola di colpi della sua spada. — Sbrigati!

Theodore saltò dall'altra parte del portale, passando davanti a Brooke che stava guardando da un angolo buio. All'improvviso, da un pannello del soffitto, sciamarono fuori dei gremlin, che piombarono su di lei tirandole i capelli e graffiandole la faccia. — Aspettatemi — strillò Brooke, e anche lei saltò nel portale un attimo prima che si richiudesse con uno schiocco secco.

* * *

I quattro ragazzi si ritrovarono senza fiato nell'Anello più esterno dell'Infero.

— Cosa ti è preso, là dentro? — chiese Violet voltandosi verso Charlie. — Perché hai indossato quel bracciale?

— Te l'ho detto — rispose Charlie. — Volevo vedere dov'erano Verminion e Barakkas. Temevo che avessero portato i miei genitori da qualche altra parte. Non posso certo aprire portali dappertutto per cercarli: non ne sarei capace.

— E li hanno portati via?

— Non credo. Verminion e Barakkas erano ancora nel covo.

— Non avresti dovuto indossarlo comunque — lo sgridò Violet. — Hai corso un rischio troppo grande. Poi si rivolse a Theodore. — Hai fatto un buon lavoro, col portale. Stai diventando un vero professionista.

— Già — commentò Theodore ancora scosso. — È stata... dura.

— Come ti senti? — gli chiese Charlie, guardando l'amico da vicino. Sapeva benissimo quanto poteva essere alto, emotivamente, il prezzo da pagare per aprire un portale.

— Sto bene — rispose Theodore. Solo che... ora non so cosa succederà a mio padre. Ho paura di quello che Drake potrebbe fargli.

— Magari non gli farà niente — disse Charlie. — La preside ha detto che si sarebbe occupata lei del direttore. E se stanno facendo quello che penso, tuo padre non avrà problemi.

— E cosa pensi che stiano facendo? — Chiese Violet.

Charlie sorrise maligno. — Che lo stiano aiutando a dimenticarsi di averci conosciuto.

* * *

La Regina delle Megere si leccò le labbra nere con la sua lunga lingua simile a un serpente.

— Questo è tradimento — strillava il direttore Drake, stretto dal lazo di Rex. — Non potete farmi una cosa simile!

— Sta' calmo, amico — disse Rex. — Presto sarà tutto finito. Fidati: non ti ricorderai più di niente.

— E cosa volete in cambio di questo... delizioso dono? — chiese alla preside la Regina delle Megere.

— Un patto — rispose semplicemente lei. — Voi prendete qualcosa al direttore e, in cambio, restituite a Rexford quello che gli avete preso.

— Il ricordo dei suoi genitori era così delizioso... mi spiacerebbe tantissimo separarmene — replicò la Megera. — Cosa mi offre il direttore che possa sostituire quel ricordo?

— Una cosa ancor più deliziosa. — La preside le andò incontro. — Tutti i ricordi che hanno a che fare con Charlie Benjamin e i suoi amici.

— No! — sbraitò il direttore. — Non potete portarmeli via. Quei ricordi mi servono per poterli processare, per scongiurare il pericolo tremendo che rappresentano!

— Lo so — disse la preside con un sorriso. Poi tornò a rivolgersi alla Megera. — Potete vedere quanto tiene a quei ricordi e quanto sono intensi i sentimenti di odio, insicurezza e paura che alimentano. Immaginate come devono essere saporiti. Immaginate come vi sazierebbero...

Senza neanche accorgersene, la Regina delle Megere aveva cominciato a sbavare.

— Affare fatto — concluse, e con una rapidità sorprendente avvolse Drake nelle sue forti ali membranose e gli cacciò la lingua nell'orecchio, succhiando a fondo.

* * *

Intanto, nel cuore del Krakatoa, il covo delle creature infere, c'era grande animazione. Megere lucidavano l'ampia superficie del carapace di Verminion, facendone luccicare il lato inferiore di brillanti riflessi madreperlacei. Sputacidi ripulivano gli zoccoli di Barakkas vomitandoci sopra i loro caustici succhi, mentre pipinferi svolazzavano nella foschia fumosa sotto le volte della caverna, facendo lo slalom fra le stalattiti.

— Sei sicuro che fosse il ragazzo a guardare attraverso i tuoi occhi? — chiese Barakkas a Verminion scrollando via rabbiosamente uno sputacido che gli aveva mancato lo zoccolo spruzzandogli la caviglia.

Verminion annuì, carezzandosi soprappensiero con una chela gigante il collare nero che aveva al collo. — Chi, se non lui, è abbastanza forte da poter indossare un manufatto dell'Infero?

All'improvviso, in fondo alla caverna si aprì un portale. I due Dotati di Nome si voltarono, mentre Charlie, Theodore e Brooke ci passavano attraverso.

— Oh, santo cielo — sussurrò Theodore, lanciando la sua prima occhiata al leggendario covo traboccante di lava. Era pieno zeppo delle più feroci creature infere che avesse mai visto o anche solo immaginato.

— Venire qui è stato un errore — disse Violet indietreggiando.

— Facci subito andare via — sibilò Brooke senza fiato.

— Attenetevi al piano — tagliò corto Charlie. Si fece avanti verso i mostri che stavano all'altro capo della caverna. — Salve — gridò. — Sono io, Charlie Benjamin. Ho portato degli amici.

— Charlie Benjamin! — esclamò Barakkas in tono cordiale andandogli incontro e schiacciando distrattamente un inferragno che non era riuscito a zampettare via abbastanza in fretta. — Ma che bella sorpresa!

— Sono venuto a proporre uno scambio.

— Aaah, interessante — ribatté Barakkas. — Dicci tutto.

— I miei genitori... in cambio di questo.

Charlie sollevò in alto il bracciale, che luccicò nell'oscurità della caverna. A un tratto, il collare di Verminion fece lo stesso, rispondendo alla presenza di uno degli altri manufatti dell'Infero. Era evidente che, in qualche modo, quegli oggetti avevano un'influenza reciproca: i due insieme rilucevano con maggiore intensità di quanto non avessero fatto da separati.

Barakkas osservò il bracciale con bramosia. — Come hai fatto a prenderlo? — domandò.

— Gremlin — rispose Charlie. — Ne abbiamo riversati a centinaia nella Divisione Incubi attraverso un portale. Hanno provocato un black-out e io e i miei amici abbiamo rubato il bracciale approfittando della confusione.

— Incredibile — commentò Verminion rivolgendo a Barakkas una sbuffata sprezzante. — Il ragazzo ha fatto tutto con un pugno di gremlin. E tu volevi andarci con un esercito.

Barakkas sbollì in silenzio la sua rabbia.

Charlie diede un'occhiata alla propria Ombra e vide che indicava a destra, verso un tunnel che partiva serpeggiando dalla caverna.

— Portate i miei amici là dentro — propose Charlie indicando il tunnel — in modo che possano vedere se i miei genitori stanno bene.

— Come fai a sapere dove li teniamo? — chiese Verminion.

— Ho un'Ombra — rispose lui.

Barakkas e Verminion si scambiarono un'occhiata. — Astuto — aggiunse Barakkas. Poi si voltò verso un inferragno e ordinò: — Portateli da loro. Senza che gli succeda niente.

L'inferragno fece un inchino, quindi sgambettò verso Theodore e Violet. — Venite — sibilò.

Theodore si voltò dubbioso verso Charlie. — Sicuro che vuoi fare così?

Charlie annuì. — Non vi succederà niente. Seguite il piano.

Theodore e Violet si avviarono nervosamente verso il tunnel buio insieme alla creatura. Dopo qualche passo, Violet corse indietro da Charlie e lo abbracciò forte.

— Fa' attenzione — gli disse.

— Anche tu.

— E io che faccio? — chiese Brooke rannicchiandosi dietro Charlie mentre Theodore e Violet se ne andavano con l'inferragno.

— Stai buona e lascia fare a me — rispose lui, poi tornò a rivolgersi ai due Dotati di Nome. — Quando i miei amici avranno varcato un portale insieme ai miei genitori vi darò il bracciale.

— Oh, non credo che potremo permetterlo — ribatté Barakkas. — Come possiamo essere certi che, non appena i tuoi saranno al sicuro, non scapperai anche tu da un portale?

— Perché non me ne andrò — rispose Charlie. — Non me ne andrò più.

— Che cosa?! — esclamò Brooke scioccata.

Senza darle retta, Charlie si avvicinò sicuro di sé a Barakkas e Verminion.

— Voglio unirmi a voi — continuò. — Non posso più tornare indietro. Dopo che ti ho fatto entrare qua — indicò Barakkas con un cenno del capo — il direttore ha deciso che era meglio uccidermi. O ridurmi. — Si strinse nelle spalle. — Il che è più o meno lo stesso.

— E così hai rubato il bracciale — disse Barakkas — nella speranza che un dono così importante ti avrebbe fatto guadagnare la nostra benevolenza e l'opportunità di unirti a noi?

— Sì. E anche per dimostrare la mia lealtà verso di voi. Non posso più tornare alla Divisione Incubi dopo quello che ho fatto.

— Piccolo mostro, mi hai mentito! — strillò Brooke. — A me e a tutti gli altri! Hai sempre avuto in mente di tradirci tutti!

Charlie si strinse nelle spalle. — Non dare la colpa a me, se ci sei cascata. — Tornando a rivolgersi ai Dotati di Nome disse: — Allora che ne dite? Posso unirmi a voi?

Verminion ci pensò su. — No... non ha senso. Tu sai perfettamente cosa feci a Pinch, anni fa, quando mi aiutò a passare di qua. Noi stabilimmo un patto e poi io lo infransi a tradimento. Perché tu dovresti pensare che adesso ci comporteremmo diversamente?

— Perché avete bisogno di me — rispose Charlie mettendosi tra i due. Vicino ai due mostri era minuscolo, un cerbiatto tra due enormi querce. — Voglio dire: come fareste, senza il mio aiuto, a far venire sulla Terra gli altri due Dotati di Nome così da poter convocare il Quinto?

— E tu come fai a sapere queste cose? — domandò Barakkas. Ma all'improvviso capì. — Hai messo il bracciale, non è così?

— Sì — ammise Charlie. — Ma solo per un momento. Comunque, anche se vi ho spiato mentre parlavate dei vostri piani, rimane il fatto che avete bisogno di me per realizzarli.

Charlie rimase in silenzio, in piedi tra quei due colossi, piccolo e indifeso, ma pienamente sicuro di sé.

— E tu ci aiuteresti? — chiese Barakkas. — Ti metteresti contro la tua stessa gente? Li tradiresti?

— Tanto loro mi odiano già — rispose Charlie tranquillo.

— Proprio così! — gridò Brooke.

— Visto? Per loro, e persino per gli altri ragazzi che hanno il Dono, sono solo un tipo strano. E hanno paura di me. — Alzò lo sguardo sui due mostri davanti a sé e li fissò sprezzante. — Almeno adesso avranno una buona ragione.

Il bracciale riluceva brillante e Barakkas ne era estasiato, anche solo per la sua deliziosa vicinanza.

— Lasciate andare i miei genitori — disse Charlie. — E io mi unirò a voi.

* * *

Nel piccolo, sporco recesso in cui erano segregati i genitori di Charlie, Violet usò il suo stiletto per tagliare la spessa tela di inferragno che li legava. Era come tagliare una spessa gomena.

— Come va? — chiese Theodore nervoso.

— Va — rispose lei, riuscendo finalmente ad aprirsi un varco nel primo bozzolo. — Ci siamo, aiutami. Tira.

Lei e Theodore si misero ai lati opposti del bozzolo e tirarono, aprendolo in due e liberando Olga, la madre di Charlie. Era smagrita, debole e fiacca, come un palloncino sgonfio. Dischiuse le palpebre e si leccò le labbra secche.

— Dove sono? — domandò con voce roca.

— Va tutto bene — rispose Violet. — Siamo venuti a liberarvi. Charlie è qui vicino.

— Charlie? — ripeté Olga spalancando gli occhi. — Il mio bambino è qui? Sta bene?

— Sta benone — ripose Theodore. — Glielo dico io che sono il suo migliore amico... — Lanciò un'occhiata a Violet. — Be', lo siamo tutti e due, credo.

— Sono contenta — disse Olga con un mesto sorriso trasognato. — Ha bisogno di amici. Non ne ha mai avuti molti, sapete?

— Ora si rilassi — la tranquillizzò Violet, e cominciò a tagliare il bozzolo che imprigionava il padre di Charlie. — Ancora un minuto e vi porteremo via di qui.

* * *

Intanto, nella smisurata caverna, i due Dotati di Nome discutevano in disparte.

— Il ragazzo mente — disse Verminion.

— Solo perché non ci si può fidare di te, non vuol dire che questo valga per tutti gli altri — ribatté Barakkas. — È solo un ragazzino, un bambino arrabbiato e diffidente, proprio come quello che ti ha fatto attraversare il portale diversi anni fa. Pensa a quanto potrebbe esserci utile per portare qui gli altri due.

— Ma non lo farà! — obiettò Verminion. — Lui vuole rovinarci. Non so ancora come, ma me lo sento.

— Intanto ci ha portato il bracciale — protestò Barakkas. — Il che dimostra le sue buone intenzioni.

— Sei accecato dal desiderio di riprenderti il manufatto! — sbottò Verminion. — La brama di riaverlo sta offuscando la tua capacità di giudizio!

— Il fatto che rivoglia il mio bracciale non vuol dire che mi sbagli sul ragazzo — protestò Barakkas. — Se pensi che non voglia veramente unirsi a noi, e che ci stia mentendo, dimostralo.

— Lo farò — disse Verminion seccamente, e con uno spaventoso schiocco delle chele chiamò i suoi servitori.

Mentre Verminion dava il via al suo piano, Charlie sussurrò a Brooke: — Non ti preoccupare, non ti sto tradendo — le rivelò. — Ma devo fargli credere che voglio unirmi a loro, così lasceranno che Theodore apra un portale e metta in salvo i miei. Quando se ne saranno andati, aprirò un portale anche per noi due.

— Mi chiedo quale delle due versioni sia vera — ribatté Brooke. — Quella che racconti a loro o quella che racconti a me?

— Fidati — rispose Charlie. — Per favore.

All'improvviso un inferragno si avvicinò a loro, portando tra le zampe anteriori qualcosa che si agitava e si contorceva. Charlie cercò di capire cosa fosse, ma a un tratto la sua visuale fu ostruita dall'orrendo muso da gargolla di Verminion. Il mostruoso essere emanava un puzzo di pesce marcio rimasto troppo tempo al sole.

— Il mio socio e io abbiamo... impressioni divergenti circa le tue vere intenzioni — annunciò. Charlie trovò il fetore del suo alito quasi insopportabile. — Lui ti crede. Io no. Se stai dicendo la verità, lasceremo liberi i tuoi genitori e i tuoi amici e ti faremo entrare in società con noi. Ma se menti, ti squarteremo. Lentamente. Dolorosamente.

— Dimmi come posso provarvi la mia lealtà — disse Charlie.

— Con questo — spiegò Verminion, indicando la piccola cosa che l'inferragno stringeva fra le zampe anteriori e che porse subito a Charlie.

Era uno snark.

Piccolo, soffice e carino, sembrava del tutto fuori posto, in quella fossa buia e crudele. Tra le mani di Charlie prese a fare le fusa e a tubare.

— Lo snark ci dirà se hai paura o no. E la tua paura ci dirà se stai mentendo. Se dici la verità, non hai niente da temere. Allora puoi stare tranquillo, dato che lo snark non potrà tradirti se non hai niente da nascondere. Ma se stai mentendo... — aggiunse Verminion facendo scattare freneticamente le chele — la tua paura crescerà, perché sai che lo snark ti smaschererà con le sue trasformazioni. E se sarà così, tu, i tuoi amici e i tuoi genitori pagherete il prezzo più caro.

Il cuore di Charlie si mise a correre all'impazzata. Era convinto di essere stato straordinariamente bravo a convincerli di volersi unire a loro. Fino a quel momento, tutto era andato proprio come aveva previsto, e invece...

Invece uno dei due Dotati di Nome non gli aveva creduto.

Questo il piano non lo prevedeva.

La paura, che per tutto il tempo era rimasta acquattata in un angolino della sua mente, prese a crescere, e con essa lo snark. Charlie lo guardò inorridito raddoppiare di dimensioni e perdere il suo piumino morbido, mentre il becco veniva sostituito da un muso munito di zanne. Sul didietro, spuntò una coda a punta. Più lo snark cambiava, più Charlie temeva che le sue intenzioni nascoste, che i suoi veri scopi venissero allo scoperto, e il terrore non faceva che trasformare la bestiola sempre più velocemente.

Era un circolo vizioso.

Verminion fece il sorriso di chi pregusta la vendetta. — Si direbbe che ti abbiamo smascherato — disse.

— Non è vero — protestò Charlie indietreggiando. — Non ho paura di essere smascherato. Sei tu che mi spaventi. Non puoi negare che sei un tipo poco rassicurante. È la paura che ho di te a trasformare lo snark.

Si fece avanti Barakkas. — In effetti non è escluso, Verminion. Non avere troppa fretta di eliminare un ragazzo potenzialmente utile.

— Se lui ha ragione e io ho torto, allora deve dimostrare la sua lealtà al di là di ogni dubbio — replicò Verminion, e afferrò Brooke con una delle sue chele giganti. Poi si voltò verso Charlie. — Dimmi di farlo, ragazzo, e io la tancerò in due. Dopotutto, se ti unisci a noi, lei sarà solo uno dei molti umani che ci aiuterai a distruggere.

— No... — gemette Brooke. — Charlie...

Al ragazzo si seccò la lingua. Gli sembrava di avere la bocca piena di bambagia. Non riusciva a parlare.

— Charlie... — ripeté lei con la voce strozzata.

— Deciditi — disse Verminion, sporgendosi avanti fino ad arrivare a pochi centimetri dalla faccia di Charlie. — Che cosa ne faccio?

Charlie chiuse gli occhi. — Lasciala andare — disse infine.

Verminion fece un ghigno. — Proprio come pensavo. Ci sta prendendo in giro. Sei uno stupido, Barakkas. Lo sei sempre stato.

Barakkas fece una smorfia, mentre Verminion cominciò a sghignazzare. Charlie sentiva il puzzo caldo e fetido del suo alito.

— Se lui è uno stupido, lo sei anche tu. — Charlie all'improvviso gettò il bracciale nella gola spiegata di Verminion.

Ci fu un momento di silenzio attonito, mentre Barakkas osservava il lucore di uno dei quattro manufatti dell'Infero viaggiare nell'esofago di Verminion e infine fermarsi nel profondo delle sue interiora, illuminandone da dentro il guscio traslucido.

— Che... che hai fatto? — sussultò Barakkas.

— Volevi tanto il tuo bracciale — disse Charlie. — Allora vai a prendertelo! — Si voltò verso il tunnel che conduceva al recesso in cui erano tenuti i suoi genitori e gridò: — Portateli via! uscite subito con un portale!

* * *

Quando la voce di Charlie riecheggiò lungo il corridoio, Violet aveva appena finito di tagliare il bozzolo di suo padre.

— Che cosa succede? — chiese Olga.

— Qualcosa dev'essere andato storto — rispose Theodore. — Dobbiamo andare.

Si preparò ad aprire un portale, quando due inferragni arrivarono a precipizio dal corridoio ed entrarono nel recesso facendo scattare le mascelle con le filiere pronte a entrare in azione.

— Dov'è Charlie? — domandò Barrington con la voce roca per il prolungato silenzio. — Ho sentito mio figlio...

— Charlie dovrà cavarsela da solo — disse Violet sollevando lo stiletto. — Noi abbiamo i nostri problemi.

— Si voltò verso Theodore. — Li terrò a bada il più a lungo possibile, ma tu apri questo portale alla svelta!

— Ci sto provando! — protestò lui. — Ma urlandomi addosso non mi aiuti.

— Okay — disse lei dando una sciabolata verso la creatura più vicina. — Caro Theodore, ti dispiacerebbe, per favore, aprire un portale non appena hai un momentino?

— Senz'altro — rispose lui. — Così va molto meglio.

* * *

Nella caverna, intanto, Barakkas apostrofò Verminion con gli occhi sgranati per la collera. — Ridammelo: è mio!

— Sei pazzo? — sbottò Verminion. — È dentro di me, idiota. Come faccio a farlo uscire?

— Ti faccio vedere io! — ruggì Barakkas, e avanzò verso Verminion con il suo unico, gigantesco pugno minacciosamente sollevato e gli zoccoli che, battendo sulla roccia lavica, sprizzavano scintille.

— Finiscila! — strillò Verminion. — È proprio quello che vuole il ragazzo, metterci uno contro l'altro.

— Il ragazzo avrà ciò che si merita — ribatté Barakkas. — Ma tu hai sempre invidiato il mio potere e ora non ti permetterò di indebolirlo. Rivoglio il mio bracciale *adesso*.

— No.

Gli occhi arancione di Barakkas divennero rossi per la rabbia. — Non dirmi mai di no! — ruggì, e fece un balzo verso Verminion, atterrando a pochi metri da lui con la forza di un terremoto. L'impatto degli zoccoli sulla roccia fece esplodere intorno a essi una fiammata. Barakkas abbatté il suo pugno sul carapace di Verminion, spezzandolo e facendo apparire la carne rosa all'interno.

Brooke cadde a terra e ne approfittò per sgattaiolare via, mentre Verminion emetteva un lamento di dolore per poi sferrare un micidiale attacco alla coscia sinistra di Barakkas, strappandone carne viva in un fiotto di sangue nero. Mentre le due creature continuavano a combattere urlando, Charlie raggiunse Brooke. — Andiamo! — esclamò, voltandosi verso il tunnel che conduceva ai suoi genitori.

Ma il tunnel era bloccato. Creature infere stavano sciamando da tutte le parti verso il cuore del covo, dove i loro signori erano intenti a combattere.

— E adesso che facciamo? — sussurrò Brooke.

— Adesso... ce la giochiamo — disse Charlie sfoderando lo stocco, che si illuminò di un blu brillante. — Mettiti dietro di me.

Brooke si piazzò incespicando alle spalle di Charlie, mentre centinaia di mostri urlanti e stridenti si precipitavano verso di loro.

* * *

Nel recesso, intanto, Violet prendeva atto con stupore di avere le capacità di una banditrice nata. Piroettava, affondava i colpi e parava gli attacchi degli inferragni con un'agilità incredibile, attingendo a una fonte di forza che non sapeva nemmeno di possedere. Per quanto abile, però, non poteva competere con l'afflusso infinito di creature che sgambettavano fuori dal buio tunnel dirigendosi verso di loro.

— Abbiamo ancora cinque secondi — sussurrò aspramente a Theodore. — Poi sarà troppo tardi.

La pressione era insopportabile e Theodore fu sopraffatto dall'improvvisa consapevolezza di non essere all'altezza del compito. Aveva deluso tutti: suo padre, gli amici, e persino Charlie, abbandonato nella caverna una trentina di metri più in là, in balia di due delle creature più temibili che l'Infero avesse mai prodotto. Theodore aveva promesso di proteggerlo: era il suo migliore amico. E invece non l'aveva fatto. Ora Charlie ne avrebbe pagato le conseguenze con la vita, sarebbe morto senza nemmeno rivedere i genitori che aveva fatto tanto per salvare. Mentre Theodore immaginava la morte orribile di Charlie e la sua incapacità di impedirla, la paura di quel fallimento si gonfiò dentro di lui con la forza di uno tsunami. Era una cosa viva, quella paura, che cresceva a una velocità spaventosa.

A un tratto, Theodore aprì un portale.

— Grazie al cielo — disse Violet con il fiato corto, mentre i mostri dell'Infero incombevano su di loro. Senza perdere altro tempo, afferrò per le mani i genitori di Charlie e saltò dall'altra parte.

— Andiamo! — gridò indietro a Theodore.

— Mi spiace, amico — sussurrò lui pensando a Charlie e al fatto che lo stava abbandonando. — Buona fortuna. — Quindi balzò anche lui al di là del portale, lasciandosi Charlie e Brooke alle spalle, ad affrontare da soli il loro destino.

* * *

I due mostri combattevano come antiche divinità mitologiche. Verminion aprì uno squarcio nella spalla di Barakkas con una chela gigante. Barakkas ruggì, quindi afferrò alla base la chela che l'aveva attaccato e la strappò di netto tra fiotti di sangue.

Mentre Verminion ululava di dolore, l'altro si chinò in avanti e, usando i due corni che aveva in cima alla testa, rovesciò Verminion sulla schiena mettendone a nudo il ventre. Con un movimento rapido e possente, Barakkas conficcò la chela strappata al rivale nel guscio traslucido del ventre, mirando alla luce rossa del bracciale che trapelava da qualche parte fra le viscere.

La chela infranse il carapace sul ventre di Verminion con un rumore di ghiaccio che si frantuma sotto i piedi, e mentre Verminion gli sfregiava la faccia con la chela rimasta, Barakkas infilò la mano a fondo nelle viscere del granchio, cercando convulsamente il bracciale perduto.

Charlie, intanto, attaccava con disperata destrezza le creature infere che si avventavano su di lui. Il suo stocco sfavillante di blu mozzava chele e trafiggeva occhi con stupefacente precisione. Mentre combatteva, un pensiero nitidissimo si fece largo nella foga della battaglia: *Moriremo.*

Avrebbe potuto continuare a uccidere per giorni e giorni senza arrivare mai all'ultima delle creature infinite che si stavano precipitando attraverso i corridoi bui e tetri per sacrificare la loro vita. Se solo avesse potuto aprire un portale, anche uno piccolo piccolo, e scapparci dentro... Ma, come aveva detto la preside, nemmeno una Doppia Minaccia era in grado di aprire un portale e bandire allo stesso tempo, e se avesse smesso di uccidere anche solo per un attimo, l'avrebbero mangiato vivo.

Le belve si abbattevano su Charlie e Brooke come un uragano: un assalto di forze tenebrose che il ragazzo non aveva alcuna speranza di debellare. Mentre agitava lo stocco a una velocità incredibile, comprese che il suo tentativo di salvare i genitori probabilmente li aveva condannati. Tutti gli altri avevano avuto ragione e lui torto. Era stato ingenuo e aveva agito da stupido, e probabilmente questo era costato la vita ai suoi amici e ai genitori, che l'avevano sempre protetto. Ignorava cosa fosse successo in fondo a quel tunnel buio, ma dubitava che loro fossero sopravvissuti all'attacco scatenato a causa della sua inesperienza. Di certo erano morti, morti per colpa sua, e ora era solo contro l'esercito dell'Infero, un reietto in un modo che lo odiava, con al fianco soltanto un'inutile facilitatrice.

— Mi dispiace — sussurrò Brooke, mentre Charlie si batteva per proteggerla. — Vorrei poterti aiutare. Se non avessi perso il Dono ora potrei aprire un portale per noi, ma non ne sono capace... — Lacrime di rabbia e impotenza le scesero lungo le guance. — Sono sempre stata una buona a nulla — disse piangendo e portando così alla luce la sua paura più profonda. — Sono falsa, sono una fallita. Non servo a niente, ed è sempre stato così, e adesso per colpa mia moriremo!

Fu allora che all'improvviso, inaspettatamente, di fronte a loro si aprì un portale.

Charlie fece tanto d'occhi. — Sei stata tu? — chiese senza fiato.

— Io... credo di sì — rispose lei allibita.

In lontananza, Verminion urlava di dolore, mentre Barakkas, gravemente ferito, estraeva il suo bracciale dal fetore delle budella acquitrinose del suo avversario. Mandava lampeggianti raggi di luce rossa sulle pareti della caverna, e crebbe rapidamente fino a raggiungere le dimensioni del polso di Barakkas.

— È mio! — strillò. — Il bracciale è di nuovo mio!

Mentre il gigantesco bestione gridava trionfante, Charlie e Brooke saltarono attraverso il passaggio aperto. Le creature dell'Infero si gettarono subito su di loro, ma ormai era tardi.

Il portale era sparito insieme a Charlie e alla ragazza che l'aveva aperto.

17

VERITÀ E CONSEGUENZE

Dopo un breve passaggio nell'Infero, Charlie e Brooke saltarono nell'aula di Inferomanzia, nel cuore dell'Accademia Incubi.

— Ce l'hai fatta! — le disse Charlie.

— Direi di sì — replicò lei con un gran sorriso a illuminarle il volto. Era un sorriso così caldo e invitante che a Charlie si strinse il cuore. — Credevo di aver perso il Dono per sempre, e invece ce l'ho ancora.

— Giusto in tempo — commentò lui. — Sei stata incredibile.

— Grazie. Anche tu. — Quindi gli diede un bacio, svelto e morbido. Era il primo che Charlie ricevesse, ed era così dolce e perfetto che sperò non dovesse finire mai.

— Bambino mio... — disse Olga da qualche parte alle loro spalle.

Il ragazzo si voltò e vide sua madre che gli correva incontro. Lo abbracciò così forte che quasi gli tolse il respiro. Charlie fu spaventato nello scoprire come si era indebolita. Durante la prigionia, era così dimagrita che sembrava che un alito di vento potesse portarsela via.

— Stai bene, mamma? — le chiese.

— Ma certo — rispose lei. — Ora che ho riavuto il mio ragazzo. — Si inumidì una mano di saliva e prese a pulire la faccia del figlio dalla fuliggine vulcanica. — Guardati: sei un disastro. Hai un aspetto orrendo.

In quel momento, il padre di Charlie li raggiunse. — Credevo proprio che ti avrei perso, figliolo — disse con voce incrinata. — Non avremmo potuto sopportarlo. Per me sarebbe stata... la fine. Per me e per tua madre.

— Sto bene, papà — lo rassicurò Charlie. — Davvero.

— I Benjamin hanno affrontato le loro paure! — esclamò Barrington. — E ne sono usciti vincitori!

Charlie sorrise. — Credo di sì. È bello rivederti. Non avete idea di quanto mi dispiace che abbiate dovuto patire tutto questo.

— Quello che non ti uccide ti rende più forte — disse Barrington. — E io e tua madre adesso siamo molto, molto forti.

— E che non ti venga in mente di sentirti in colpa! — lo redarguì Olga. — Mi hai sentito?

— Ti ho sentito, mamma — rispose Charlie con un sorriso, quindi si rivolse a Violet e Theodore. — E voi, ragazzi, come avete fatto a scappare? Non credevo che ce l'avreste fatta.

— È stato tutto merito suo — Theodore indicò Violet. — Avresti dovuto vederla. Sembrava una matta, là dentro, con il suo stiletto. Una matta! Avresti dovuto vedere come gliele dava, agli inferragni: *sbem, sbam!*

— Diede una dimostrazione fendendo l'aria con una mano. — Roba da non crederci. Una cosa pazzesca.

— E avresti dovuto vedere il portale che ha aperto Theodore! — esclamò Violet. — C'erano creature dappertutto, e lui, all'ultimissimo momento, è riuscito ad aprirlo: incredibile!

— Oh, andiamo, non è stato così incredibile — ribatté Theodore arrossendo per l'imbarazzo, e tuttavia incassando il complimento.

— Grazie a tutti e due — disse Charlie. — Non so dirvi quanto sia importante per me quello che avete fatto.

— Oh, non preoccuparti — replicò Theodore con un sorriso. — Per noi è stato come bere un bicchiere d'acqua.

— Signor Benjamin! — tuonò una voce dal fondo dell'aula degli inferomanti. Charlie si voltò e vide entrare la preside, seguita da Rex e Tabitha.

— Santo cielo, giovanotto: ce l'ha fatta!

Tabitha gli corse incontro e lo strinse forte in un abbraccio. — Eravamo così... — faticò a trovare le parole. — Devi imparare a stare più attento! — riuscì a dire alla fine.

Rex diede a Charlie una pacca sulla spalla. — Complimenti, ragazzo! Non so come hai fatto a cavartela, ma sono maledettamente contento di rivederti!

— Anch'io — disse Charlie felice. Poi si rivolse alla preside. — E voi alla fine, cos'avete fatto con...

— ... il direttore Drake? — chiese. — Oh, è proprio qui. Venga, direttore.

Il direttore della Divisione Incubi entrò nell'aula di Inferomanzia e li raggiunse. — Direttore Drake — esordì la preside. — Vorrei presentarle una persona molto speciale. È Charlie Benjamin. Un ragazzo con un grande Dono.

— Lieto di conoscerti. — Drake strinse la mano a Charlie. — Lavora sodo, studia con impegno e un giorno potresti ritrovarti a lavorare per me alla Divisione Incubi.

— Grazie signore — disse Charlie. Poi si rivolse alla preside. — La Megera, vero?

— Certamente.

Rex fece un gran sospiro. — Quelle Megere hanno fatto di mio padre un bugiardo, perché lui diceva sempre: «In ogni bestia si nasconde una bellezza», mentre non c'è niente di bello in quelle creature, né fuori né dentro.

Charlie rise. — Lo diceva tuo padre?

Rex annuì sorridendo.

— Un momento — riprese Charlie. — Se ti ricordi di tuo padre, questo significa che…

— Che ho riavuto i miei genitori, proprio come te.

— Davvero?!

— Sono di nuovo qui dentro, al loro posto — annunciò Rex picchiettandosi la testa con un dito. Charlie lo abbracciò, immensamente sollevato. — Ehi, vacci piano, ragazzo — commentò Rex. — Non diventiamo sentimentali.

Poi la preside si rivolse a Charlie in tono più serio: — Non appena se la sentirà, signor Benjamin, noi due dovremo fare una chiacchierata.

* * *

Erano in piedi sul ponte della nave dei pirati, nel punto più alto dell'Accademia Incubi. La giungla si distendeva sotto di loro come un tappeto verde. Uccelli dai colori vivaci volavano tra gli alberi, sostenuti dalla tiepida brezza tropicale.

— E quindi i manufatti dell'Infero servono per organizzare una convocazione! — esclamò la preside scuotendo grave la testa. — Ma lei è sicuro che i quattro Dotati di Nome debbano essere presenti tutti insieme sulla Terra per convocare quello che chiamano il Quinto?

— Così hanno detto Barakkas e Verminion — rispose Charlie. — Non sapevano che li stavo ascoltando, perciò credo che dicessero la verità.

— Mi domando chi o che cosa sia questo Quinto — disse la preside. — Se c'è bisogno di tutti e quattro i Dotati di Nome per portarlo sulla Terra, dev'essere una creatura davvero potente. Dobbiamo usare tutte le nostre forze per tenere gli altri due Dotati di Nome lontani dal nostro mondo e impedire così questa convocazione.

— Chi sono? — chiese Charlie. — Gli altri due, intendo.

— I loro nomi — rispose la preside — sono Slagguron e Tyrannus. Spero che non avrà mai l'occasione di incontrarli di persona.

— Non ci tengo proprio — disse Charlie.

— L'informazione che ci ha dato, per quanto spaventosa, è vitale, e le sono molto grata che lei l'abbia ottenuta per noi.

— E io sono felice.

— Tuttavia disapprovo le menzogne e i sotterfugi che ha usato per ottenerla — continuò incupita. — Anche se poi tutto si è risolto per il meglio, poteva finire molto male.

— Lo so — ammise Charlie. — Adesso l'ho capito. Ce l'abbiamo fatta, ma quasi niente è andato secondo i piani.

— È raro che accada.

— Volevo far credere a Verminion e Barakkas che mi sarei unito a loro, affinché lasciassero andar via i miei genitori con Violet e Theodore.

— E poi sperava di scappare con il bracciale?

Charlie annuì. — Ma Verminion ha sentito puzza di bruciato.

— Gli imbroglioni sono sempre i più bravi ad accorgersi quando vengono imbrogliati — disse la donna con severità.

— Siamo sopravvissuti — continuò Charlie. — Ma ce l'abbiamo fatta per un pelo.

— Si abitui. La mia vita intera è una sfilza di cose riuscite per un pelo. Quando ve ne siete andati, i due Dotati di Nome stavano ancora lottando?

Charlie annuì. — Sì, si stavano massacrando. L'ultima cosa che ho visto era Barakkas che strappava il bracciale dalla pancia di Verminion. Non credo che siano sopravvissuti.

— Capisco. Be', che siano sopravvissuti o no, gli avete decisamente inferto un brutto colpo. Non saranno in condizione di attaccare tanto presto. Ci avete fatto guadagnare qualche mese, o addirittura un anno.

— Immagino di sì... però ora Barakkas ha il bracciale.

— Sì, e questo è un problema. Ma credo che alla fine sarebbe riuscito ad averlo comunque, e probabilmente a costo di molte vite alla Divisione Incubi. — Rimase in silenzio un momento. — Tutto considerato — disse infine — lei e i suoi amici avete fatto un lavoro eccellente, e la cosa più straordinaria è che l'avete fatto da soli.

— In effetti questa è una cosa che mi sono chiesto... — azzardò Charlie. — Io credevo, anzi speravo, che da un momento all'altro sareste spuntati a salvarmi. Perché non è successo?

— Perché non sapevo quali fossero i vostri piani. Se fossi arrivata nel momento sbagliato avrei potuto rovinare tutto. Non è così?

— È vero — confermò il ragazzo. — È solo che... non immaginavo che lei si sarebbe fidata così tanto di me.

La preside fece un sorriso caloroso. — Sì, ho avuto fiducia in lei, signor Benjamin. Proprio come mi aveva chiesto.

— Grazie — aggiunse Charlie semplicemente, e poi si voltò a fissare l'oceano. Sembrava estendersi all'infinito. — Qui dove siamo esattamente? All'Accademia Incubi, intendo.

— Nascosti e al sicuro — replicò la preside in modo un po' misterioso. — Proprio come saranno i suoi genitori.

— Cosa?

— Già, temo di sì. — Non appena si saranno ripresi dalla loro terribile esperienza, gli daremo nuovi nomi, nuove identità e la possibilità di ricominciare. Per proteggerli.

— Non capisco. Non possono stare qui? — insistette Charlie. — Non esiste un posto più sicuro di questo. Nemmeno Barakkas è riuscito ad attaccarci, all'Accademia.

— È vero, l'Accademia ha la sua forma *unica* di difesa dalle creature dell'Infero. — Accarezzò con affetto la balaustra di legno consumato della nave dei pirati. — Ma è una protezione che potrebbe non durare per sempre.

— In cosa consiste? Come funziona?

— È una storia lunga, gliela racconterò un altro giorno. So che preferirebbe che i suoi genitori restassero qui, ma, come sappiamo bene, la rendono terribilmente vulnerabile. Inoltre l'Accademia è una parte molto piccola di un'isola molto grande. — Guardò la vasta distesa della giungla. Anche se il sole splendeva sulle cime degli alberi, Charlie non riusciva a oltrepassare con lo sguardo l'oscurità sottostante. — Ci sono altri pericoli, qui — disse infine. — Non siamo soli.

Charlie scoppiava di domande. Quali erano esattamente le difese dell'Accademia? Che cosa si annidava nella giungla? Dove avrebbero nascosto i suoi genitori? Voleva le risposte, e le voleva ora, ma la preside non sembrava disposta a dargliele. — Quando potrò rivedere i miei genitori? — chiese alla fine, sperando in una risposta almeno a questa domanda.

— Non lo so — rispose la preside. Dovranno rimanere nascosti finché avremo capito che cosa ne è stato di Verminion e Barakkas.

* * *

Nelle profondità del covo di Verminion e Barakkas, i due giganti giacevano riversi sulla scabra roccia vulcanica, ora bagnata e appiccicosa di sangue nero. Erano quasi irriconoscibili, tanto erano malridotti. Una schiera di inferragni si prendeva cura di loro, suturando una ferita dopo l'altra con i loro fili setosi. I due manufatti dell'Infero rilucevano brillanti nell'oscurità.

— Tenetelo vivo — disse Barakkas con un gorgoglio, indicando Verminion. — Dovremo esserci tutti e quattro per poter convocare il Quinto.

— Sì, padrone — sibilò uno degli inferragni.

Verminion sollevò la testa coperta di sangue e si voltò verso Barakkas. — Il ragazzo... deve pagarla — gemette. — Deve morire.

— No — ribatté Barakkas. — Deve vivere. E soffrire a lungo.

— Sì — fu d'accordo Verminion. — Bene.

Mentre la lava scorreva in cascate luminescenti lungo le pareti della caverna, altre creature infere entrarono per prendersi cura dei bestioni mutilati, usando tutte le loro arti oscure per salvarli dal baratro della morte.

* * *

Pinch sedeva da solo su uno scoglio, nei pressi della cava che conduceva all'arena dei banditori. La nebbiolina d'acqua salmastra che si levava dalle onde infrante gli solleticava il volto.

— Lo so come ti senti.

Pinch si voltò e vide Charlie lì in piedi. — Davvero? — chiese. — Lo sai davvero?

Rimasero qualche istante in silenzio. Un'altra onda si ritirò nel mare, lasciando sulla sabbia strie di bollicine bianche simili a merletti. Sulle loro teste stridevano i gabbiani.

— Se potessi tornare indietro — disse Pinch a bassa voce — non lo rifarei.

— Neanch'io — replicò Charlie. — Sarebbe bello riportare tutto com'era prima. Il fatto è che... ho fatto del male a tante persone.

— E ne farai ancora di più in futuro. — Pinch si voltò verso di lui. — È una cosa che non puoi controllare. Però puoi capire se il dolore che infliggi finisce col sostenere una causa nobile o cattiva. — Rimase un momento in silenzio. — Non fare come ho fatto io — concluse.

— Ci proverò. È solo che... non è sempre facile prevedere che piega prenderanno le cose, se capisci cosa intendo.

— Temo di sì.

Rimasero seduti in silenzio, mentre il mare schiumava e ribolliva ai loro piedi. Charlie pensò ai cento peggiori modi in cui le cose sarebbero potute andare a finire. Era stata solo la fortuna a salvarlo, questa volta.

Ma la prossima volta la fortuna avrebbe anche potuto non bastare.

— Vieni con noi, DM! — gridò una voce da qualche parte in fondo alla spiaggia. Era Theodore, che tutto allegro metteva in acqua la tavola da surf insieme a Violet.

— Forza, vieni, l'acqua è una meraviglia! — aggiunse lei con una risata argentina.

Era musica, per le orecchie di Charlie.

Camminò fino a loro, fermandosi solo un momento quando scorse Brooke in piedi sul ciglio della giungla, presso una macchia di palme selvatiche. Era bellissima. Lui la salutò con la mano e lei gli sorrise e restituì il saluto. Vedendo la scena, il suo fidanzato, Geoff, la cinse con un braccio in un gesto possessivo e la portò lontano da Charlie nella verde oscurità della giungla selvaggia.

— Vieni o no?

— Arrivo — gridò Charlie dopo che Brooke fu scomparsa del tutto alla vista.

Allora si voltò e si mise a correre sulla sabbia calda, verso gli amici. Alle sue spalle, l'Accademia Incubi si levava nel cielo, con le passerelle che ondeggiavano dolcemente nella brezza tropicale, con il suo folle guazzabuglio di cabine e velieri e angoli nascosti e nicchie che chiedevano a gran voce di essere esplorati.

Charlie era felice di non doverlo fare da solo.

RINGRAZIAMENTI

Scrivere questo libro ha rappresentato per me una vera e propria rinascita creativa e ci tengo a ringraziare le straordinarie persone che hanno reso l'intero processo un vero piacere.

Grazie al mio primogenito, Chris, che è stato il primo a leggere *Il portale degli incubi*, e ad Alex, l'ultimo arrivato di casa, che ha promesso di leggerlo non appena avrà imparato a farlo. Grazie ai miei genitori, Craig e Marilyn, che continuano a svolgere il loro ruolo in maniera impeccabile; a mia moglie Elisabeth, che dopo aver sbirciato alcune pagine del primo capitolo ha detto: «Ehi, forte questa roba!» Ringrazio Rob Carlson, un agente grandioso, Jennifer Rudolph Walsh e il mio avvocato, Tim DeBaets, che fin dall'inizio ha sostenuto con grande entusiasmo il progetto. Grazie anche a Steve Sommers, Bob Ducsay, Scott Bernstein e a tutti quelli della Universal, che stanno lavorando sodo per fare di questo libro un film.

Sono un grande fan della *fantasy art*, e questo libro non sarebbe stato lo stesso senza le magnifiche illustrazioni di Brandon Dorman. Voglio ringraziare anche J.P. Targete per il prezioso contributo che ha dato al mio *website*, così come hanno fatto i miei amici Todd Farmer e Jim Vallely; mia sorella Tiffany e la zia Fran per il sostegno e i suggerimenti.

Infine, un immenso grazie a tutte le instancabili e insostituibili persone della Harper Collins che hanno lavorato a questo libro, non avrei potuto desiderare collaboratori migliori. Susan Katz, Nicholas Lake, Matthew Morgan, David Caplan, Christopher Stengel, Maggie Herold, Margaret Miller, Laura Arnold e tanti altri. *Dulcis in fundo*, grazie di cuore al mio editor, Barbara Lalicki, per aver creduto nel barbaro mondo dell'Infero, che continua a ispirarmi.

INDICE

QUINTO
ANELI
QUARTO
ANELLO
TERZO
ANELLO
SECONDO
ANELLO
PRIMO
ANELLO